新日檢試驗 N3 絕對合格

解析本

全MP3音檔下載導向頁面

http://www.booknews.com.tw/mp3/121240006-10.htm

iOS系請升級至iOS 13後再行下載
全書音檔為大型檔案，建議使用WIFI連線下載，以免占用流量，
並確認連線狀況，以利下載順暢。

はじめに

試験を受けるとき、過去に出された問題を解いて、どのような問題が出るのか、それに対して現在の自分の実力はどうか、確認することは一般的な勉強法でしょう。しかし、日本語能力試験は過去の問題が公開されていません。そこで私たちは、外国籍を持つスタッフが受験するなどして日本語能力試験を研究し、このシリーズをつくりました。はじめて日本語能力試験N3を受ける人も、本書で問題形式ごとのポイントを知り、同じ形式の問題を３回分解くことで、万全の態勢で本番に臨むことができるはずです。本書『合格模試』を手にとってくださったみなさんが、日本語能力試験N3に合格し、さらに上の目標を目指していかれることを願っています。

編集部一同

前言：

實際動手進行歷年的考古題，確認試題中出現過的題型並確認本身實力，是廣大考生在受測前普遍使用的應考練習方式。然而，日本語能力測驗的考古題並未公開過。基於以上現狀，我們透過讓外國籍員工實際參加考試的方式，對日本語能力測驗進行了深入的研究，並製作了本系列的書籍。即使是第一次參加N3考試的人，也能透過本書熟知各個大題的出題重點。進行三回與正式考試相同形式試題的實測，理應就能以萬全的姿態挑戰正式的測驗。衷心祝福購買本書《新日檢JLPT N3合格模試》的各位能在N3的考試中旗開得勝，並追求更高的目標。

編輯部全體同仁

もくじ
目錄

この本の使い方

構成

模擬試験が3回分ついています。時間を計って集中して取り組んでください。終了後は採点して、わからなかったところ、間違えたところはそのままにせず、解説までしっかり読んでください。

対策　日本語能力試験にはどのような問題が出るか、どうやって勉強すればいいのか確認する。

解答・解説　正誤を判定するだけでなく、どうして間違えたのか確認すること。
- 正答以外の選択肢についての解説。
- □・覚えよう　問題文に出てきた語彙・表現や、関連する語彙・表現。

問題（別冊）　とりはずし、最終ページにある解答用紙を切り離して使う。解答用紙はサイトからダウンロードもできる。

スケジュール

JLPTの勉強開始時：第1回の問題を解いて、試験の形式と自分の実力を知る。

苦手分野をトレーニング
- **文字・語彙・文法**：模試の解説で取り上げられている語・表現をノートに書き写しておぼえる。
- **読解**：毎日1つ日本語のまとまった文章を読む。
- **聴解**：模試の問題をスクリプトを見ながら聞く。

第2回、第3回の問題を解いて、日本語力が伸びているか確認する。

試験直前：もう一度同じ模試を解いて最終確認。

本書的使用方法

構成

本書附帶三次模擬試題。請計時並集中精神進行解答。解答結束後自行評分，對於不理解的地方和答錯的題目不要將錯就錯，請認真閱讀解說部分。

考試對策　確認日語能力考試中出現的題型，並學習適合該題型的解題方式。

解答・解說　不僅要判斷正誤，更要弄清楚自己解題錯誤的原因。

對正確答案以外的選項會有進行解說。

□・★熟記單字及表現　標示有問題中出現的詞彙、表現，以及與之相關的詞彙、表現。

試題（附冊）　使用時可以單獨取出。答題卡可以用剪刀等剪下，也可以通過官網下載。

模擬測驗計劃表

模擬測驗開始時：解答第 1 回試題，瞭解考試的題型並檢測自身實力。

針對不擅長的領域進行集中練習

- **文字 ・ 語彙 ・ 文法：**將解說部分中提到的語彙、表達抄到筆記本上，邊寫邊記。
- **閱讀：**堅持每天閱讀一篇完整的日語文章。
- **聽力：**反覆聽錄音，並閱讀聽力原文。

解答第 2 回、第 3 回試題，確認自己的日語能力有沒有提昇。

正式考試之前：再次進行模擬試題測驗，進行最終的確認。

日本語能力試験（JLPT）N3について

Q1 日本語能力試験（JLPT）ってどんな試験？

日本語を母語としない人の日本語力を測定する試験です。日本では47都道府県、海外では86か国（2018年実績）で実施。年間のべ100万人以上が受験する、最大規模の日本語の試験です。レベルはN5からN1まで5段階。以前は4級から1級の4段階でしたが、2010年に改訂されて、いまの形になりました。

Q2 N3はどんなレベル？

N3は、古い試験の2級と3級の間に新設された新しいレベルです。「日常的な場面で使われる日本語をある程度理解することができる」レベルとされ、たとえば会話なら、自然に近いスピードの会話を聞いて、内容をほぼ理解できる程度、新聞なら、見出しなどから記事の概要を理解できる程度です。

Q3 N3はどんな問題が出るの？

試験科目は、①言語知識（文字・語彙）、②言語知識（文法）・読解、③聴解の3科目です。詳しい出題内容は12ページからの解説をご覧ください。

Q4 得点は？

試験科目と異なり、得点は、①言語知識（文字・語彙・文法）、②読解、③聴解の3つに分かれています。各項目は0～60点で、総合得点は0～180点、合格点は95点です。ただし、3つの得点区分で19点に達していないものが1つでもあると、不合格となります。

Q5 どうやって申し込むの？

日本で受験する場合は、日本国際教育支援協会のウェブサイト（info.jees-jlpt.jp）から申し込みます。郵送での申し込みは廃止されました。海外で受験する場合は、各国の実施機関に問い合わせます。実施機関は公式サイトで確認できます。

詳しくは公式サイトでご確認ください。
https://www.jlpt.jp

關於日本語能力測驗 N3
(JLPT)

Q1 關於日語能力測驗(JLPT)

日本語能力測驗是以母語為非日語的人士為對象,對其日語能力所進行的測驗。截至西元2018年止,在日本47個都道府縣、海外86個國家均設有考點。每年報名人數總計超過100萬人以上,是全球最大規模的日語檢定考試。該考試於西元2010年進行改制,級別由原本的4級到1級的四個級數變為現在N5到N1的五個級數。

Q2 關於 N3

N3是新制中新增的級數,難度介於舊制的2級與3級之間。N3注重於「對日常生活中常用日語的理解程度」的理解能力上,譬如在聽到一段接近自然對話速度的對話時,能夠大致理解其內容,或者在閱讀報紙、新聞時,能夠讀懂標題內容以及該報導的概要等。

Q3 N3的考試科目

N3考試設有三個科目:①語言知識(文字・語彙)、②語言知識(文法)・閱讀、③聽力。詳細出題內容請參閱解說(p12～)。

Q4 N3合格評估標準

透過各科目單項得分和總分的得分數來評估是否合格。各科目單項及格分為19分,滿分60分;總分的及格分為95分,滿分180分。如果各單項得分中有一項沒有達到19分,或者總分低於95分皆不能視為合格。

Q5 報考流程

在臺灣國內申請考試者,①必須先至LTTC(財團法人言訓練測驗中心)的官網 https://www.jlpt.tw/index.aspx 註冊會員,成為會員後才能申請受測。②接著從頁面中的選項中點選「我要報名」,申請報名的動作並依指示繳費。③完成繳費後,於第3個以上的工作天後,可以再登入系統確認是否通過報名審核。詳細的報名流程可見 https://www.jlpt.tw/WebFile/nagare.pdf 說明。而申請在日本國內考試者,可以透過日本國際教育支援協會官網(info.jees-jlpt.jp)進行報名考試。此外,於其他國家報名考試者,請諮詢各國承辦單位。各國 JLPT 檢定承辦單位可以透過官網確認。

詳情請參看 JLPT 考試官網。
https://www.jlpt.jp

日本語能力測驗N3　題目型態及對策

語言知識（文字・語彙）

問題1　漢字讀音　共8題

選擇漢字的讀音

問題1　＿＿＿のことばの読み方として最もよいものを、1・2・3・4から一つえらびなさい。

例1　この黒いかばんは山田さんのです。
　　1　あかい　　2　くろい　　3　しろい　　4　あおい

例2　何時に学校へ行きますか。
　　1　がこう　　2　がこ　　3　がっこう　　4　がっこ

答え：例1　2、例2　3

問題1　請從1・2・3・4中，選出＿＿的詞語最恰當的讀法。

例1　這個黑色的包包是山田的。
例2　你幾點要去學校？

答案：例1　2、例2　3

POINT

例1のように、読みはまったく違うけど同じジャンルのことばが選択肢に並ぶ場合と、例2のように「っ」や「゛」、長い音の有無が解答の決め手となる場合があります。例1のパターンでは、問題文の文脈からそこに入る言葉の意味が推測できることがあります。問題文は全部読みましょう。

重點注意：此類題型大致可以分為兩種情況。如例1所示，4個選項雖然讀音完全不同，但詞彙的類型相同；而例2的情況，「っ（促音）」「゛（濁音／半濁音）」，或是否有長音通常會成為解答的決定關鍵。諸如例1的問題，有時可以從文脈中推測出底線處詞彙的選項為何，因此要養成答題時把問題從頭到尾讀一遍的習慣。

勉強法

例2のパターンでは、発音が不正確だと正解を選べません。漢字を勉強するときは、音とひらがなを結び付けて、声に出して確認しながら覚えましょう。一見遠回りのようですが、これをしておけば聴解力も伸びます。

學習方法：諸如例2的問題，如果讀音不正確便無法選中正確答案。學習日語漢字時，確認該漢字的讀音，並將整個詞彙大聲念出來，邊念邊記。這種方法不僅可以幫助我們高效記憶，也能夠間接提昇聽力的能力。

問題2　表記　共6題

選擇正確的漢字

問題2　＿＿＿のことばを漢字で書くとき、最もよいものを、1・2・3・4から一つえらびなさい。

例　らいしゅう、日本へ行きます。

1　先週　　2　来週　　3　先月　　4　来月

答え：2

問題2　請從選項1・2・3・4中，選出＿＿的詞語最正確的漢字。

例　下週我要去日本。

1　上週　2　下週　3　上個月　4　下個月

答案：2

POINT

漢字の問題は、長く考えたら答えがわかるというものではありません。時間をかけすぎず、後半に時間を残しましょう。

重點注意：考漢字題時，並不是思考思考的愈久就能夠得到正確的答案。注意不要在此類問題上耗費過多時間，要多把時間留給後半部分的考題。

勉強法

漢字を使った言葉の意味と音と表記をおぼえるだけでなく、以下の2つをするといいでしょう。

①　同じ漢字を使った言葉を集めて単漢字の意味をチェックする。

②　漢字をパーツで分類してグルーピングしておく。

學習方法：

學習具有漢字的詞彙時，在記住該詞彙的意思、讀音和寫法的同時，也可以透過以下兩種方式維持並提昇本身實力。

①網羅有使用到同一個漢字的詞彙，並確認該漢字的意思。

②按照部首將漢字進行分類，並進行分組。

問題3　文脈規定　共11題

選擇最適合放入（　　　）中的詞彙。

問題3　（　　　）に入れるのに最もよいものを、1・2・3・4から一つえらびなさい。

例　私は（　　　）昼ご飯を食べていません。

1　すぐ　　2　もっと　　3　もう　　4　まだ　**答え：4**

問題3　請從1・2・3・4中，選出一個最適合填入（　　　）的答案。

例　我（還）沒有吃午餐。
　　1　馬上　2　更　3　已經　4　還

答案：4

POINT

①漢字語、②カタカナ語、③動詞・副詞の問題が出る。

重點注意：
此類題型經常考的是「①具有漢字的詞彙②片假名詞彙③動詞、副詞」的應用。

勉強法

①漢字語：勉強法は問題1、2と同じです。
②カタカナ語：カタカナ語は多くが英語に由来しています。カタカナ語の母語訳だけでなく、英語と結び付けておくと覚えやすいでしょう。「語末の"s"は「ス」（例：bus→バス）」など、英語をカタカナにしたときの変化を自分なりにルール化しておくと、初めて見る単語も類推できるようになります。
③動詞・副詞：その単語だけでなく、よくいっしょに使われる単語とセットで、例文で覚えましょう。副詞は「程度」「頻度」「予想」など、意味ごとに分類しておくといいですよ。

學習方法：
①具有漢字的詞彙：學習方法與問題1、2相同。
②片假名詞彙：由於片假名詞彙大多源自於英語，因此結合英語進行記憶會比較輕鬆。例如，「バス」的字源為英語的「bus」，「s」變成了片假名的「ス」。針對此類由英語轉化而成的片假名詞彙，可以按照自己獨特的方式對其進行整理和規則化，這樣一來，即使是生字也能夠推測出其意思。
③動詞、副詞：除了記住該詞彙本身的意思外，還要記住經常與該詞彙一起使用的單字。透過例句進行記憶，可以讓印象更深刻。另外，將副詞按照「程度」、「頻率」、「預測」等意思進行分組，也是一種高效的記憶方法。

問題4　近義詞　共5題

選出和＿＿＿的詞彙或用法語意上最接近的選項。

問題4　＿＿＿に意味が最も近いものを、1・2・3・4から一つえらびなさい。

例　作文を書いたので、チェックしていただけませんか。
　　1　勉強　　2　提出　　3　確認　　4　準備

答え：3

問題4　請從1・2・3・4中，選出和＿＿的詞彙意思最相近的答案。

例　我寫了一篇作文，可以請您確認一下嗎？
　1　學習　2　提交　3　確認　4　準備

答案：3

POINT

どの選択肢を選んでも正しい文になることが多い。意味をしっかり確認すること。

重點注意：此類題型許多情況下，無論選擇哪個選項都能組成正確的句子。因此需要牢牢掌握住詞彙的意思。

勉強法

よくいっしょに使われる単語とセットで、単語の意味をおぼえていれば大丈夫。N3レベルでおぼえたほうがいい語彙はとても多いので、少しずつでも毎日勉強しましょう。

學習方法：記住該詞彙以及經常與該詞彙一起使用的單字的意思。N3程度需要記憶的詞彙非常多，所以每天的積累相當重要。

問題5　用法　共5題

選出用法最恰當的句子。

問題5　つぎのことばの使い方として最もよいものを、1・2・3・4から一つえらびなさい。

例　楽
　1　彼は今度の旅行をとても楽にしている。
　2　時間がないから、何か楽に食べましょう。
　3　給料が上がって、生活が楽になった。
　4　みんながわかるように、もう少し楽に説明してください。

答え：3

問題5　請從1・2・3・4中，選出一個最恰當的用法。

例　輕鬆
　1　他讓這次的旅行變得輕鬆容易。
　2　沒時間了，我們輕鬆地吃點東西吧。
　3　加薪之後，生活更輕鬆了。
　4　請更輕鬆地說明，讓大家都能理解。

答案：3

編註　雖然經過翻譯後的中譯「輕鬆」，存在部分譯句裡看起來也是通順的；但是這裡的重點是在日文的原例句裡，例字的「楽」在另外三句裡並不通順，不能使用。

勉強法

単語の意味を知っているだけでは答えられない問題もあります。語彙をおぼえるときは、いつどこで使うのか、どの助詞といっしょに使われるか、名詞の場合は「する」がついて動詞になるのか、などにも注意しておぼえましょう。

學習方法：此類題型，有些問題只知道詞彙的意思是無法選中正確答案的。學習詞彙時，要注意該詞彙什麼時候用在什麼地方，和哪個助詞一起使用；若是名詞的情況，要注意如果加上「する」是否能夠變成動詞等。

語言知識（文法・讀解）

問題1　句子的文法1（文法型式的判斷）　共13題

選出最適合填入（　）的選項。

問題1　つぎの文の（　　　）に入れるのに最もよいものを、1・2・3・4から一つえらびなさい。

例　先生の（　　　）、日本語能力試験に合格しました。
1　おかげで　　2　せいで　　3　ために　　4　からで

答え：1

問題1　請從1・2・3・4中，選出一個最適合放入（　）的選項。

例　（託）老師（的福），我通過日語能力測試了。
1　託了…的福　2　都怪…　3　因為　4　因為

答案：1

POINT

文法問題と読解問題は時間が分かれていない。読解問題に時間をかけられるよう、文法問題は早めに解くこと。わからなければ適当にマークして次へ進むとよい。

重點注意：進行文法和閱讀測驗時不會分開計時。必須為閱讀的部分留下足夠的考試時間。因此文法問題要儘快解題完畢。如果遇到不會做的題，可以隨便選擇一個選項然後進入下一題。

勉強法

文法項目ごとに、自分の気に入った例文を１つおぼえておきましょう。その文法が使われる場面のイメージを持つことが大切です。

學習方法：每個文法項目，都可以透過記憶一句自己喜歡的例句來進行學習。要弄清楚該文法在什麼時候什麼樣的情況下使用，也就是說要對該文法的使用時機形成一個整體印象是相當重要的。

問題2　句子的文法1（句子重組）　共5題

將選項分別填入4個空格中，並回答放在＿★＿位置的選項。

問題2　つぎの文の＿★＿に入る最もよいものを、1・2・3・4から一つえらびなさい。

（問題例）

木の ＿＿＿ ＿＿＿ ＿★＿ ＿＿＿ います。
1　が　　2　に　　3上　　4ねこ

答え：4

問題2　請從1・2・3・4中，選出一個最適合放入 ★ 位置的選項。

（例題）
樹上有隻貓。

答案：4

POINT

＿＿だけ見るのではなく、文全体を読んで話の流れを理解してから解答する。たいていは３番目の空欄が ★ だが、違うこともあるので注意。

重點注意：不要只看＿＿的部分，需閱讀全文，瞭解文章的整體走向之後再進行作答。大多數情況下 ★ 會出現在第3個空白欄處，但也有例外，要注意。

勉強法

文型の知識が問われる問題だけでなく、長い名詞修飾節を適切な順番に並べ替える問題も多く出ます。名詞修飾が苦手な人は、日ごろから、母語と日本語とで名詞修飾節の位置が違うことに注意しながら、長文を読むときに文の構造を図式化するなどして、文の構造に慣れておきましょう。

學習方法： 此類題型不僅會出現測考句型知識的問題，也會出現很多需要將一長段名詞的修飾語及被修飾語按照恰當的順序排列的問題。不擅長名詞修飾結構的人，平時要注意母語和日語中名詞的修飾語及被修飾語所處位置的不同；同時，在閱讀較長的句子時，可以透過將句子的結構圖像化等方法，以習慣句子的結構。

問題3　句子的文法　共5題

根據文脈，選出適當的語彙或句型。

つぎの文章（ぶんしょう）を読んで、文章全体（ぶんしょうぜんたい）の内容（ないよう）を考えて、例１ から 例５ の中に入る最もよいものを、１・２・３・４から一つえらびなさい。

大学の思い出

わたしは１年前に大学を卒業した。大学生のときは、授業には 例１ と思っていたが、その考えは間違っていた。専門家の話を直接聞き、質問できるような機会は、社会に出たらほとんどない。 例２ をしていた時間が、今はとても残念に思われる。 例３ 友人はたくさんできた。今でもその友人たちとはよく会って、いろいろな話をする。これからも友人たちを 例４ と思っている。

例１　１　行かなくてもかまわない　　２　行ったらよかった
　　　３　行ったほうがいい　　　　　４　行かないだろう

例２　１　あのこと　　２　そんな生活
　　　３　この勉強　　４　どういうもの

例3　1　だから　　2　しかし
　　　3　そのうえ　　4　また

例4　1　大切にしていこう　　2　大切にしようがない
　　　3　大切にしていけ　　4　大切にしたものだ

答え：例1　1、例2　2、例3　2、例4　1

請閱讀以下這段文章，並根據文章整體內容，分別從例1～例5的1・2・3・4中，選出最適合填入空格的答案。

大學的回憶

　我一年前從大學畢業。當我還是大學生時，總認為（不去）上課（也沒關係）［例1］，但那是錯誤的想法。出了社會之後，幾乎不太有可以直接聆聽專家談話或是當面提問的機會。對於（那樣）地渡過自己的大學（生活）［例2］，我現在感到非常後悔。（不過）［例3］我在大學時期交到了很多朋友。現在我和那些朋友還是經常見面，談天說地。今後（我要好好珍惜）［例4］這些朋友。

例1　1　不去也沒關係　2　去的話就太好了　3　最好要去　4　不會去吧

例2　1　那件事　2　那樣的生活　3　這個經驗　4　什麼樣的事

例3　1　所以　2　但是　3　而且　4　此外

例4　1　我打算好好珍惜　2　我沒打算珍惜　3　給我好好珍惜　4　我很珍惜

答案：例1　1、例2　2、例3　2、例4　1

POINT

以下の３種類の問題がある。

①接続詞：下記のような接続詞を入れる。空欄の前後の文を読んでつながりを考える。
・順接：だから、すると、そこで
・逆接：ところが、けれども、それでも
・並列：また
・添加：そのうえ、それに
・対比：一方（で）
・言い換え：つまり
・例示：たとえば
・注目：とくに

②文脈指示：「そんな～」「あの～」といった表現が選択肢となる。指示詞の先は、１つ前の文にあることが多い。ただし「先日、こんなことがありました。～」のように、後に続く具体例を指すことばが選択肢となることもある。

③文中表現・文末表現：助詞（「より」「なら」「でも」「だけ」「しか」「まで」「など」）や動詞の活用が問われる。前後の文の意味内容を理解し、付け加えられた文法項目がどのような意味を添えることになるか考える。

重點注意：

此類題型會提問以下3種內容。

①接續詞：測驗下列接續詞的用法。此題型請閱讀空白欄前後的句子，並思考相互間的關聯性。

- 順接：だから、すると、そこで
- 逆接：ところが、けれども、それでも
- 並列：また
- 添加：そのうえ、それに
- 對比：一方（で）
- 說明、補充：つまり
- 舉例：たとえば
- 注目：とくに

②文脈指示：選項中經常出現「そんな～」、「あの～」等指示代名詞的表達。指示代名詞所指示的內容通常可以在上一個句子中找到。但是，以「先日、こんなことがありました。～」為例，指示代名詞之後文中具體例子的詞彙有時也會成為選項。

③文中表達・文末表達：內容會提問助詞（より、なら、でも、だけ、しか、まで、など）的用法或者動詞的活用。理解前後文的內容，並思考選項中所使用的文法項目會賦予該選項什麼樣的意思。

勉強法

①接続詞：上記の分類をおぼえておきましょう。
②文脈指示：「こ」「そ」「あ」が日本語の文の中でどのように使われるか、母語との違いを明確にしておきましょう。
③文末表現・文中表現：日ごろから文法項目は例文ベースで覚えておくと役に立ちます。

學習方法：

①接續詞：記住以上分類並加以練習。

②文脈指示：明確「この」、「こんな」、「その」、「そんな」、「あの」、「あんな」等指示代名詞的用法，並釐清與母語的區別。

③文中表達・文末表達：文法不僅需要靠平時的積累，如何學習也是非常重要的。透過例句學習記憶文法，不失為一種有效的學習方法。

問題4　內容理解（短篇文章）　共4題

閱讀一篇約150～200字左右的文章，選出與文章內容有關的答案。

POINT

質問のパターンはいろいろあるが、だいたいは、筆者が最も言いたい内容が問題になっている。消去法で答えを選ぶのではなく、発話意図をしっかりとらえて選ぶこと。

よくある質問
「私」が最も言いたいことは何か。
このメールを書いた人が最も聞きたいことは何か。
このメモを読んだ人がしなければならないことは何か。

重點注意：此類題型的問題形式很多，但基本上都會提問筆者在文章中最想表達什麼。解答這種問題的關鍵在於，要牢牢把握住文章的中心思想和筆者的寫作意圖，而不是使用排除法。

常見問題
「我（筆者）」最想說的是什麼呢？
寫這封電子郵件最想問的是什麼呢？
在讀這張便條紙的人一定要做的事是什麼呢？

問題5　內容理解（中篇文章）　3題×2

閱讀一篇約350字左右的文章，選出與文章內容有關的答案。

POINT

「＿＿＿とあるが、どのような○○か。」「＿＿＿とあるが、なぜか。」のような質問で、キーワードや因果関係を理解できているか問う問題が出題される。
下線部の意味を問う問題が出たら、同じ意味を表す言い換えの表現や、文章中に何度も出てくるキーワードを探す。下線部の前後にヒントがある場合が多い。

重點注意：
考題會以「＿＿＿とあるが、どのような○○か。」、「＿＿＿とあるが、なぜか。」為例，以一個關鍵字，測考受測者對因果關係的理解，是此類題型的測驗重點。
對於這種就底線部分的意思進行提問的問題，可以找出表示相同意思的替換表達、或者文章中反覆出現的關鍵字。大多數情況下，可以從底線部分的前後文中找到提示。

問題6　內容理解（長文）　共4題

閱讀一篇約550字左右的文章，選出與文章內容有關的答案。

POINT

「＿＿＿とあるが、どのようなものか。」「この文章から○○についてわかることはどんなことか」「この文章のテーマは何か」のような質問で、概要や論理の展開などが理解できているか問う問題が出題される。
文章の概要を問う問題では、何度も出てくるキーワードがヒントになる。
筆者の考えを問う問題では、主張や意見を示す表現（～べきだ、～のではないか、～なければならない、など）に注目する。

重點注意：
以「＿＿＿とあるが、どのようなものか。」、「この文章から○○についてわかることはどんなことか」、「この文章のテーマは何か」為例，此類題型重點為測考對文章概要以及邏輯發展的理解。
測考查文章概要的問題，注意反覆出現的關鍵詞為解題關鍵。
詢問筆者想法的問題，則需要注意表達筆者主張或意見的語句，該類語句通常會以「～べきだ」、「～のではないか」、「～なければならない」等結尾。

勉強法

問題5と6では、まずは、全体をざっと読むトップダウンの読み方で大意を把握し、次に問題文を読んで、下線部の前後など、解答につながりそうな部分をじっくり見るボトムアップの読み方をするといいでしょう。日ごろの読解練習でも、まずざっと読んで大意を把握してから、丁寧に読み進めるという2つの読み方を併用してください。

學習方法：在問題5和6中，首先，先將整篇文章大略地看過一遍，然後以由上而下的方法來掌握文章大意；然後閱讀問題，並仔細觀察底線部分前後的語句等，以由下而上的方法仔細閱讀與解答相關的部分。平常在讀解練習時，要有意識地並用「由上而下」和「由下而上」這兩種閱讀方法，先將全文看過一遍，掌握住文章的大意之後，再仔細地閱讀下去。

問題7　資訊檢索　共2題

閱讀題目（廣告、宣傳手冊等內容），從中找出必要的資訊並回答問題。

POINT

何かの情報を得るためにチラシなどを読むという、日常の読解活動に近い形の問題。初めに問題文を読んで、必要な情報だけを拾うように読むと効率がいい。多い問題は、条件が示されていて、それに合う商品やコースなどを選ぶもの。また、「参加したい／利用したいと考えている人が、気を付けなければならないことはどれか。」という問題もある。その場合、選択肢１つ１つについて、合っているかどうか本文と照らし合わせる。

重點注意：日常生活中，人們常常會閱讀傳單等宣傳物品藉此獲得相關資訊。因此，此類題型與我們日常生活中的閱讀行為相當貼近。多數的情況下，答題時需要依據問題中列出的條件選擇符合該條件的商品或課程等項目。首先閱讀問題時，只記住必要的資訊，然後再閱讀正文內容，這種答題方式會以較有效率。除此之外，也會出現諸如「参加したい／利用したいと考えている人が、気を付けなければならないことはどれか。」之類的問題。這種情況下可以使用排除法，把每個選擇項都與正文對照一下，並判斷是否正確。

勉強法

広告やパンフレットの情報としてよく出てくることばを理解しておきましょう。

（例）　時間：営業日、最終、～内
　　　　場所：集合、お届け、訪問
　　　　料金：会費、～料、割引、無料
　　　　申し込み：締め切り、要⇔不要、最終、募集人数　　など

學習方法：預先理解廣告、傳單或者宣傳手冊中經常出現的與資訊相關的用語。

（例）
時間：營業日、工作天；最終、最後；…之中、之內
場所：集合；傳達、送達；訪問
金額：會費；…費；折扣；免費
申請：截止日期；要⇔不要；最終、最後；招募人數　　等

聽解

勉強法

聴解は、読解のようにじっくり情報について考えることができません。わからない語彙があっても、瞬時に内容や発話意図を把握できるように、たくさん練習して慣れましょう。とはいえ、やみくもに聞いても聴解力はつきません。話している人の目的を把握したうえで聞くようにしましょう。また、聴解力を支える語彙・文法の基礎力と情報処理スピードを上げるため、語彙も音声で聞いて理解できるようにしておきましょう。

學習方法：聽力測驗時會無法像讀解測驗那樣地有充裕的時間可以仔細地進行思考。即使有聽不懂的詞彙，也要練到能夠瞬間掌握其對話內容和表達意圖，因此平日頻繁地練習便相當地重要。話雖如此，若是像無頭蒼蠅般一昧盲目地聽也無法提升聽解能力。因此在進行聽力練習時，要養成能聽出話者發言目的的習慣。此外，詞彙、文法及資訊處理速度構成是聽解能力的基，因此在學習詞彙時，可以邊聽邊學，這也是一種間接提昇聽解能力的方式。

問題1　課題理解　共6題

聆聽二人的對話，從對話中掌握解決某個課題所需的資訊。

問題1では、まず質問を聞いてください。それから話を聞いて、問題用紙の1から4の中から、最もよいものを一つえらんでください。

状況説明と質問を聞く

大学で女の人と男の人が話しています。男の人は何を持っていきますか。

▼

会話を聞く

女：昨日、佐藤さんのお見舞いに行ってきたんだけど、元気そうだったよ。

男：そっか、よかった。僕も今日の午後、行こうと思ってたんだ。

女：きっとよろこぶよ。

男：何か持っていきたいんだけど、ケーキとか食べられるのかな。

女：足のケガだから食べ物に制限はないんだって。でも、おかしならいろんな人が持ってきたのが置いてあったからいらなさそう。ひまそうだったから雑誌とかいいかも。

▼

もう一度質問を聞く

男：いいね。おすすめのマンガがあるからそれを持っていこうかな。

▼

選択肢、またはイラスト）から答えを選ぶ

男の人は何を持っていきますか。

1　ケーキ
2　おかし
3　ざっし
4　マンガ

答え：4

在問題1中，請先聽問題。並在聽完對話後，從試題本上1～4的選項中，選出一個最適當的答案。

聆聽情境說明與問題

大學中一男一女正在交談，男人打算帶什麼東西去？

▼

聆聽對話內容

女：昨天我去探望佐藤了，他看起來精神還不錯。
男：是喔，太好了。我也打算今天下午去探望他。
女：他一定會很高興的。
男：我想帶點東西過去。他不知道能不能吃蛋糕之類的東西。
女：他是腳傷，聽說在飲食方面沒有限制。不過那邊放了很多人帶去的零食點心，所以看起來並不缺。他看起來很閒，帶雜誌去可能比較好。
男：好，那我帶別人推薦的漫畫好了。

▼

再聽一次問題

▼

從選項或插圖中
選出正確答案

男人打算帶什麼東西去？

1　蛋糕
2　點心
3　雜誌
4　漫畫

答案：4

POINT

質問をしっかり聞き、聞くべきポイントを絞って聞く。質問は「（これからまず）何をしなければなりませんか。」というものがほとんど。「○○しましょうか。」「それはもうやったからいいや。」などと話が二転三転することも多いので注意。

重點注意：仔細聽問題，並抓住重點。問題幾乎都是「（これからまず）何をしなければなりませんか。」這類的提問。對話過程中話題會反覆變化，因此在聽考題時，要仔細留「○○しましょうか。」、「それはもうやったからいいや。」這類的語句。

問題2　重點理解　共6題

聽聽一人的發言或二人的對話，掌握內容的重點。

問題2では、まず質問を聞いてください。そのあと、問題用紙を見てください。読む時間があります。それから話を聞いて、問題用紙の1から4の中から、最もよいものを一つえらんでください。

状況説明と質問を聞く

▼

選択肢を読む

▼

話を聞く

▼

もう一度質問を聞く

▼

選択肢から答えを選ぶ

🔊 日本語学校の新入生が自己紹介しています。新入生は、将来、何の仕事がしたいですか。

（約20秒間）

🔊 女：はじめまして、シリンと申します。留学のきっかけは、うちに日本人の留学生がホームステイしていて、折り紙を教えてくれたことです。とてもきれいで、日本文化に興味を持ちました。日本の専門学校でファッションを学んで、将来はデザイナーになりたいと思っています。どうぞよろしくお願いします。

🔊 新入生は、将来、何の仕事がしたいですか。

1　日本語を教える仕事
2　日本ぶんかをしょうかいする仕事
3　つうやくの仕事
4　ふくをデザインする仕事

答え：4

在問題2中，請先聽問題，接著再閱讀試題本上的選項，會有閱讀選項的時間。閱讀完畢之後，請再次聆聽發言或對話，並從1到4的選項中，選出一個最適當的答案。

聆聽情境說明與問題

▼

閱讀試題的選項

▼

聆聽發言或對話內容

▼

🔊 日語學校的新生正在進行自我介紹。這位新生將來想從事什麼工作？

（間隔約20秒）

🔊 女：女：大家好，我是希林。我之所以會想來日本留學，是因為來我家寄宿的日本留學生教了我折紙。折紙真的好美，讓我對日本文化產生了興趣。我目前在日本的專門學校學習服裝設計，將來想成為一名服裝設計師。請各位多多指教。

再聽一次問題

▼

從選項中選出正確答案

這位新生將來想從事什麼工作？

1　日語教學的工作
2　介紹日本文化的工作
3　口譯的工作
4　服裝設計的工作

答案：4

POINT

質問文を聞いたあとに、選択肢を読む時間がある。質問と選択肢から内容を予想し、ポイントを絞って聞くこと。問われるのは、原因・理由や問題点、目的、方法などで、日常での聴解活動に近い。

重點注意：聽完問題後，會有時間閱讀選項。先從問題和選項預測接下來要聽的內容，並抓住重點聆聽。此類題型的對話場景通常很貼近於日常生活的內容，問題通常會涉及到原因、理由、疑問點、目的或方法等等。

問題3　概要理解　共3題

聆聽一人的發言或二人的對話，掌握該段內容的主題或是說話者欲表達的想法等概要內容。

問題3では、問題用紙に何もいんさつされていません。この問題は、ぜんたいとしてどんなないようかを聞く問題です。話の前に質問はありません。まず話を聞いてください。それから、質問とせんたくしを聞いて、1から4の中から、最もよいものを一つえらんでください。

状況説明を聞く

日本語のクラスで先生が話しています。

▼

話を聞く

男：今日は「多読」という授業をします。多読は、多く読むと書きます。本をたくさん読む授業です。ルールが3つあります。辞書を使わないで読む、わからないところは飛ばして読む、読みたくなくなったらその本を読むのをやめて、ほかの本を読む、の3つです。今日は私がたくさん本を持ってきたので、まずは気になったものを手に取ってみてください。

▼

質問を聞く

今日の授業で学生は何をしますか。

▼

選択肢を聞く

1　先生が本を読むのを聞く
2　辞書の使い方を知る
3　たくさんの本を読む
4　図書館に本を借りに行く

▼

答えを選ぶ

答え：3

問題3的試題本上不會印有任何文字。請先聽對話，接著聆聽問題和選項，最後再從1到4的選項中，選出最適合的答案。

聆聽情境說明與問題

▼

聆聽發言或對話內容

▼

聆聽問題

▼

聆聽選項

▼

選出正確答案

🔊 日語課，老師正在發言。

🔊 男：今天要上的課是「多讀」。「多讀」就是表示要閱讀很多本書。而閱讀時有三條規則：不使用字典、有不懂的地方就跳過不讀、不想讀就放棄並換一本書來讀。今天我帶了很多本書來，請各位先挑一本自己喜歡的書來看。

🔊 今天這堂課的學生要做什麼？

🔊 1　聽老師讀書。
2　瞭解字典的用法。
3　閱讀很多本書。
4　去圖書館借書。

答案：3

POINT

話題になっているものは何か、一番言いたいことは何かなどを問う問題。細部にこだわらず、全体の内容を聞き取るようにする。とくに「つまり」「このように」「そこで」など、要旨や本題を述べる表現や、「～と思います」「～べきです」など、話し手の主張や意見を述べている部分に注意する。

重點注意：對話內容圍繞什麼話題展開，最想表達什麼，是此類題型的考試重點。不要在細節上鑽牛角尖，要清楚掌握住對話整體的內容。特別是「つまり」、「このように」、「そこで」等陳述重點或中心思想的表達，以及「～と思います」、「～べきです」這類陳述話者主張或意見的部分出現時，都必需特別注意。

問題4　說話表現　共4題

一邊看圖一邊聆聽情境說明，接著選出最符合情境的發言。

問題4では、えを見ながら質問を聞いてください。やじるし（→）の人は何と言いますか。1から3の中から、最もよいものを一つえらんでください。

イラストを見る

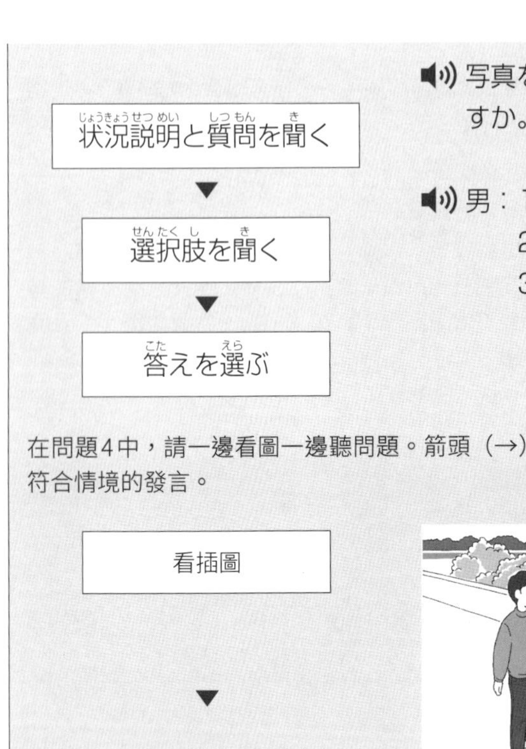

写真を撮ってもらいたいです。近くの人に何と言いますか。

男：1　よろしければ、写真をお撮りしましょうか。
　　2　すみません、写真を撮っていただけませんか。
　　3　あのう、ここで写真を撮ってもいいですか。

答え：2

在問題4中，請一邊看圖一邊聽問題。箭頭（→）所指的人說了些什麼？　從1～3的選項中，選出最符合情境的發言。

看插圖

聆聽情境說明與問題 → 聆聽選項 → 選出答案

想請人幫忙拍照。他要向附近的人說什麼？

男：1　可以的話，我們拍張照吧。
　　2　不好意思，可以麻煩你幫我拍照嗎？
　　3　那個，我可以在這裡拍照嗎？

答案：2

POINT

最初に流れる状況説明と問題用紙に描かれたイラストから、場面や登場人物の関係をよく理解したうえで、その状況にふさわしい伝え方、受け答えを考える。

重點注意：這類題型請依據最初播放的狀況說明以及插圖，在理解對話場景或登場人物的關係之後，思考適合該場合的傳達和應答方式為何。

問題5　即時應答　共9題

聽取某方的提問、請託這類較簡短的發言內容後，選出最恰當的答案。

問題5では、問題用紙に何もいんさつされていません。まず文を聞いてください。それから、そのへんじを聞いて、1から3の中から、最もよいものを一つえらんでください。

質問などの短い発話を聞く	すみません、会議で使うプロジェクターはどこにありますか。
▼	
選択肢を聞く	1　ロッカーの上だと高すぎますね。 2　ドアの横には置かないでください。 3　事務室から借りてください。
▼	
答えを選ぶ	

答え：3

問題5的試題本不會印有任何文字。請先聽一段發言及針對此發言的回應內容，再從選項1～3中，選出最恰當的答案。

聆聽某人的提問等較簡短的發言內容	不好意思，請問會議要用的投影機在哪裡？
▼	
聆聽選項	1　置物櫃上太高了。 2　請不要放在門邊。 3　請向辦公室借。
▼	
選出答案	

答案：3

勉強法

問題4と5には、日常生活でよく使われている挨拶や表現がたくさん出てきます。日頃から注意しておぼえておきましょう。文型についても、読んでわかるだけでなく、耳から聞いてもわかるように勉強しましょう。

學習方法：在問題4和5中，會出現很多日常生活中經常使用的問候和表達方式。如果平時用到或聽到這樣的話語，就將它們記下來吧！句型也一樣，不僅要看得懂，也要聽得懂。

試題中譯（注意事項）

語言知識（文字・語彙）問題1

★ 選項中標示「×」時，指無此發音之詞彙（專有名詞除外），為混淆用選項。
★ 當選項中的假名一音多義時，只取一近義詞或任意擇一使用；此外，當選項恰巧符合某日語中鮮用的單一生僻詞彙時亦有列出。

語言知識（文字・語彙）問題2

★ 選項中標示「×」時，指無此漢字搭配之詞彙（專有名詞除外），為混淆用選項。

語言知識（文字・語彙）問題5

★ 中譯後標有「×」時，指因日文文法本身就不通，故翻譯後中文也會怪異。重點注意，有些錯誤選項中的中譯看起來雖然能通，但重點是在日文裡是不通的。

語言知識　問題1（文法・讀解）

★ 選項中標示「×」時，指該詞語以下幾種狀況：①無意義、②也許有意義但無法與題目構成文法、③無法使問題通順。

關於時間的分配

考試就是在和時間賽跑。進行模擬測驗時，也要確實地計算自己作答的時間。
下表為大致的時間分配。

語言知識（文字・語彙・文法）30分鐘

問題 問題	問題数 問題數	かける時間の目安 大題時間分配	1問あたりの時間 小題時間分配
問題1	共8題	3分鐘	20秒
問題2	共6題	2分鐘	20秒
問題3	共11題	6分鐘	30秒
問題4	共5題	3分鐘	30秒
問題5	共5題	10分鐘	2分鐘

語言知識（文法）・讀解　70分鐘

問題 問題	問題数 問題數	かける時間の目安 大題時間分配	1問あたりの時間 小題時間分配
問題1	共13題	8分鐘	30秒
問題2	共5題	5分鐘	1分鐘
問題3	共5題	10分鐘	2分鐘
問題4	4篇短篇文章	8分鐘	每篇短篇文章 （共1題） 2分鐘
問題5	2篇中篇文章	12分鐘	每篇中篇文章 （共3題） 6分鐘
問題6	1篇長篇文章	10分鐘	每篇長篇文章 （共4題） 10分鐘
問題7	資訊情報1則	8分鐘	每一題4分鐘

聽解　40分

聽解は、「あとでもう一度考えよう」と思わず、音聲を聞いたらすぐに答えを考えて、マークシートに記入しましょう。

進步聽力測驗時，不要總想著「我待會再思考一遍」，聽的同時就要思考答案，然後立刻填寫答案卡。

第1回　解答・解説

解答・解說

ごうかくもし　かいとうようし

N3 げんごちしき（もじ・ごい）

第1回

じゅけんばんごう Examinee Registration Number		なまえ Name	

〈ちゅうい　Notes〉

1. **くろいえんぴつ（NB、No.2）でかいてください。**
   Use a black medium soft (HB or No.2) pencil.
   （ペンやボールペンではかかないでください。）
   (Do not use any kind of pen.)
2. **かきなおすときは、けしゴムできれいにけしてください。**
   Erase any unintended marks completely.
3. **きたなくしたり、おったりしないでください。**
   Do not soil or bend this sheet.
4. **マークれい** Marking Examples

よいれい Correct Example	わるいれい Incorrect Examples
●	⊘ ✓ ○ ◎ ≋ ⦶ ●

問題1				
1	●	②	③	④
2	①	●	③	④
3	①	●	③	④
4	①	②	③	●
5	①	②	●	④
6	●	②	③	④
7	①	●	③	④
8	①	②	③	●

問題2				
9	①	②	③	●
10	①	②	●	④
11	①	②	●	④
12	●	②	③	④
13	①	②	●	④
14	●	②	③	④

問題3				
15	①	②	③	●
16	●	②	③	④
17	①	●	③	④
18	●	②	③	④
19	①	●	③	④
20	①	②	③	●
21	①	●	③	④
22	●	②	③	④
23	①	②	●	④
24	①	●	③	④
25	①	②	●	④

問題4				
26	①	●	③	④
27	①	●	③	④
28	①	②	③	●
29	●	②	③	④
30	●	②	③	④

問題5				
31	●	②	③	④
32	●	②	③	④
33	①	②	③	●
34	●	②	③	④
35	①	②	③	●

ごうかくもし　かいとうようし

N3 げんごちしき（ぶんぽう）・どっかい

第1回

じゅけんばんごう Examinee Registration Number		なまえ Name	

〈ちゅうい　Notes〉

1. **くろいえんぴつ（NB、No.2）でかいてください。**
   Use a black medium soft (HB or No.2) pencil.
   （ペンやボールペンではかかないでください。）
   (Do not use any kind of pen.)
2. **かきなおすときは、けしゴムできれいにけしてください。**
   Erase any unintended marks completely.
3. **きたなくしたり、おったりしないでください。**
   Do not soil or bend this sheet.
4. **マークれい** Marking Examples

よいれい Correct Example	わるいれい Incorrect Examples
●	⊗ ✓ ○ ◎ ⊜ ⦶ ●

問題1

1	①	②	③	●
2	①	②	③	●
3	●	②	③	④
4	①	●	③	④
5	●	②	③	④
6	①	●	③	④
7	①	②	●	④
8	①	②	●	④
9	①	●	③	④
10	①	●	③	④
11	①	②	③	●
12	①	●	③	④
13	①	②	③	●

問題2

14	①	②	●	④
15	①	②	●	④
16	①	●	③	④
17	①	②	③	●
18	①	②	●	④

問題3

19	①	②	③	●
20	①	●	③	④
21	①	②	●	④
22	①	●	③	④
23	①	②	③	●

問題4

24	①	●	③	④
25	①	②	③	●
26	●	②	③	④
27	●	②	③	④

問題5

28	①	●	③	④
29	●	②	③	④
30	①	②	●	④
31	①	②	③	●
32	●	②	③	④
33	①	②	●	④

問題6

34	①	②	③	●
35	①	②	●	④
36	①	②	③	●
37	①	●	③	④

問題7

38	①	●	③	④
39	①	②	●	④

ごうかくもし　かいとうようし

N3 ちょうかい

第1回

じゅけんばんごう Examinee Registration Number		なまえ Name	

〈ちゅうい　Notes〉

1. **くろいえんぴつ（NB、No.2）でかいてください。**
   Use a black medium soft (HB or No.2) pencil.
   （ペンやボールペンではかかないでください。）
   (Do not use any kind of pen.)
2. **かきなおすときは、けしゴムできれいにけしてください。**
   Erase any unintended marks completely.
3. **きたなくしたり、おったりしないでください。**
   Do not soil or bend this sheet.
4. **マークれい** Marking Examples

よいれい Correct Example	わるいれい Incorrect Examples
●	⊗ ✓ ○ ◎ ≋ ⦶ ◉

問題1（もんだい）

れい	①	②	③	●
1	●	②	③	④
2	①	②	●	④
3	①	●	③	④
4	①	②	③	●
5	①	②	●	④
6	①	②	●	④

問題2（もんだい）

れい	①	②	③	●
1	①	②	●	④
2	①	●	③	④
3	①	②	③	●
4	①	②	●	④
5	●	②	③	④
6	①	②	③	●

問題3（もんだい）

れい	①	②	●	④
1	①	●	③	④
2	①	②	③	●
3	●	②	③	④

問題4（もんだい）

れい	①	●	③
1	①	●	③
2	●	②	③
3	①	②	●
4	●	②	③

問題5（もんだい）

れい	①	②	●
1	①	●	③
2	①	●	③
3	①	②	●
4	●	②	③
5	①	②	●
6	①	●	③
7	①	●	③
8	●	②	③
9	①	●	③

第一回　得分表與分析

		配分	答對題數	分數
文字・語彙	問題1	1分×8題	／8	／8
	問題2	1分×6題	／6	／6
	問題3	1分×11題	／11	／11
	問題4	1分×5題	／5	／5
	問題5	1分×5題	／5	／5
文法	問題1	1分×13題	／13	／13
	問題2	1分×5題	／5	／5
	問題3	1分×5題	／5	／5
	合　計	58分		a　／58

以60分為滿分計算總分。　a [　　] 分÷5×60＝ A [　　] 分

		配分	答對題數	分數
讀解	問題4	3分×4題	／4	／12
	問題5	4分×6題	／6	／24
	問題6	4分×4題	／4	／16
	問題7	4分×2題	／2	／8
	合　計	60分		B

		配分	答對題數	分數
聽解	問題1	3分×6題	／6	／18
	問題2	2分×6題	／6	／12
	問題3	3分×3題	／3	／9
	問題4	3分×4題	／3	／12
	問題5	1分×9題	／9	／9
	合　計	60分		C

A B C 這三個項目中，若有任一項低於48分，
請在閱讀解說及對策後，再挑戰一次。（48分為本書的及格標準）

※此得分表的各項配分，是由日本アスク出版編輯部依據題目難度所設定的配分。

語言知識（文字・語彙）

問題（もんだい）1

1　1 てんしょく

転職（てんしょく）：改行、換工作、轉職

2 転勤（てんきん）：調職
3 就職（しゅうしょく）：就業

2　2 ばん

晩（ばん）ご飯（はん）＝夕（ゆう）ご飯（はん）＝夜（よる）に食（た）べるご飯（はん）
（晚上那一餐）

近來也會使用「夜（よる）ご飯（はん）」的說法表示。

3　2 えいぎょう

営業（えいぎょう）：營業、業務

1 開業（かいぎょう）：開業、開張
4 工業（こうぎょう）：工業

4　4 ちかみち

近道（ちかみち）：近路、捷徑

5　3 みとめ

認（みと）める：認可、認同、賞識

1 確（たし）かめる：弄清、查明
4 求（もと）める：渴望、盼望

6　1 げんりょう

原料（げんりょう）：原料

2 材料（ざいりょう）：材料
4 賃料（ちんりょう）：租金

7　2 じゅうたい

渋滞（じゅうたい）：堵車、塞車、壅塞、堵塞

8　4 ちょうし

調子（ちょうし）：興頭、勢頭、狀態、節拍

問題（もんだい）2

9　4 遊（あそ）ぶ

遊（あそ）ぶ：玩耍

1 逃（に）げる：逃走
2 連（つ）れて行（い）く：帶著去
3 遅（おく）れる：遲、遲來、遲到

10　3 重体（じゅうたい）

重体（じゅうたい）：病危、危篤

1 十代（じゅうだい）：第十代、（年齡）10 ～ 19歲之間
2 重大（じゅうだい）：重大

11　3 帰宅（きたく）

帰宅（きたく）＝家（いえ）に帰（かえ）ること（回家）

12　1 冷（つめ）たい

冷（つめ）たい：（觸感上）涼的、冰的

2 凍（こお）る：結冰
冷凍（れいとう）：冷凍
3 寒（さむ）い：寒冷
4 涼（すず）しい：涼爽

13　3 栄養（えいよう）

栄養（えいよう）：營養

栄養（えいよう）をとる：攝取營養

1 体調（たいちょう）：身體狀況
2 休養（きゅうよう）：休養
□睡眠（すいみん）：睡眠

14 1 関心

関心：關心、感興趣

2 感心：欽佩、敬佩

問題 3

15 4 希望

希望：希望

1 興味：興趣

2 期待：期待

3 確認：確認

16 1 貯金

貯金：存錢

2 税金：稅金

3 現金：現金

4 代金：貨款、（支付）金額

17 2 不足

不足：不足、缺乏

運動不足：缺乏運動

1 不安（な）：不安

3 不良：不良

4 不満：不滿

18 1 すっかり

すっかり：完全

2 ぐっすり寝る：睡得很香

3 はっきり話す：說清楚

4 ぴったり合う：完美契合、很合

19 2 種

種：種子

1 林：樹林

3 草：草

4 葉：葉子

20 4 結果

結果：結果

1 研究：研究

2 検査：檢查

3 調査：調查

21 2 トラブル

トラブル：糾紛、麻煩

1 ドリブル：（足球）盤球、（籃球）運球

3 サポート：支援、支持、贊助

4 サイクル：循環

22 1 ひねった

ひねる：扭、轉、扭轉

2 ほる：挖

3 なでる：撫摸

4 しぼる：擰

23 3 文句

文句：意見、牢騷、抱怨

文句ばかり言う＝いつも文句を言っている

（淨是一直抱怨＝總是發牢騷）

1 会話：會話、對話

2 電話：電話

4 笑顔：笑臉、笑容

24 2 くやしい

くやしい：不甘心的

1はげしい：激烈的

3 あやしい：可疑的

4 むずかしい：難的、困難的

25 3 原因

原因：原因

1 理解：理解

2 説明：說明

4 様子：情況

問題4

26 2 さらに

ますます＝さらに：更加

27 2 無料

ただ＝無料：免費

1 割引：打折

3（お）得になる：實惠、有賺頭、賺到

4 半額：半價

28 4 だめになり

くさる＝だめになる：腐爛、腐壞、變質

29 1 しょうじきな

そっちょくな＝正直な：坦率＝老實（說）、照實（說）

2 生意気な：自大、傲慢

3 難しい：難的、困難的

30 1 うるさい

やかましい＝うるさい：吵鬧的＝煩人的

問題5

31 1 先生のことは、決して忘れません。我絕對不會忘記老師。

決して～ない：絕不…

32 1 会議の場所のメールを後輩にも転送した。開會地點的e-mail我也轉寄給後輩了。

（メールの）転送：轉寄（郵件）

2 横を見ながら**運転**すると危ないですよ。

開車東張西望很危險。

運転：駕駛

3 郵便局へ行って荷物を**発送**した。

去了一趟郵局把行李寄出了。

発送：郵寄

33 4 友達に文化祭を見に行こうと誘われた。朋友邀我去參觀校慶活動。

誘う：邀請

※大多搭配［意志形］一同使用。

2 部下から來週月曜日は休ませてほしいと頼まれた。下屬拜託我下週一讓他休假。

頼む：請求

34 1 体調が悪くて食慾がない。身體不舒服沒食慾。

食慾：食慾

2 この油は**食用**なので料理に使います。

這是食用油，所以是用於做菜。

食用：食用

3 もうすぐ**食事**の時間ですよ。

就快到用餐時間了。

食事：吃飯、用餐

4 お昼ご飯は近くの**食堂**で食べます。

中餐就在附近的食堂吃。

食堂：食堂

35 4 今より安定した仕事を見つけたい。我想找一個比現在穩定的工作。

安定：安定、穩定

1 **安全**のためにヘルメットをかぶりなさい。

為了安全起見，請戴安全帽

安全：安全

2 休みの日は**安心**してビールが飲める。

休假日可以放心喝啤酒。

安心：放心、安心、沒有顧慮

語言知識（文法）・讀解

◆文法

問題1

1 4 べき

～するべき＝～しなければならない（應該…）

2 4 にたいして

～にたいして：相對於…、對於…、對…

3 1 ようでしたら

～ようなら／～ようだったら：「～ようだ」＋「～なら」／「～たら」。意思是「如果是那樣的話」。

4 2 かぎる

～にかぎる＝～が最高だ（最好、最棒）

5 1 を

與「道を歩く（走在路上）」、「空を飛ぶ（飛在空中）」的「を」（穿過一段空間的應用概念）相同，這裡是表示「渡過一段期間」的意思。

6 2 せっかく

せっかく：難得

7 3 ことだ

～ことだ＝～したほうがいい（最好要…）

8 3 しだい

～しだい＝～したらすぐに（立刻、隨即、一…，馬上）

9 2 歩くしかない

～しかない＝～以外に方法がない（除了…以外別無他法、只能…）

10 2 である

～かのように：意思是「就好像…似的；就好像…一様」。「～には」前為動詞的「辭書形」或「た形」。

11 4 吸うな

寫著「禁煙」是表示「請勿在此吸菸」的意思。這裡是以「吸うな」表示禁止之意。

12 2 つけたまま

～まま：表示某種狀態一直持續。由於前面的助詞是「を」，所以不是用「ついたまま」，而是「つけたまま」才對。

13 4 はずがない

～はずだ＝きっと～だと思う（我認為應是…）

～はずがない＝～ないと思う（我認為不應是…）

問題2

14 3

週末に　4うちの店で　1アルバイトをして　3くれる　2留学生　を探しています。

我們正在找週末可以4在店內1打工的2留學生。（3的文法在經過中譯後已消失）

15 **3**

どんなにつらくても、生きていかなければならない。4**生きて** 2**いる** 3**から** 1**こそ** 喜びもあるのだ。

無論再怎麼辛苦，都得活下去。1正3因為有4活2著，才能感受到喜悅。

～からこそ：理由の強調（強調理由）。

16 **2**

お客さんから、スタッフの 4**あいさつに** 1**元気がない** 2**という** 3**クレーム** があった。

客人3投訴工作人員4問候時1無精打采。

（2的文法在經過中譯後已消失）

17 **4**

私の 2**恋人** 1**ほど** 4**かわいい人** 3**は** いない。

沒有人像我的2戀人1一樣4可愛。

（3的文法在經過中譯後已消失）

～ほど…は いない／ない＝～が１番…だ。

（…沒有像…那樣的…是＝…是最好的）

18 **3**

この図の 2**とおりに** 1**紙を** 4**折って** 3**みて** ください。

4折1紙時請3試著2照著這張圖折。

～のとおりに：按照…

～てみる：試著做…

問題３

19 **4 なぜかというと**

接續詞的題目要仔細觀察空格前後的內容。以這一題來說，前句是「我一點都不想去溫泉」，後句則是「因為我的國家並沒有這種習慣，所以覺得～是很丟臉的事。」，因此這裡要填入的是表示［理由］的用法。

20 **2 によると**

～によると：根據…、依據…（表示訊息的出處）

21 **3 楽しめるようになりました**

楽しむ：享受

～ようになる：表示狀態發生改變

22 **2 このような**

23 **4 何より**

仔細觀察空格的前後文，由於前句和後句都是在表達溫泉的好處，所以這裡要選出的是內容有表示「更加地有、（優點）加乘」相關意義的選項。

◆ 讀解

問題4

(1) 24 2

1**線香花火は手で持つタイプの花火**で、火をつけると火の玉ができます。火花は小さく、木の小枝のようにパチパチと飛び散り、だんだん弱くなって最後には火の玉がポトっと落ちます。2**火花が長く続くようにするには、火をつける前に火薬が入っている部分を指で軽く押さえて空気を抜くといい**ようです。また、新しい花火より3**1年前の花火のほうが、火薬が中でよくなじんで安定したきれいな花火が見られる**という人もいます。4**余ったら袋に入れて、冷暗所に置いておく**といいでしょう。

1**仙女棒是手持型的煙火**，點燃之後會形成火球。仙女棒的火花很小，劈哩啪拉地如樹枝狀般向四處飛散，當火花漸漸地減弱到最後，火球會直接斷落。2**要讓火花持續較長的時間，似乎最好是在點燃前用手指輕輕地按壓一下裝填火藥的部分，把空氣擠出來**。此外，也有人認為相較於新的仙女棒，3**放了一年的仙女棒，當中的火藥成份會融合得更好更安定，火花看起來會更美**。4**沒用完的仙女棒最好放入袋中，收到陰暗處存放**。

1 線香花火「(仙女棒)」是手持的煙火。

2 ○

3 放了一年的仙女棒火花會比較漂亮。

4 要收到陰暗處保存的是剩下的仙女棒。而「冷蔵庫（冰箱）」和「冷暗所（陰暗處）」是不一樣的。

熟記單字及表現

□余る：剩餘、剩下

(2) 25 4

これは会社の人が社員に送ったメールである。

這是公司的人寄給職員的電子郵件。

みなさま

お疲れさまです。

明日の7：00から10：00に1**電気設備の交換工事が予定されています。**

その時間はビル全體で電気が止まります。

つきましては、明日の始業時間は10：00とします。

2**部長会議**は9：30からの予定でしたが、10：30からに変更します。

朝は停電のため、電話やWi-fiがつながらなくなります。

3**必要に応じて、社外の人に伝えてください。**

1 進行工程的並不是公司的員工。

2 要開會的只有部長。

3 只告知必要的公司外的業務往來人士。

4 **今日は、パソコンの電源は切って帰ってください。** ── 4 ○

よろしくお願いします。

関口

大家好。

各位辛苦了。
明天 7：00 ～ 10：00 1 **預定將進行電氣設備更換工程**。
在這段期間，整棟大樓都會停止供電。
因此明天 10：00 才開始上班。
原定於明早 9：30 的 2 **部長級會議**，也改至 10：30 開始。
由於早上停電的關係，電話及 Wi-fi 皆無法連接使用。
3 **請視必要的程度告知公司外的業務往來人士**。
4 **今天回家前請關掉電腦的電源**。

敬請各位配合。

關口

□**停電**：停電　　　□**必要に応じて**：根據需要、有必要性（時）

(3) 26 1

ジュースなどを飲むのに、ストローを使って飲む人は多いでしょう。しかし今、このストローが良くないという意見が世界中で増えています。原料であるプラスチックがごみとなり、海を汚し、そこに住む生物に悪い影響を与えているのです。

このため、プラスチックのストローを使うのをやめようという運動が始まっています。そのかわりに考えられたのが、紙や木からつくられたストローです。これらはすでにいくつかのコーヒーショップやレストランなどで使われていますが、値段が高いことが問題です。これについては今後解決しなければなりません。

大部分的人應該都是使用吸管飲用果汁之類的飲料吧。不過現今世上有愈來愈多人，認為這些吸管是不好的東西。吸管原料的塑膠變成垃圾後會污染海洋，並對於居住在海洋中的生物產生不良的影響。

因此開始有停用塑膠吸管的運動。這時想到的替代方案，是改使用由紙張或木頭所製成的吸管。目前已經有數間咖啡店或餐廳使用此種吸管，但問題是價格高昂。這一點是今後必須解決的問題。

寫下這則文章的人想表達的是：

- 塑膠吸管對環境不好→3為×
- 由紙張和木頭製成的吸管，問題在於價格高昂→4為×
- 與塑膠吸管使用的場所無關→2為×

熟記單字及表現

□環境：環境　　□影響：影響
□運動：運動　　□解決：解決

(4) 27 1

学生のみなさん

駐輪場の工事について

1月28日より2月12日まで工事を行うので、現在利用している北駐輪場と南駐輪場は利用できません。

1 自転車は東駐輪場に、オートバイは西駐輪場に停めてください。

どちらの駐輪場も朝7時に門が開きます。**4 それ以前に利用したい場合は、学生課に申し込みをしてください。**特別に職員用駐輪場を利用できます。

なお、すべての駐輪場は **2 夜9時に閉まります。それ以降は自転車・オートバイを出せません**のでご注意ください。

学生課

各位同學

自行車停車場工程之相關事宜

由於1月28日起至2月12日止，自行車停車場將進行施工，故目前使用中的北停車場及南停車場將無法使用。

屆時 **1 自行車請改停至東停車場，摩托車請改停至西停車場**。

這二處自行車停車場皆於上午七點開門。**4 若在七點之前有使用需求，請向學務組提出申請**，員工專用停車場可以特別開放使用。

此外，所有的自行車停車場於 **2 晚間九點關門。九點之後將無法取回自行車、摩托車**，請特別注意。

學務組

2 晚間九點以後無論是哪一種車皆無法取車。

3 工程期間無論平日或假日皆無法使用。

4 若在上午七點前有使用需求，必須要提出申請。

□以降：以後、之後
□申し込み：申請

問題5

(1) 28 2　29 1　30 3

日本は地震が多い国だから考えておかなければならないことがある。地震がおこったときにまずどうするかということと、地震がおこる前に何を準備しておくかということだ。

実際に揺れを感じたら、28 **まず机やテーブルなどの下にかくれる**。そして揺れが止まった後、台所で火を使っていたら消して、それから安全な場所へ逃げる。29 **逃げる場所は、市や町が決めた学校など**が多いので、確認しておく必要がある。これについては事前に家族で話し合い、実際に一度、家から①**そこ**まで歩いておくのもいいだろう。

また、30 **地震がおこる前に重要なのは、食料と水の用意だ**。少なくとも、3日分の量が必要だと言われている。私がすすめる方法は、それらを特別に買って保存するのではなく、いつもより少し多めに買い、使ったらまた足すという方法だ。食料は料理しなくても食べられるものがいいだろう。

このように、普段の生活の中で、地震に対する②**準備**をしておくことが必要なのだ。

由於日本是地震多的國家，有些事必須要事先想清楚。那就是地震發生時該怎麼做，以及地震發生前該準備什麼東西。

若感覺到地震，28 **首先要躲在書桌或桌子下**。在搖晃停止後，關掉廚房的火，接著逃往安全的地方。29 **可供避難的場所大多是市政府或城鎮指定的學校之類的地方**，所以必須要事先確認。可以事先和家人討論，並將從家門口到 ① **鄰近避難場所**的路線實際走過一次會比較好。

另外，30 **在地震發生前最重要的是要準備食物和水**。據說至少要準備三天的份量。我建議的做法不是要刻意額外添購物品來保存，而是平日就多買一些，用完再補充。準備的食物最好是無需料理就能食用的東西。

在平日的生活中，就必須要像這樣事先做好針對地震的 ② **準備**工作。

28 選項中，地震發生時應有反應的先後順序為→2→3→1。4是發生地震前預先該做的事。

29 將從家門口到避難場所的路線事先走過一次。避難場所通常是「市や町が決めた場所（市政府或城鎮指定的場所）」。

30 確保する＝用意する（準備）

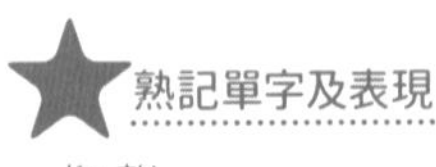

- □実際：真的、事實、實際
- □確認：確認
- □事前：事前
- □重要：重要
- □保存：保存
- □普段：平時、日常

(2) 31 4　32 1　33 3

レトルトカレーは、数分温めるだけで簡単にカレーが食べられる商品です。レトルトという技術ははじめ、アメリカで 31 **軍隊が遠くへ出かけるときに持っていく携帯食として開発**され、アポロ11号の宇宙食にも使われたことがあります。日本の企業がそのレトルト技術を研究し、家庭の食品用に利用したのです。

製造の工程を見ると、レトルトカレーは三重構造になっている特別な容器に入れられ、真空パックされます。このとき、32 **材料の肉は先にゆでられます**が、野菜はまだ生のままです。そのあと、圧力が加えられ120度の温度で35分間、加熱して材料に火を通し、菌を殺します。こうすることで、33 **約2年間も保存することができます**。

レトルトカレーの材料は、一般的なものから変わったものまでいろいろあり、日本各地の名産品が使われることも多くあります。食感や甘さなど、それぞれの名産品の良さをいかして、新しい味のレトルトカレーがたくさん作られています。

咖哩真空調理包是一種只需加熱數分鐘即可享用咖哩的商品。真空調理包這項技術，一開始在美國是 31 **以作為軍隊遠行時隨身攜帶的食物而開發**，阿波羅 11 號的太空食物也有應用到這項技術。日本企業在研究了這種真空調理包的技術之後，將其應用在家庭食品上。

從製造過程來看，咖哩真空調理包是將咖哩放入一種具有三層構造的特別的容器中，再以真空包裝。這時，32 **材料中的肉已經煮過**，蔬菜則還是生的。接著再施加壓力，並以 120 度的溫度加熱 35 分鐘來進行高溫殺菌。藉由這樣的高溫殺菌，33 **可以保存大約 2 年左右**。

咖哩真空調理包的材料，從一般普通的、到一些較為特殊少見的各式食材都包含其中，也有不少的產品用了日本各地的名產。以在口感或甜度上發揮各項名產的優點的方式，做出許多新口味的咖哩真空調理包。

31 咖哩真空調理包是因應軍隊遠行無法烹煮的情況下而開發的產品。

32 ゆでる：放入熱水中加熱、汆燙

33 咖哩真空調理包是由美國所開發的產品，日本企業將之應用於家庭食品，約可保存2年。

問題6

34 4　35 3　36 4　37 2

風呂敷というのは、四角い布のことで、物を包むのに使います。34 **包んだものを運んだり、しまったり、人に贈ったり、幅広い使い方があります**。しかし、最近では物を運ぶのには紙袋やレジ袋が、物をしまうのにはプラスチックの箱や段ボール箱が使われるようになり、風呂敷は昔ほど使われなくなりました。

34 由於在文章一開始就有風呂敷的說明，所以只需在選項中尋找與此內容相同的答案即可。

風呂敷のように、四角い布を生活の中で広く利用する習慣は、世界のいろいろな地域で見られます。日本では奈良時代から使われていたことがわかっていますが、風呂敷という言葉は江戸時代に広がりました。35 **風呂で脱いだ服を包んだり、風呂から出るときに床に敷いたりしたことから、そう呼ばれるようになりました**。その後、風呂以外でも、旅の荷物やお店の商品を運ぶのに使われるようになりました。風呂敷は、包むものの大きさによって、いろいろな大きさがあります。包み方を変えれば、長いものや丸いものなど、36 **いろいろな形のものも上手に包んで運ぶことができます**。

最近では環境破壊が問題になっていますが、風呂敷は何度もくり返し使えるため、エコバックとして見直されています。物を包むだけではなく、物の下に敷いたり、壁にかけたりすれば、インテリアとしても活用することができるのです。

所謂的風呂敷（布包巾）是一塊四角形的布巾，用途是包覆物品。34 **物品經布巾包裹之後即可攜帶、收納、送禮，用途非常廣泛**。不過最近都是使用紙袋或塑膠袋做為盛裝攜帶的工具，而收納則是使用塑膠箱或瓦楞紙箱，風呂敷已經不像以前那般常用。

把像風呂敷這類四方形的布巾廣泛應用於生活中的習慣，在世界各地都可以看得到。日本據說是始於奈良時代，但「風呂敷」一詞則是在江戶時代才廣泛地流傳開來。35 **風呂敷是因為在入浴時用於包裹脫下的衣物，或是出浴時鋪在地板而得名**。不過自此之後，不只用於沐浴，也會用於攜帶旅行的行李或是商店的商品。而風呂敷也會因包覆物品的大小不同，而有各種不同的大小。只要換一種包裹方式，長形或圓形等 36 **各種形狀的物品都能順利地包起來帶著走**。

最近環境破壞成為一大問題，由於風呂敷可以一再重覆使用，因此被重新認定為一種環保的包裝方式。不僅可用於包覆物品，也可墊於物品之下，甚至可懸掛於牆面之上，當作室內設計的一部分。

35 確認「そう呼ばれるようになりました（因…而得名）」這個句子前面的內容，便能找到答案。

36
1 風呂敷為四方形
2 世界各地都有將四方形的布巾運用在生活中的習慣，風呂敷則是日本的文化。
3 風呂敷從奈良時代開始使用至今。
4 ○

37 沒有提到與搬家有關的內容。

問題7

38 2　**39** 3

環境学習リーダーになろう！

受講料無料　定員20名

★環境や自然に興味があり、何か活動を始めたい！
★自然のすばらしさを子どもたちに伝えたい！
★環境分野で社会のために何かしたい！

講座を修了すると、「市の環境学習指導者」に登録できます。登録者には市が、環境教室の講師やアシスタントをお願いします。

38 因為每次上課的地點都不同，所以選項2是正確答案。選項3不符，即使非市民，只要是在本市工作、就學都可以參加。選項4不符，因可透過傳真、E-mail或是直接遞交的方式申請。

39 透過水力發電或風力發電的電力稱為「自然エネルギー（自然能源）」。

日程・場所			講座名		内容
1	7/20 土	市役所 （中区）	10:30 ≀ 12:00	オリエンテーション	講座の説明と参加者の自己紹介
			13:00 ≀ 14:30	環境問題とは	環境問題と市内の現状について学び、どんな対策が必要か考えます。
2	8/3 土	緑化センター （東区）	10:00 ≀ 12:00	自然観察の体験	環境学習のときの、自然観察の方法を森林公園で学びます。
			13:00 ≀ 14:30	リスク管理	外での楽しく活動するための、安全管理を学びます。
3	8/24 土	ソーラー館 （西区）	10:00 ≀ 12:00	地球温暖化について	地球温暖化のしくみや現状を知り、市の取り組みを学びます。
			13:00 ≀ 14:30	自然エネルギー	地球にやさしい省エネをしながら、気持ちよく生活する方法を学びます。
4	9/21 土	清掃工場 （北区）	10:30 ≀ 12:00	清掃工場の見学	市内で出るごみの現状を学びます。
			13:00 ≀ 14:30	ごみ減量対策	ごみの減らし方と市内での取り組みについて学びます。
5	10/5 土	市役所 （中区）	10:00 ≀ 12:00	成果発表の準備	講座の成果発表の準備をします。
			13:00 ≀ 15:00	成果発表	学んだことをプレゼンテーション形式で発表します。

【応募資格】市内に在住または通勤、通学する18才以上の方で、環境教育や環境保護活動を実践する意欲のある方。
【申込方法】申込用紙に必要事項を記入して、7/6（土）までに市役所環境課へ提出してください（直接・Fax・Eメール）。

成為環境學習的先驅！

免費授課　名額20人

★對環境或大自然有興趣，並想進行某些活動！
★希望向孩子們傳達大自然的美妙之處！
★希望在環境這方面能為社會做點事！

課程結束後，可登記擔任「城市環境學習指導人員」。市政府將會請登記參加的學員擔任環境教室的講師或助理。

日程、場所			課程名稱		內容
1	7/20 六	區公所 （中區）	10:30 ≀ 12:00	課程導引	課程內容的説明以及參加者的自我介紹
			13:00 ≀ 14:30	何謂環境問題	瞭解環境問題以及本市的現況，思考該採取何種對策
2	8/3 六	綠化中心 （東區）	10:00 ≀ 12:00	自然觀察體驗	在森林公園學習環境學習時所必知的自然觀察方式
			13:00 ≀ 14:30	風險管理	為了可以在戶外開心地活動而學習的安全管理。
3	8/24 六	太陽能館 （西區）	10:00 ≀ 12:00	地球暖化相關議題	瞭解地球暖化的機制、現況及本市所採取的對策
			13:00 ≀ 14:30	自然能源	學習如何在進行環保節能的同時愉快地生活。

4	9/21 六	焚化廠 （北區）	10:30 ≀ 12:00	參觀焚化廠	瞭解本市垃圾處置的現狀
			13:00 ≀ 14:30	垃圾減量的對策	學習垃圾減量的方法以及瞭解本市的處置方式
5	10/5 六	區公所 （中區）	10:00 ≀ 12:00	成果發表的準備工作	為課程的成果發生進行相關準備
			13:00 ≀ 15:00	成果發表	以簡報的形式發表學習成果

【申請資格】18歲以上，居住於本市或是於本市工作、就學，有意願實踐環境教育及環境保護活動者。

【申請方式】填寫申請表上的必填項目，在7/6（六）前遞交區公所環境課即可（可直接遞交，亦可以傳真、E-mail的方式遞交）。

聽解

問題1

例　4

N3_1_03

大学で女の人と男の人が話しています。男の人は何を持っていきますか。

F：昨日、佐藤さんのお見舞いに行ってきたんだけど、元気そうだったよ。

M：そっか、よかった。僕も今日の午後、行こうと思ってたんだ。

F：きっとよろこぶよ。

M：何か持っていきたいんだけど、ケーキとか食べられるのかな。

F：足のケガだから食べ物に制限はないんだって。でも、おかしならいろんな人が持ってきたのが置いてあったからいらなさそう。ひまそうだったから雑誌とかいいかも。

M：いいね。おすすめのマンガがあるからそれを持っていこうかな。

男の人は何を持っていきますか。

大學中一男一女正在交談，男人打算帶什麼東西去？

女：昨天我去探望佐藤了，他看起來精神還不錯。
男：是喔，太好了。我也打算今天下午去探望他。
女：他一定會很高興的。
男：我想帶點東西過去。他不知道能不能吃蛋糕之類的東西。
女：他是腳傷，聽說在飲食方面沒有限制。不過那邊放了很多人帶去的零售點心，所以看起來並不缺。他看起來很閒，帶雜誌去可能比較好。
男：好，那我帶別人推薦的漫畫好了。

男人打算帶什麼東西去？

第1題　1

N3_1_04

女の人と男の人が駐車場の精算機の前で話しています。男の人はこのあとすぐ何をしますか。

F：この駐車場、どうやってお金を払うんだっけ？

M：この**1 機械の画面に車をとめている場所の番号を入力する**だけだよ。

F：わかった。あ、**3 このビルで買い物**したら2時間無料だって！

M：本当だ。「**4 レシートのバーコードをここに当ててください**」？

F：レシートまだ持ってる？

M：あ、しまった、さっき**2 トイレに行ったときいらないと思って捨ててきちゃった。**

F：そうなの？　じゃ、しょうがないね。

M：今度来るときはレシート取っておくようにするよ。

男の人はこのあとすぐ何をしますか。

男人和女人在停車場的自動補票機前交談。男人接下來要做什麼？

女：這個停車場要怎麼付費？
男：只要**1 在這台機器的畫面上輸入停車處的編號**就可以了。
女：好，我知道了。啊，**3 在這棟大樓購物**有二小時的免費停車！
男：真的耶。「**4 請出示收據上的 QR Code**」？
女：你還帶著收據嗎？
男：糟了！剛剛**2 去洗手間的時候，我以為沒用了就丟掉了**。
女：是喔，那就沒辦法了。
男：下次再來的時候我會把收據留下來的。

男人接下來要做什麼？

1　○

2~4　只要憑這棟大樓購物的收據，就有二小時的免費停車。不過這個男人把收據丟掉了。

□駐車場：停車場　　□精算機：自動補票機
□お金を払う：付錢　　□画面：畫面
□入力：輸入　　□レシート：收據

第2題　3

N3_1_05

女の人と男の人が話しています。女の人はこのあと何をしますか。

F：さっきのお店でかわいいバッグ見つけちゃった。

M：へえ。どんなバッグ？

F：今年はやってるデザインで、学校のファイルとかも入れやすそうなの。

M：今持ってるそのバッグもすてきだけど？

F：うん、気に入ってるけど、もう一つあってもいいかなと思って。

M：それなら、今すぐ買わなくてもいいんじゃない？　いくら？

F：2**値段はもうチェックした**けど、大丈夫、お金あるし。

M：今度の週末まで待って、それでもやっぱりほしいと思ったらまた買いに来れば？

F：え～。だって4**今セールって書いてあった**から。

M：セールは週末までやってるから安心して。

F：そう？　3**じゃ、そうしようかな**。

女の人はこのあと何をしますか。

男人和女人正在交談。女人接下來要做什麼？

女：我在剛才那間店看到一個很可愛的包包。
男：是喔。什麼樣的包包？
女：是今年流行的設計，看起來學校的文件也可以很容易地收進去。
男：妳現在用的那個包包不是也挺不錯的嗎？
女：嗯，我很喜歡，不過我覺得再買一個也不錯。
男：那也不用現在就買吧？要多少錢？
女：2 **我確認過價錢**，沒問題，我有錢。
男：不然妳等到這個週末，到時若妳還是很想要的話再來買？
女：欸～ 4 **可是上面寫說現在正在特價**耶！
男：妳放心，特價到週末都還有。
女：是嗎？　3 **好吧！那就這樣吧**。

女人接下來要做什麼？

熟記單字及表現

□はやる：流行　□すてき：很棒的　□セール：大減價、特賣

1　選項1在對話中未提到

2　チェック＝確認（確認）

3　「そうしようかな」的「そう」是指「等到週末」這件事。

4　特價已經開始了。

第3題　2

🔊 N3_1_06

女の人と男の人がバレエの公演について話しています。女の人はこのあと何をしますか。

F：見てみてこのチラシ。来月の連休にロシアの有名なバレエ団が来るんだって！ 1**もうチケット取っちゃった**。

M：そんなに好きなんだ。

F：うん、今はやめちゃったけど、小さいころバレエやってて、今もときどき見に行くの。

M：へえ。会場は…、え、ちょっと遠くない？　新幹線で2時間ぐらいかかるよ。

F：そうなんだけどね、でもロシアのバレエは日本じゃなかなか見られないから絶対見たいの。

M：すごいね。2**新幹線の席も予約しておいたら**？　連休だしきっと混んでるよ。

F：そっか、そうだね。

M：バレエもストーリーがわかったら楽しめるんだろうな。4**僕もちょっと勉強しようかな**。

F：興味があったらまた言って。バレエの情報はたくさんもってるから。

女の人はこのあと何をしますか。

男人和女人正在談論有關芭蕾舞公演的話題。女人接下來要做什麼？

女：你看這張傳單。下個月的連假，俄羅斯有名的芭蕾舞團要來公演耶！ 1**我已經買票了**。
男：妳這麼喜歡啊！
女：嗯，現在沒跳了，不過我小時候跳過芭蕾舞，現在偶爾也會去看表演。
男：是喔。表演的場館是在……，咦？不會太遠嗎？搭新幹線也要花二個小時耶！
女：話是沒錯啦！不過俄羅斯的芭蕾舞團難得來日本公演，所以我一定要去看！
男：你還真厲害。2**妳要不要先預訂新幹線的車票**？　到時是連假，一定很多人要搭車。
女：對喔，說得也是。
男：如果知道故事內容，應該就能好好享受芭蕾舞表演的樂趣吧。4**我是不是也該學一下呢**。
女：你有興趣的話再跟我說，我有一大堆和芭蕾舞有關的資訊。

1　她已經拿到票了。

2　女人在這句話之後，以「そっか、そうだね。（對喔，說得也是）」表示同意對方的提議。

3　女人已充份掌握與這次公演有關的訊息。其他公演的相關資訊沒必要現在查詢。

4　打算學習芭蕾舞相關資訊的是男人。

女人接下來要做什麼？

熟記單字及表現

□公演：公演、演出　　□チケット：票
□チラシ：宣傳單

第4題　4

🔊 N3_1_07

男の人とカフェの店員がWi-fiについて話しています。男の人はこのあとすぐ何をしますか。

M：あの、無料でWi-fiが利用できるって聞いたので、試しているんですがちょっとつながらなくて…。

F：Wi-fiの設定のところ、こちらのIDは出てきますか。

M：1**はい**。そのあとの2**パスワード入力がよくわからないんです**。

F：Wi-fiパスワードは毎日変わりまして、レシートに表示されます。

M：あ、そうなんですね。4**もう財布にしまっちゃった。探してみます**。

F：見つからなかったらおっしゃってください。

男の人はこのあとすぐ何をしますか。

男人和咖啡店的店員正在談論關於店內的 Wi-fi。男人接下來要做什麼？

男：那個，聽說有免費的 Wi-fi 可以用，但我試著連接卻連不上……。
女：您設定 Wi-fi 的時候，有出現這裡的 ID 嗎？
男：1 **有**，是在那之後 2 **不知道該輸入什麼密碼**。
女：Wi-fi 的密碼每天都不一樣，密碼會印在收據上。
男：啊，原來如此。4 **我已經把收據收到錢包裡了，我再找找看**。
女：如果找不到的話再請您和我說。

男人接下來要做什麼？

1　被問到設定Wi-fi時是否有出現ID，他回答「はい（有）」。

2　還不知道密碼。

3　選項3在對話中未提到。

4　收據上印有密碼→收據已收進錢包→接下來要找出收據

熟記單字及表現

□試す：試、嘗試　　□つながる：連接
□設定：設定　　□ＩＤ（アイディー）：帳號
□パスワード：密碼　　□入力：輸入
□表示：表示

第5題　3

N3_1_08

女の人と図書館の人が話しています。女の人はこのあとすぐ何をしますか。

F：すみません、この本、昨日までに返さないといけないことを忘れていて…。

M：ちょっと確認しますね。失礼します。…はい、では今日ご返却ということでお預かりします。

F：申し訳ありませんでした。

M：いえ、他の方の予約も入っていませんでしたので、今日は大丈夫ですよ。今後気をつけてくださいね。

F：はい、気をつけます。他にも2冊借りているんですが、すみません、そちらの返却期限は、いつかわかりますか。

M：**3 図書館の利用者カードをお借りしてもよろしいでしょうか**。**4 記録を確認します**。

F：お願いします。

女の人はこのあとすぐ何をしますか。

女人和圖書館的人正在交談。女人接下來要做什麼？

女：不好意思，這本書我本來昨天就應該要還的…….
男：不好意思。我確認一下…是的，今日確實收到您返還的書。
女：真的非常抱歉。
男：不用抱歉，因為這本書沒有其他人預約，所以今天沒有關係。不過請您以後要小心一點喲。
女：是的，我會小心的。我另外還借了兩本書，不好意思，可以查一下那兩本書的到期日嗎？
男：**3 麻煩跟您借一下圖書館的借書證**。**4 我查詢一下借閱記錄**。
女：麻煩您了。

女人接下來要做什麼？

1　對話一開始就把書還了。

2　選項2在對話中未提到。

3　○

4　確認借閱記錄的是圖書館的人。

熟記單字及表現

□返却：歸還
□期限：期限
□お～してもよろしいでしょうか。：是「～てもいいですか」的禮貌說法。
□記録：記錄

第6題　3

🔊 N3_1_09

テニス教室で女の人と受付の人が話しています。女の人は来週水曜日に何を持ってこなければなりませんか。

F：すみません、テニスを習いたいんですけど。

M：はい。では、こちらの教室について説明します。どのクラスもレッスンは週に１回で、**レッスン料が１か月8000円**です。**会員になるときに6000円**いただいているんですが、いまちょうどキャンペーン期間中なので、今月中、**つまり来週水曜日までに会員になっていただければ、6000円は無料**になります。

F：そうですか。今日、申し込んで、お金はあとでもいいですか。

M：はい。水曜日までに払っていただければけっこうです。

F：じゃ、お願いします。水曜日は来られるので。その日からレッスン、受けられますか。

M：はい。ラケットとくつは持っていらっしゃいますか。無料でお貸しすることもできますが。

F：**くつは持っているので自分のを使います。** **ラケットはお借りします。**

M：わかりました。それでは、水曜日にお待ちしています。

女の人は来週水曜日に何を持ってこなければなりませんか。

網球教室中有個女人正在和接待櫃台的人交談。女人下週三要帶什麼東西來？

女：不好意思，我想學網球。
男：好。那麼這裡為您說明一下我們這間教室。所有的課程都是一週上一次課，**學費是一個月 8000 日元**。**加入會員時要收取 6000 日元的入會費**，不過目前正在優惠期間，到這個月的月中，**也就是下週三前加入會員，就不收您 6000 日元的入會費**。
女：原來如此。我可以今天先申請入會，之後再付錢嗎？
男：可以。只要在週三前付款即可。
女：那麼，麻煩您了。我週三可以來。那天可以上課嗎？
男：可以。請問您有自己的球拍和球鞋嗎？我們有免費租借的服務。
女：**球鞋我有，我穿自己的鞋子。我要借球拍。**
男：我瞭解了。那麼，週三期待您的光臨。

女人下週三要帶什麼東西來？

上課費8000日元→需要帶來

加入會員的入會費是6000日元→優惠期間所以免費

球鞋→需要帶來

球拍→向網球教室借用

熟記單字及表現

- □～料：…費
- □期間中：期間
- □申し込む：申請
- □会員：會員
- □無料：免費
- □ラケット：球拍

問題2

例　4

🔊 N3_1_11

日本語学校の新入生が自己紹介しています。新入生は、将来、何の仕事がしたいですか。

F：はじめまして、シリンと申します。留学のきっかけは、うちに日本人の留学生がホームステイしていて、折り紙を教えてくれたことです。とてもきれいで、日本文化に興味を持ちました。日本の専門学校でファッションを学んで、将来はデザイナーになりたいと思っています。どうぞよろしくお願いします。

新入生は、将来、何の仕事がしたいですか。

日語學校的新生正在進行自我介紹。這位新生將來想從事什麼工作？

女：大家好，我是希林。我之所以會想來日本留學，是因為來我家寄宿的日本學生教了我折紙。折紙真的好美，讓我對日本文化產生了興趣。我目前在日本的專門學校學習服裝設計，將來想成為一名服裝設計師。請各位多多指教。

這位新生將來想從事什麼工作？

第1題　3

🔊 N3_1_12

男の人と女の人がインフルエンザについて話しています。冬にインフルエンザのウイルスと戦うには、何がよいと言っていますか。

M：毎年冬になるとインフルエンザがはやるけど、どうして冬なのか知ってた？

F：だって寒いからでしょ。夏と違って、空気も乾いてるし。

M：そうそう。空気が乾いてると、ウイルスが長い時間空気の中を飛び回ることができるんだって。

F：へえ。

對話的脈絡

冬天照到太陽的時間較短
↓
身體中的維他命D較少
↓
無法對抗流感病毒

M：温度も関係していてさ、ウイルスが増えるのに一番いい温度は33度ぐらいなんだって。人の体温は37度ぐらいだけど、冬、冷たい空気に触れている鼻やのどはちょうどそのぐらいなんだね。

F：冬はウイルスが増えやすい条件がそろってるってわけね。

M：それに、太陽の光に当たる時間も少なくて、体の中のビタミンDが少なくなるんだ。

F：ビタミンD？

M：うん、ビタミンDはインフルエンザのウイルスと戦う力を持ってるんだって。

F：そっか。**寒い冬でも外で元気に運動して、太陽の光を浴びてると、抵抗力もつく**んだね。

冬にインフルエンザのウイルスと戦うには、何がよいと言っていますか。

男人和女人正在談論有關流感的話題。依據對話中的說法，冬天對抗流感病毒要做什麼事比較好？

男：每年一到冬天，流感就開始流行，你知道為什麼是冬天嗎？
女：因為天氣很冷的關係吧。和夏天不同，空氣也比較乾。
男：沒錯。空氣比較乾的話，病毒就能長時間飛散於空氣之中。
女：是喔。
男：和溫度也有關，據說最適合病毒增生的溫度是 33 度左右。人的體溫大約是 37 度，但冬季時接觸冷空氣的鼻子和喉嚨就差不多是 33 度。
女：也就是說，冬天滿足了病毒容易增生的所有條件對吧！
男：而且照到陽光的時間也比較少，所以身體中的維他命 D 相對較少。
女：維他命 D ？
男：嗯。維他命 D 具有和流感病毒對抗的能力。
女：原來如此。意思是**就算是寒冷的冬天，只要在外面好好地做點運動，曬曬太陽，也會產生抵抗力**。

依據對話中的說法，冬天要對抗流感病毒要做什麼事比較好？

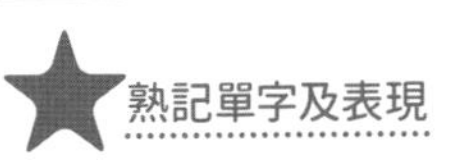
熟記單字及表現

□インフルエンザ：流感
□ウイルス：病毒
□飛び回る：飛來飛去
□温度：溫度
□湿度：濕度
□体温：體溫
□触れる：碰、接觸
□条件：條件
□戦う：戰鬥、對抗
□抵抗力：抵抗力

第2題　2

🔊 N3_1_13

女の人が、働き方について話しています。フリーターはどのような人だと言っていますか。

F：社会にはいろいろな仕事があり、働き方にもいろいろあります。正社員は、ずっと同じ会社で働く約束をした人たちで、長い間働いて経験が増えるほど、給料も高くなるのが普通です。アルバイトは、仕事を始めたりやめたりするのは正社員より簡単です。**アルバイトで生活のお金を作っている人のことをフリーターといいます**。正社員に比べると収入が少ないのが問題になっています。フリーランスは、一つの会社に入らないで仕事をする人のことです。自分で自分をアピールして仕事をもらってこなければいけませんが、たくさんかせぐことも可能です。

フリーターはどのような人だと言っていますか。

女人正談到與工作型態有關的話題。根據她的說法，飛特族是指什麼樣的人？

女：社會上有各式各樣的工作，也有各種不同的工作型態。正職員工是指一直固定在同一間公司工作的人，通常工作得越久，經驗愈豐富，薪水也會愈來愈高。兼職人員則是就職和辭職都比正職員工簡單。**依靠兼職工作來賺取生活費的人稱為飛特族**。這類工作的問題在於與正職員工相比，收入較少。自由工作者則是指非在單一公司工作的人。雖然必須得靠努力展現自己的能力來獲得工作，但也有可能有很高的收入。

根據她的說法，飛特族是指什麼樣的人？

談話的內容是依照正職員工→兼職人員→自由接案者的順序。

飛特族是指依靠兼職工作來賺錢的人。

熟記單字及表現

□正社員：正職員工
□給料：薪水、薪資
□収入：收入
□稼ぐ：賺錢

第3題　4

N3_1_14

女の先生が小学生に、社会見学について話しています。この先生が小学生にもっとやってもらいたいことは何ですか。

F：来週、ピアノ工場に見学に行きます。電車を使って近くの駅まで行って、そこから工場までは歩いていきます。電車の中の**1マナーについてはこの前勉強しました**ね。静かにして、お年寄りがいたら席をゆずりましょう。話を聞くときはどうですか。先月、郵便局に見学に行ったとき、みなさん、郵便局の人の**3話を静かに聞けました。とてもよかったです**。でも、**4もっと質問をしてもいいかなと思いました**。自分がわからないと思ったこと、どうしてだろうと思ったことを、どんなことでも聞いてみてください。

小学校の先生が小学生にもっとやってもらいたいことは何ですか。

一位女老師正和小學生談到與校外教學有關的事。這位老師希望學生可以更常做什麼事？

女：下週要去鋼琴工廠參觀。我們會搭電車到工廠附近的車站，接著再步行至工廠。**1 先前我們已經學過搭電車的禮儀**了對吧。要保持安靜，若遇到長者要讓座。人家在說話時該怎麼做呢？上個月我們去郵局參觀時，各位都**3 很安靜地聆聽**郵局的人說話，非常好。不過，**4 我覺得如果可以多問一些問題會更好**。當你碰到自己不懂的地方，或是覺得有疑問的時候，無論任何事都可以試著問問看。

小學老師希望學生可以更常做什麼事？

1　已經學習過了。

2　老師並未提及。

3　已經做到了。

4　○

熟記單字及表現

☐見学：參觀學習、見習
☐マナー：禮貌、禮節
☐お年寄り：老年人
☐ゆずる：讓

第4題　3

🔊 N3_1_15

男の人が小学生に、お金をかせぐ方法について話しています。将来お金を増やすために、今できることは何だと言っていますか。

M：お金持ちになるために **3 一番大事なことは、人から信じてもらえる人になること**です。そのためには、時間を守ったり、自分の仕事を最後まできちんと終わらせることが必要です。また、好ききらいをせずに、頼まれた仕事はどんな仕事でもやってみるという姿勢も大事です。このような姿勢はみなさんのいつもの生活で練習することができます。朝は自分で早く起きて学校に行く、夏休みの宿題を早めに終わらせる、**4 家族からお願いされた仕事を忘れずにやる**、など、小さいことの積み重ねが練習になるのです。

将来お金を増やすために、今できることは何だと言っていますか。

男人和小學生談到賺錢的方法。依據他的說法，為了將來有更多的錢，現在可以做什麼事？

男：要成為有錢人，**3 最重要的是要成為一個讓人值得信賴的人**。為此各位必須要守時，以及徹底完成自己的工作。另外，只要是被交辦的工作，無論是什麼工作，都要不問個人好惡地抱持著試著去做做看的心態，這點也非常重要。而這樣的心態各位平日在生活中就可以練習。早上自己起床上學，提早將暑假作業做完，**4 家人拜託的工作也不要忘記去做**等，透過小事不斷地累積、練習。

依據他的說法，為了將來有更多的錢，現在可以做什麼事？

1 男人沒有這麼說。

3 ○

4 最重要的不是次數，而是確實完成。

熟記單字及表現

□かせぐ：賺錢
□きちんと：好好地
□姿勢：態度
□信じる：相信、信賴
□好ききらい：好惡
□積み重ね：積累

第5題　1

🔊 N3_1_16

男の人がケアマネージャーにインタビューしています。ケアマネージャーの仕事は何ですか。

M：渡辺さんは、ケアマネージャーをされているということですが、すみません、ケアマネージャーはどんな仕事をするんでしょうか。

F：そうですね…。例えば、お年寄りが病気になった場合、どうすると思いますか。

M：病院に行きます。

F：はい、多くの方は病院に行きますが、病院に行くことが難しい方や、病院に行きたくない、と思われる方もいます。そのような方のために、医者がご自宅に行って病気をみる、「在宅医療」という仕組みがあります。

M：「在宅医療」ですか？

F：はい。病院に行かなくても、医者や看護師が自宅に行ったり、**4薬剤師さんという人が薬を届けて**飲み方を教えてくれたりします。

M：たくさんの人が協力して、一人のお年寄りをみているんですね。

F：はい、そこで大事なのがたくさんの人をまとめる役、ケアマネージャーなんです。

ケアマネージャーの仕事は何ですか。

男人正在訪問一位個案管理師。個案管理師的工作內容為何？

男：渡邊小姐的工作是個案管理師，不好意思，請問個案管理師到底是什麼樣的工作呢？
女：我想想……舉例來說，當老人家生病的時候，你認為應該要怎麼做？
男：去醫院。
女：對，大部分的人都是去醫院，但有的人不方便去醫院，也有人不想去醫院。為了服務這樣的人，就有了醫生到府看病的「居家醫療」機制。
男：「居家醫療」是嗎？
女：是的。即使不去醫院，也可以請醫師或護理師到患者家中看病，或是請**4 藥劑師把藥送到患者家裡**並告知用藥方式。
男：就是由許多人通力合作照顧一位長者。
女：是的。因此最重要的是負責統籌這些人力的個案管理師。

個案管理師的工作內容為何？

對話的脈絡

有種機制是不在醫院看病，而是在患者的家中看病的「居家醫療」。
↓
許多專業人士通力合作
↓
個案管理師的工作就是負責統籌這些專業人士

2與3都是在醫院，所以是×

4 送藥品的是藥劑師

熟記單字及表現

□インタビュー：採訪
□仕組み：組織、架構
□まとめる：整理、統合
□自宅：自宅
□協力：合作

第6題　4

N3_1_17

ラジオで女の人が、博物館について話しています。よい博物館とはどんな博物館だと言っていますか。

F：仕事でもしゅみでもよく博物館に行くのですが、この前行った博物館のことでお話したいことがあります。その博物館は、展示も説明もまあまあでしたが、働いている方のことが心に残りました。私がふと思ったことを質問したのですが、そのスタッフの方はノートを広げて確認しながらていねいに質問に答えてくれました。3**お客様への対応マニュアルかなと思ったのですが**、話を聞くと、お客様から受けた質問について毎回メモをとり、そのあと自分できちんと調べてまとめているのだそうです。4**このような人が働いている博物館は頼りになりますし、とてもよい博物館だと思います**。

よい博物館とはどんな博物館だと言っていますか。

廣播中的女人正談到和博物館有關的話題。依據她的說法，什麼才是好的博物館？

女：除了因為工作的關係，也出於個人的興趣，我經常去博物館。我想說一件事，是關於我先前去過的那間博物館。那間博物館的展示品和展品說明都很普通，但那裡的工作人員卻讓我印象深刻。我只是隨口問問腦海中閃過的問題，但那位工作人員卻打開筆記本，一邊確認一邊仔細地回答我的提問。3 **我本來以為那是應對客人的教戰手冊**，但據他的說法，那是他把客人問過的問題都記下來，再經過自己仔細的查詢確認之後統整而成的筆記。4 **我認為有這樣的人在那裡工作的博物館很值得信賴，是非常棒的博物館**。

依據她的說法，什麼才是好的博物館？

1•2　女人沒說過這些話。

3　以「～と思ったのですが、～（本來以為…）」表示時，大多是表示事實上並非…的意思

4　○

熟記單字及表現

□博物館：博物館
□展示：展示、展出
□心に残る：印象深刻
□ふと：一下、忽然
□ノートを広げる：翻開筆記本
□対応：對應
□マニュアル：手冊、指南
□メモをとる：記筆記

問題3

例　3

N3_1_19

日本語のクラスで先生が話しています。

M：今日は「多読」という授業をします。多読は、多く読むと書きます。本をたくさん読む授業です。ルールが3つあります。辞書を使わないで読む、わからないところは飛ばして読む、読みたくなくなったらその本を読むのをやめて、ほかの本を読む、の3つです。今日は私がたくさん本を持ってきたので、まずは気になったものを手に取ってみてください。

今日の授業で学生は何をしますか。

1　先生が本を読むのを聞く

2　辞書の使い方を知る

3　たくさんの本を読む

4　図書館に本を借りに行く

日語課裡，老師正在發言。

男：今天要上的課是「多讀」。「多讀」就是表示要閱讀很多本書。而閱讀時有三條規則：不使用字典、有不懂的地方就跳過不讀、不想讀就放棄並換一本書。今天我帶了很多本書來，請各位先挑一本自己喜歡的書來看。

今天這堂課的學生要做什麼？

1　聽老師讀書。
2　瞭解字典的用法。
3　閱讀很多本書。
4　去圖書館借書。

第1題　2

N3_1_20

男の人が会社の研修で、機械について話しています。

M：若い人たちに機械加工を教えるときには、実際に機械を使わせることが大事です。でも、基本的な安全マニュアルやルールをやぶって、小さい切り傷を作ったりすることはよくあります。それでも「経験しなければわからない」では困ります。**機械を使うときは、どのような危ないことがあるのかを知ったうえで作業する、安全マニュアルはそのような危険がないようにするためのものである、ということを教えなければなりません。**

危ないこと＝危険（危險）。知ったうえで＝知道之後（知ってから）
→2為正確答案

第1回

文字・語彙　文法　讀解　聽解　試題中譯

男の人は、機械のどんなことについて話していますか。

1　若い人が機械を使えないこと

2　危険を知ってから機械を使うこと

3　危険のない機械を開発すること

4　使う人の年齢に合わせて機械が開発されていること

男人正在公司的訓練課程中談到和機械有關的事。

男：在教導年輕人機械加工時，使其親身實際操作是很重要的。不過因為違反基本安全手冊或規則的一些小的切傷事故卻經常發生。若是指導者是抱持著「沒踢過鐵板怎麼會知道」的想法在教，那就令人困擾了。**一定要告訴他們，讓人瞭解這樣的操作方式會有什麼風險的安全手冊，就是為了避免在使用機械工作時發生危險而存在的**。

男人談到與機械有關的事情為何？

1　年輕人不能使用機械。
2　在知道有哪些危險的情況下才使用機械。
3　開發沒有危險的機械。
4　開發機械時考量配合使用者的年齡。

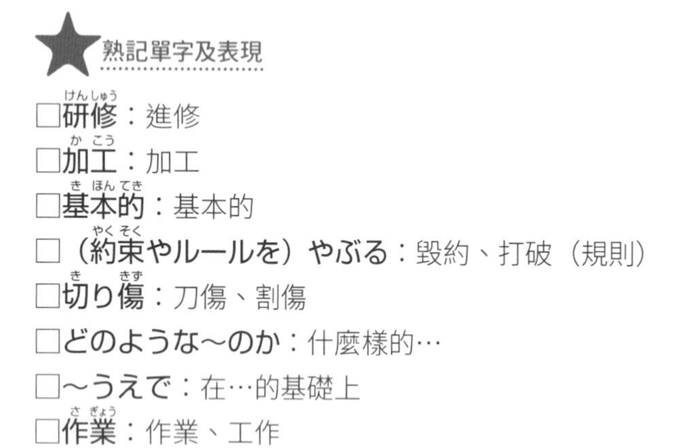

熟記單字及表現

□研修：進修
□加工：加工
□基本的：基本的
□（約束やルールを）やぶる：毀約、打破（規則）
□切り傷：刀傷、割傷
□どのような～のか：什麼樣的…
□～うえで：在…的基礎上
□作業：作業、工作

第2題　4

N3_1_21

女の人が市民講座で、デザインについて話しています。

F：みなさんがいすを作るとしたら、どんなデザインを考えますか。今までにない新しいデザインでしょうか。安い材料で簡単に作れるデザインだったら、一度にたくさん作れるかもしれません。でも、**使ってもらわないと意味がありません**。そこでまず、お客さんの使い方を考えます。例えば、会社のいすは、長く座っても疲れないデザインがいいですね。レストランのいすは、リラックスできるものを、病院のいすは、菌に強い材料を使うといいと思います。

女の人は、デザインについて何が大事だと言っていますか。

1　いつも新しいデザインを考えること

2　作るときにお金がかからないデザインを考えること

3　一度に多くの製品を作れるデザインを考えること

4　使われ方をイメージしてデザインを考えること

女人在市民講座談到關於設計這件事。

女：各位在製作椅子時，會想出什麼樣的設計呢？是至今不曾有過的嶄新設計嗎？如果是以便宜的材料就能輕鬆製作的設計，或許可以一次製作很多個。不過，**要是客戶不用，那就毫無意義**。因此首先，要思考顧客的使用方式。例如辦公用的椅子，最好能有長時間久坐也不會感到疲勞的設計；餐廳用的椅子，最好要能夠讓人放鬆；醫院用的椅子則是要使用抗菌能力強的材料。

女人表示，關於設計，最重要的事情為何？

1　總是思考新的設計。
2　想出製作時無須花費金錢的設計。
3　想出可以一次製作大量產品的設計。
4　先想像使用方式再思考設計。

「意味がない（毫無意義）」是語氣很強烈的一句話，用來強調能派上用場才是最重要的事。

□デザイン：設計
□～としたら＝～場合は、～なら：若是…、…的情況下
□材料：材料
□リラックス：放鬆

第3題　1

N3_1_22

男の学生と女の留学生が車について話しています。

M：車には、運転席が右側にある、右ハンドルの車と、左側にある、左ハンドルの車があるよね。どうしてか知ってる？

F：アメリカやヨーロッパで左ハンドルの車が多いのは、車が道路の右側を走るからでしょ。反対側から走ってくる自動車がよく見えるように。日本ではその逆で、右ハンドルが多いよね。

M：そうそう。でもそれがどうしてか知ってる？

F：え？　どうして？

M：江戸時代、さむらいが刀を左側にさしていて、刀がぶつからないように道路の左側を歩いたんだって。その後、馬にのるようになっても、馬が車に変わっても、その習慣が残ったというわけ。

男の学生は、日本の車の何について話していますか。

1　右ハンドルが多い理由　　2　道路の右側を走る理由
3　馬から車に変わった理由　　4　外国の車より安全な理由

男學生和女留學生談到有關車子的話題。

男：車子分為駕駛座在右側的右駕車，以及駕駛座在左側的左駕車對吧！妳知道是為什麼嗎？
女：美國和歐洲因為車子都是行駛在道路的右側，所以大多是左駕車，為的是能夠看得到行駛在對向車道的來車。日本則是相反，大多為右駕車對吧！
男：沒錯。不過妳知道這是為什麼嗎？
女：咦？為什麼？
男：據說是因為江戶時代的武士是把刀插在左側，為了不讓刀子相撞所以會走在道路的左側。後來即使開始騎馬，再由騎馬改為開車，這些習慣仍留存至今。

男學生談到與日本車子有關的事情為何？

1　大多為右駕的理由。　　2　走在道路右側的理由。
3　從騎馬轉變成開車的理由。　　4　比外國車更安全的理由。

對話的脈絡

女學生說明美國和歐洲大多為左駕車的理由
↓
男學生說明日本的車子之所以會行駛在道路左側的理由

熟記單字及表現

□ハンドル：方向盤　□逆：相反　□ぶつかる：碰、撞

問題4

例　2

🔊 N3_1_24

写真を撮ってもらいたいです。近くの人に何と言いますか。

M：1　よろしければ、写真をお撮りしましょうか。

　　2　すみません、写真を撮っていただけませんか。

　　3　あのう、ここで写真を撮ってもいいですか。

想請人幫忙拍照。他要向附近的人說什麼？

男：1　可以的話，我們拍張照吧。
　　2　不好意思，可以麻煩你幫我拍照嗎？
　　3　那個，我可以在這裡拍照嗎？

第1題　2

🔊 N3_1_25

レストランで食事をしているときに、スプーンをテーブルの下に落としてしまいました。新しいスプーンに変えたいです。お店の人に何と言いますか。

F：1　スプーンを変えてあげたいんですが。

　　2　スプーンを変えてもらえますか。

　　3　スプーンを変えてくれてありがとうございます。

在餐廳用餐時，湯匙掉到了桌子底下。想要換一根湯匙。她要向店員說什麼？

女：1　我想幫你換一個湯匙。
　　2　可以幫我換一個湯匙嗎？
　　3　謝謝你換了一個湯匙給我。

熟記單字及表現

□～てもらえますか：（鄭重的請求）可以幫我…嗎？

第2題　1

🔊 N3_1_26

駅に行きたいですが、雨が降っています。家族は車を持っているので、駅まで車で一緒に行ってほしいです。何と言いますか。

M：1　駅まで送っていってくれない？

　　2　駅まで送ってきてくれない？

　　3　駅まで送ってみてくれない？

想去車站，但是下雨了。因為家人有車的關係，所以希望對方可以開車一起去車站。他要向對方說什麼？

男：1　妳可以送我去車站嗎？
　　2　妳可以送我來車站嗎？
　　3　妳可以試著送我到車站嗎？

熟記單字及表現

□～てくれない？：（委託、請求）可以（幫我）…嗎？

第3題　3

🔊 N3_1_27

学校の宿題の内容を忘れてしまいました。先生にもう一度聞きたいです。何と言いますか。

M：1　先生、宿題をもう一度教えられますか。

　　2　先生、宿題をもう一度教えてもいいですか。

　　3　先生、宿題をもう一度教えてくださいませんか。

忘了學校的作業要寫什麼，所以想再問老師一次。他要說什麼？

男：1　老師，你可以再說一次作業要寫什麼嗎？

2　老師，我可以再告訴你一次作業要寫什麼嗎？

3　老師，可以麻煩您再告訴我一次作業要寫什麼嗎？

熟記單字及表現

□内容：內容

□～てくださいませんか：（非常鄭重的請求）可以請您…嗎？

第4題　1

N3_1_28

仕事中に、子供の調子が悪いと電話がありました。家族はみんな忙しいので、すぐに帰りたいです。仕事の人に何と言いますか。

F：1　すみません、帰ってもよろしいでしょうか。

2　すみません、どういうわけか帰りたいんです。

3　すみません、どうにか帰ろうと思います。

正在工作的時候接到小孩子身體不舒服的電話。因為家人都很忙，所以想立刻回家。她要對公司的同事說什麼？

女：1　不好意思，我可以回去嗎？

2　不好意思，不知怎麼的我就是想回去。

3　不好意思，我要想辦法回去。

熟記單字及表現

□調子が悪い：身體狀況不好

□～てもよろしいでしょうか：（徵求許可的表達）我可以…嗎、我既使…也可以嗎？

問題5

例　3

N3_1_30

M：すみません、会議で使うプロジェクターはどこにありますか。

F：1　ロッカーの上だと高すぎますね。

2　ドアの横には置かないでください。

3　事務室から借りてください。

男：不好意思，請問會議要用的投影機在哪裡？

女：1　置物櫃上太高了。

2　請不要放在門邊。

3　請向辦公室借。

第1題　2

N3_1_31

F：いらっしゃいませ。（「ピッ」というレジの音）こちらのお弁当、温めますか。

M：1　いえ、あとでお願いします。

2　じゃあ、お願いします。

3　どちらでも大丈夫です。

女：歡迎光臨。（收銀機「嗶」一聲），您的便當要加熱嗎？

男：1　不，之後再麻煩你。

2　那就麻煩你了。

3　都可以。

熟記單字及表現

□あたためる：加熱

※ 在便利商店或超市等處，經常會聽到店員詢問購買便當的客人說：「温めますか（要加熱嗎？）」。

第2題　2

N3_1_32

M：危ないので、近づかないようにしてください。

F：1　いえ、大丈夫です。

　　2　あ、はい、気を付けます。

　　3　はい、もう少し近くで見てみます。

男：因為很危險，所以請別靠近。

女：1　不，沒關係的。

　　2　啊！好的，我會小心。

　　3　好，我試著再近一點看。

熟記單字及表現

□近づく：靠近

第3題　3

N3_1_33

F：明日の会議は金曜日に変更になりました。

M：1　いいえ、会議室は同じはずですよ。

　　2　そうですね、明日か金曜日のどちらかです。

　　3　わかりました。場所は同じ会議室ですか。

女：明天的會議改至週五。

男：1　不，應該是同一間會議室。

　　2　是啊，明天或週五的其中一天。

　　3　我知道了。還是在同一間會議室嗎？

熟記單字及表現

□変更：更改

第4題　1

N3_1_34

M：あれ？　木村さんはまだですか。

F：1　電車が遅れているそうです。

　　2　いつも電車で来ますよ。

　　3　ええ、まだわかりません。

男：咦？木村還沒來嗎？

女：1　聽說電車誤點。

　　2　他總是搭電車來。

　　3　是的，他還不知道。

選擇回應「木村さんはまだ（来ていないん）ですか？（木村還沒有（來）嗎）」的答案。

第5題　3

N3_1_35

F：会議、お疲れさまでした。エアコン、消してもいいですか。

M：1　いいえ、つけましょう。

　　2　すみません、どうやって消すかわかりません。

　　3　もうひとつ会議があるので、つけておいてください。

女：開會辛苦了。冷氣可以關掉了嗎？

男：1　不，打開（開啟）吧！

　　2　不好意思，我不知道該怎麼關。

　　3　因為還有另一場會議，所以請開著就好。

熟記單字及表現

□～てもいいですか：（徵求許可的表達）做…的話也可以嗎？

第6題　2

🔊 N3_1_36

M：すみませんが、この書類を鈴木課長にお渡しください。

F：1　どうぞ、おかまいなく。

　　2　はい、かしこまりました。

　　3　失礼いたしました。

男：不好意思，請把這份文件交給鈴木課長。

女：1　請自便

　　2　好的，我知道了。

　　3　不好意思。

熟記單字及表現

□お～ください：（鄭重的請求）請…

□かしこまりました：（「わかりました」的鄭重說法）遵命。

第7題　2

🔊 N3_1_37

F：明日、学校休んで遊ばない？

M：1　なるほど、確かに。

　　2　そういうのはちょっと…。

　　3　それはよかったね。

女：明天要不要蹺課去玩？

男：1　原來如此，的確是這樣。

　　2　那樣不太好……

　　3　那樣很好啊。

邀請朋友「要不要一起玩呀?」時，會說「遊ばない？（要不要去玩？)」

第8題　1

🔊 N3_1_38

M：えっと、どこまで話したっけ？

F：1　昨日、駅で友達に会ったっていうところ。

　　2　昨日、田中さんは駅まで行ったらしいよ。

　　3　このあと3時まで大丈夫です。

男：呃，我剛剛說到哪裡？

女：1　你正說到昨天你在車站遇到朋友。

　　2　昨天田中好像去車站了。

　　3　之後到三點為止都沒關係。

正在說某件事→發生了其他的事→再次回到原本的話題，卻不知道剛剛說到哪裡了→這時就會說：「どこまで話したっけ？（我剛剛說到哪裡）」。回覆則是使用「～ところ（正說到…）」。

第9題　2

🔊 N3_1_39

M：タンさん、今日のパーティーに来るでしょうか。

F：1　はい、タンさんが来るおかげです。

　　2　ええ、来るはずですよ。

　　3　昨日、来たばかりです。

男：Tan 會來今天的派對吧？

女：1　是的，多虧了 Tan 來的關係。

　　2　嗯，他應該會來。

　　3　昨天才剛來。

「来るはずです」是「理應會來」、「理當會來」的意思。

第1回

問題1　請從1・2・3・4中，選出____的詞彙中最恰當的讀法。

1 我轉職到電腦公司。
1 轉職　2 調職　3 就職　4 ×

2 今天的晚餐要吃什麼？
1 夜　2 晚　3 日落　4 中午

3 這間餐廳營業到很晚。
1 開始營業　2 營業
3 停業　4 工業

4 去車站這條是比較近的路。
1 ×　2 地下道
3 ×　4 近路

5 他長年的努力總算獲得世人的認同。
1 查明　2 誇獎　3 認同　4 渴望

6 塑膠的原料是石油。
1 原料　2 材料　3 燃料　4 租金

7 因為道路堵塞所以遲到了。
1 ×　2 堵塞　3 懷孕　4 重大

8 我們就照這個狀態繼續努力吧。
1 小酒杯　2 儲君
3 拉長音　4 狀態、節拍

問題2　請從選項1・2・3・4中，選出____的詞彙中最正確的漢字。

9 孩童在公園玩耍。
1 ×　2 ×　3 ×　4 玩耍

10 救護車上的男性據說病情危急。
1 第十代、10～19歲
2 重大
3 病情危急
4 十種字體、十種和歌歌風

11 我現在人在外面。回家之後我再打電話給你。
1 ×　2 ×　3 回家　4 ×

12 喝冷飲。
1 冰冷的　2 ×
3 ×　4 ×

13 感冒的時候請攝取充份的營養並維持充足的睡眠。
1 身體狀況　2 休養
3 營養　4 治療

14 全世界的人對這則新聞都很感興趣。
1 感興趣　2 欽佩
3 ×　4 （佛語）觀心

問題3　請從1・2・3・4中，選出一個最適合填入（　）的答案。

15 希望去工廠參觀的人請與我聯絡。
1 興趣　2 期待　3 確認　4 希望

16 為了兒子升學，每個月都在存錢。
1 存錢　2 稅金　3 現金　4 貨款

17 因為運動不足，所以開始慢跑。
1 不安　2 不足　3 不良　4 不滿

18 昨天什麼事都沒做，很早就睡了，所以精神已完全恢復。
1 完全　2 熟睡　3 清楚　4 恰好

19 我向新井拿了許多花的種子。
1 樹林　2 種子　3 草　4 葉子

20 我很擔心昨天的考試結果。
1 研究　2 檢查　3 調查　4 結果

21 去年的旅行出很多狀況很辛苦。
1 （足球）盤球、（籃球）帶球
2 麻煩
3 支援
4 循環

22 下樓梯的時候好像扭傷了，腳很痛。
1 扭到了　2 挖了
3 撫摸了　4 擰了

23 我的上司總是一邊工作一邊抱怨。
1 對話　2 電話　3 抱怨　4 笑臉

24 比賽輸了，非常不甘心。

1 激烈　2 不甘心
3 可疑　4 困難

25 昨天車禍的原因好像是引擎故障的關係。

1 理解　2 說明　3 原因　4 情況

問題4　請從1・2・3・4中，選出和____的詞彙中意思最相近的答案。

26 最近，天氣愈來愈冷了。

1 緩慢地　2 更加
3 突然　4 稍微

27 這個網站如果購買5000日元以上就免運費。

1 折扣　2 免費
3 划算、賺到　4 半價

28 夏天食物很容易腐敗。

1 變好　2 變硬　3 變熱　4 變質

29 會議中沒有任何坦率的意見。

1 誠實的　2 自大的
3 困難的　4 新的

30 鄰居家的狗很吵。

1 吵鬧的　2 有趣的
3 溫柔的　4 強大的

問題5　請從1・2・3・4中，選出一個最恰當的用法。

31 絕不

1 我絕不會忘記老師。
2 姊姊在休假日絕在這間店買東西。×
3 明天絕降雨吧。×
4 如果遇到鄰居，我們絕打招呼吧。×

32 轉發

1 開會地點的e-mail我也轉發給後輩了。
2 一邊看旁邊一邊轉發很危險喔。
3 去郵局轉發行李。
4 轉發房子改變住處。

33 邀請

1 交往三年的男朋友，邀請我和他結婚。
2 下屬邀請我下週一讓他休假。
3 父親邀請我更努力唸書。
4 朋友邀請我去參觀校慶活動。

34 食慾

1 身體不舒服沒食慾。
2 這個油是食慾，所以用於料理。
3 馬上就到了食慾的時間了。
4 中餐在附近的食慾吃。

35 穩定、安定

1 為了穩定請戴上安全帽。
2 休假日穩定喝啤酒。
3 平日的咖啡店可以慢慢地穩定下來。
4 我想找一個比現在穩定的工作。

語言知識　（文法・讀解）

問題1　請從1・2・3・4中，選出一個最適合放入（　）的選項。

1 如果真的想從事那份工作，不管幾次都應該要去挑戰看看。

1 道理　2 因為　3 打算　4 應該

2 相對於會唸書的長男，二兒子滿腦子都是足球。

1 對…而言　2 以…來說
3 代替　4 相對於…

3 如果覺得很熱，請告知店員。

1　如果…的話　2　由於是…的時候

3　雖然說是…　4　就是因為…

4 炎熱的天氣最好是吃冰淇淋。

1　只有

2　最好是、最棒的是

3　多虧

4　只有

5 孩堤時代的暑假都在祖母家渡過。

1　動作持續的時間助詞

2　方向助詞

3　小主語

4　和

6 昨天難得買了伴手禮，卻忘了帶回來。

1　不常　2　難得、特地

3　完全　4　絕對

7 如果發燒了，你今天最好還是好好休息。

1　好像

2　也就是

3　最好要、就該

4　（道理）本來就是

8 所有的人都到齊之後，就立刻開始開會吧。

1　即使到齊　2　正到齊的時候

3　一到齊就馬上　4　如果到齊

9 因為電車停駛，所以只能走路。

1　用不著走路　2　只能走路

3　連走都不走　4　沒辦法走

10 老師就好像是我的父母一樣地為我著想。

1　像…一樣　2　是

3　大概是…吧！　4　好像

11 牆上貼著「禁菸」的紙條。意思是「請勿在此吸菸」。

1　×　2　給我吸

3　吸吧！　4　不要吸、不準吸

12 空調開著就出門了。

1　到達　2　開著

3　到達的期間　4　開著的期間

13 他因為現在正在住院，所以按理說應該不會來今天的派對。

1　未必　2　不應當

3　不會有、用不著　4　理應不會…

問題2　請從1・2・3・4中，選出一個最適合放入 ★ 位置的選項。

（例題）

樹的 ____ ____ ★ ____ 有。

1　小主語　2　在

3　上面　4　貓

（作答步驟）

1. 正確答案如下所示。

樹的 ____ ____ ★ ____ 有。

3　上面　2　在

4　貓　1　小主語

2. 將填入 ★ 的選項畫記在答案卡上。

（答案卡）

（例）	①②③●

14 我們正在找週末可以在店內打工的留學生

1　打工　2　留學生

3　幫忙我們　4　我們的店裡

15 無論再怎麼辛苦，都得活下去。正因為只有活著，才能感受到喜悅。

1　才是　2　著　3　因為　4　活

第1回

文字・語彙　文法　讀解　聽解　試題中譯

16 店長：「客人投訴工作人員問候時無精打采。所以你要提醒一下工作人員。」
副店長：「我知道了。」

1 無精打采　2 （內容）…的…
3 投訴　4 （對於）…問候

17 沒有人像我的戀人一樣可愛。

1 如此程度的…　2 戀人
3 大主語　4 可愛的人

18 折紙時請試著照著這張圖折。

1 把紙張　2 按照
3 試著　4 折

問題3　請閱讀以下這段文章，並根據文章整體內容，分別從 19 ～ 23 的1・2・3・4中，選出最適合填入空格的答案。

以下的文章是留學生所寫的作文。

「一日溫泉」

Lewis

在來日本之前，我一點都不想去泡溫泉。論其原因，便是因我的母國沒有泡溫泉的習慣，和別人一起洗澡會讓我覺得很不好意思。但是根據日本朋友的說法，日本人是為了享受溫泉而去，對於週遭的人，他們一點也不在意。知道這件事之後，我和朋友去旅行的時候，也就沒那麼擔心，開始懂得享受泡溫泉的樂趣了。

說到溫泉，通常給人的印象都是在旅遊景點等地，入住飯店或旅館時才會去泡溫泉，但最近在購物中心之類的地方也有溫泉，不用去很遠的地方也可以泡溫泉。像這樣當天就能往返的溫泉，就稱為「一日溫泉」。

在家裡洗澡雖然也很舒服，但可以在很大的浴室洗澡，或是可以在泡完溫泉之後享受一下按摩等放鬆身心的服務，不但能重振精神，心情也會很好。最重要的是，溫泉中的成份對身體很好，所以下一次若我的家人或朋友來到日本，我一定要帶他們去一日溫泉。

19

1 而且　2 而且
3 因為　4 要說是為什麼

20

1 正因如此　2 根據
3 變成那樣的話　4 相似於

21

1 被娛樂了　2 或許會很開心
3 變得更能享受　4 我覺得很享受

22

1 像那樣　2 像這樣
3 然後　4 在那之後

23

1 舉例來說　2 一方面…
3 雖然…但是…　4 是最重要的

問題4　請閱讀下列(1)～(4)的文章，並針對以下問題，從1～4的選項中，選出一個最適當的答案。

(1)

仙女棒是手持型的煙火，點燃之後會形成火球。仙女棒的火花很小，劈哩啪拉地如樹枝狀般向四處飛散，當火花漸漸地減弱到最後，火球會直接斷落。要讓火花持續較長的時間，似乎最好是在點燃前用手指輕輕地按壓一下裝填火藥的部分，把空氣擠出來。此外，也有人認為相較於新的仙女棒，放了一年的仙女棒，當中的火藥成份會融合得更好更安定，火花看起來會更美。沒用完的仙女棒最好放入袋中，收到陰暗處存放。

24 以下何者符合本文的內容？

1 由於仙女棒很危險，所以不能用手拿。
2 將火藥的空氣擠出後，火花就能持續較長的時間。
3 新的仙女棒的火花看起來比較美。
4 新的仙女棒要放在冰箱冷藏後使用。

(2)

此為公司的人向公司員工發送的e-mail

大家好。 各位辛苦了。 明天7：00～10：00 預定將進行電氣設備更換工程。 在這段期間，整棟大樓都會停止供電。 因此明天10：00才開始上班。 原定於明早9：30的部長級會議，也改至10：30開始。 由於早上停電的關係，電話及Wi-fi皆無法連接使用。 請視必要的程度告知公司外的業務往來人士。 今天回家前請關掉電腦的電源。 敬請各位配合。 關口

25 收到這封e-mail的全體員工必須做什麼事？

1 更換電氣設備
2 出席會議
3 告知公司外的業務往來人士
4 回家時關掉電腦的電源

(3)

大部分的人應該都是使用吸管飲用果汁之類的飲料吧。不過現今世上有愈來愈多人，認為這些吸管是不好的東西。吸管原料的塑膠變成垃圾後會污染海洋，並對於居住在海洋中的生物產生不良的影響。

因此開始有停用塑膠吸管的運動。這時想到的替代方案，是改使用由紙張或木頭所製成的吸管。目前已經有數間咖啡店或餐廳使用此種吸管，但問題是價格高昂。這一點是今後必須解決的問題。

26 撰寫這篇文章的人，對於吸管有什麼樣的想法？

1 若可以製作出便宜又不會對環境產生不良影響的吸管就好了。
2 在海邊喝飲料時，使用吸管是不好的事。
3 塑膠製成的吸管，因為很貴所以不好。
4 如果是為了環境好，吸管的價錢無所謂。

(4)

各位同學 自行車停車場工程之相關事宜 由於1月28日起至2月12日止，自行車停車場將進行施工，故目前使用中的北停車場及南停車場將無法使用。 屆時自行車請改停至東停車場，摩托車請改停至西停車場。 這二處自行車停車場皆於上午七點開門。若在七點之前有使用需求，請向學務組提出申請，員工專用停車場可以特別開放使

用。

此外，所有的自行車停車場於晚間九點關門。九點之後將無法取回自行車、摩托車，請特別注意。

學務組

27 關於本文的內容以下何者正確？

1 自行車和摩托車一定得分別停在不同的停車場。
2 晚上九點之後，可以領回自行車，但不能領回摩托車。
3 工程期間，只有平日可以使用北停車場和南停車場。
4 早上七點之前，任何人都可以在員工專用停車場停自行車或摩托車。

問題5　請閱讀下列(1)～(2)的文章，並針對以下問題，從1～4的選項中，選出一個最適當的答案。

(1)

由於日本是地震多的國家，有些事必須要事先想清楚。那就是地震發生時該怎麼做，以及地震發生前該準備什麼東西。

若感覺到地震，首先要躲在書桌或桌子下。在搖晃停止後，關掉廚房的火，接著逃往安全的地方。可供避難的場所大多是市政府或城鎮指定的學校之類的地方，所以必須要事先確認。可以事先和家人討論，並將從家門口到①鄰近避難場所的路線實際走過一次會比較好。

另外，在地震發生前最重要的是要準備食物和水。據說至少要準備三天的份量。我建議的做法不是要刻意額外添購物品來保存，而是平日就多買一些，用完再補充。準備的食物最好是無需料理就能食用的東西。

在平日的生活中，就必須要像這樣事先做好針對地震的②準備工作。

28 發生地震時，剛開始要做什麼？

1 立刻逃往室外
2 躲入某個東西下方保護自己
3 關掉做菜正在使用的火
4 和家人討論

29 文中的①那裡是指哪裡？

1 市政府或城鎮指定的地方
2 搖晃停止的房間
3 購買食物和水的店
4 書桌或桌子的下方

30 文中提到的②準備，舉例來說是要做哪些準備？

1 三天前就事先考量地震相關事宜
2 多買一些食物在家先試吃
3 事先準備食物和水
4 發生地震時立刻逃往室外或其他地方

(2)

咖哩真空調理包是一種只需加熱數分鐘即可享用咖哩的商品。真空調理包這項技術，一開始在美國是以作為軍隊遠行時隨身攜帶的食物而開發，阿波羅11號的太空食物也有應用到這項技術。日本企業在研究了這種真空調理包的技術之後，將其應用在家庭食品上。

從製造過程來看，咖哩真空調理包是將咖哩放入一種具有三層構造的特別的容器中，再以真空包裝。這時，材料中的肉已經煮過，蔬菜則還是生的。接著再施加壓力，並以120度的溫度加熱35分鐘來進行高溫殺菌。藉由這樣的高溫殺菌，可以保存大約2年左右。

咖哩真空調理包的材料，從一般普通的、到一些較為特殊少見的各式食材都包含其中，也有不少的產品用了日本各地的名產。以在口感或甜度上發揮各項名產的優點的方式，做出許多新口味的咖哩真空調理包。

31 真空調理包的技術一開始是為了什麼而開發的？
1 為了讓沒吃過咖哩的人了解咖哩的味道而開發。
2 為了讓忙到沒時間的人輕鬆用餐而開發。
3 為了國外旅行時當成伴手禮帶回家而開發。
4 為了可以在無法做菜的地方用餐而開發。

32 以下何者符合咖哩真空調理包的製造方式？
1 材料中的肉比蔬菜更早煮過。
2 蔬菜是以生菜的狀態做成產品。
3 材料是以低溫耗費好幾個小時料理的。
4 容器為三重構造，可用於多種用途。

33 以下何者符合本文的內容？
1 真空調理包技術，是日本企業首度開發的。
2 真空調理包技術，只用於製作咖哩。
3 咖哩真空調理包可長時間保存。
4 咖哩真空調理包一直是以與以往同樣的味道製作而成。

問題6　請閱讀以下文章，並針對以下問題，從1～4的選項中，選出一個最適當的答案。

所謂的風呂敷（布包巾）是一塊四角形的布巾，用途是包覆物品。物品經布巾包裹之後即可攜帶、收納、送禮，用途非常廣泛。不過最近都是使用紙袋或塑膠袋做為盛裝攜帶的工具，而收納則是使用塑膠箱或瓦楞紙箱，風呂敷已經不像以前那般常用。

把像風呂敷這類四方形的布巾廣泛應用於生活中的習慣，在世界各地都可以看得到。日本據說是始於奈良時代，但「風呂敷」一詞則是在江戶時代才廣泛地流傳開來。風呂敷是因為在入浴時用於包裹脫下的衣物，或是出浴時鋪在地板而得名。不過自此之後，不只用於沐浴，也會用於攜帶旅行的行李或是商店的商品。而風呂敷也會因包覆物品的大小不同，而有各種不同的大小。只要換一種包裹方式，長形或圓形等各種形狀的物品都能順利地包起來帶著走。

最近環境破壞成為一大問題，由於風呂敷可以一再重覆使用，因此被重新認定為一種環保的包裝方式。不僅可用於包覆物品，也可墊於物品之下，甚至可懸掛於牆面之上，當作室內設計的一部分。

34 文中所說的風呂敷是什麼樣的東西？
1 在浴室清洗身體時使用的布。
2 洗完澡後擦拭身體的布。
3 鋪在房屋出入口的地板上的布。
4 用來包裹物品帶著走的布。

35 據文中所述，以風呂敷為名的原因為何？

1 因為以前只有澡堂才會販售。
2 因為以前是掛在澡堂的入口。
3 因為以前是從浴室出來時舖在地上的東西。
4 因為以前都不洗澡，是用布擦拭身體。

36 下列何者符合關於風呂敷的敘述？

1 日本的風呂敷有各種形狀。
2 日本的風呂敷在許多國家都有使用。
3 日本的風呂敷只在某個時代使用。
4 日本的風呂敷可以包裹各種形狀的物品。

37 ④風呂敷的使用方式中，何者在本文中未提及？

1 用於送禮。
2 用於搬家時移動重物。
3 用於代替塑膠袋攜帶物品。
4 用來作為房間的裝飾品。

問題7　右邊為市民講座的宣傳單。請在閱讀表格後，針對以下問題，從1～4的選項中，選出一個最適當的答案。

38 以下敘述何者符合此講座的內容？

1 和孩子一同學習和環境有關的事。
2 在市內各種場所上課。
3 只有市民可以參加。
4 透過電話申請參加。

39 田中先生想要將水力發電及風力發電應用在生活中。為此，他應該要上哪一天的課程？

1 7月20日　　2 8月3日
3 8月24日　　4 9月21日

成為環境學習的先驅！

免費授課　名額20人

★對環境或大自然有興趣，並想進行某些活動！
★希望向孩子們傳達大自然的美妙之處！
★希望在環境這方面能為社會做點事！

課程結束後，可登記擔任「城市環境學習指導人員」。市政府將會請登記參加的學員擔任環境教室的講師或助理。

日程、場所				課程名稱	內容
1	7/20 六	區公所（中區）	10:30 ∫ 12:00	課程導引	課程內容的說明以及參加者的自我介紹
			13:00 ∫ 14:30	何謂環境問題	瞭解環境問題以及本市的現況，思考該採取何種對策
2	8/3 六	綠化中心（東區）	10:00 ∫ 12:00	自然觀察體驗	在森林公園學習環境學習時必知的自然觀察方式
			13:00 ∫ 14:30	風險管理	為了可以在戶外開心地活動而學習的安全管理。
3	8/24 六	太陽能館（西區）	10:00 ∫ 12:00	地球暖化相關議題	瞭解地球暖化的機制、現況及本市所採取的對策
			13:00 ∫ 14:30	自然能源	學習如何在進行環保節能的同時愉快地生活。
4	9/21 六	焚化廠（北區）	10:30 ∫ 12:00	參觀焚化廠	瞭解本市垃圾處置的現狀
			13:00 ∫ 14:30	垃圾減量的對策	學習垃圾減量的方法以及瞭解本市的處置方式
5	10/5 六	區公所（中區）	0:00 ∫ 12:00	成果發表的準備工作	為課程的成果發生進行相關準備
			13:00 ∫ 15:00	成果發表	以簡報的形式發表學習成果

【申請資格】18歲以上，居住於本市或是於本市工作、就學，有意願實踐環境教育及環境保護活動者。

【申請方式】填寫申請表上的必填項目，在7/6（六）前遞交區公所環境課即可（可直接遞交，亦可以傳真、E-mail的方式遞交）。

聽解

問題1

在問題1中，請先聽問題。並在聽完對話後，從試題本上1～4的選項中，選出一個最適當的答案。

例

大學中一男一女正在交談，男人打算帶什麼東西去？

女：昨天我去探望佐藤了，他看起來精神還不錯。

男：是喔，太好了。我也打算今天下午去探望他。

女：他一定會很高興的。

男：我想帶點東西過去。他不知道能不能吃蛋糕之類的東西。

女：他是腳傷，聽說在飲食方面沒有限制。不過那邊放了很多人帶去的零食點心，所以看起來並不缺。他看起來很閒，帶雜誌去可能比較好。

男：好，那我帶別人推薦的漫畫好了。

男人打算帶什麼東西去？

1　蛋糕
2　點心
3　雜誌
4　漫畫

第1題

女人和男人在停車場的自動補票機前交談。男人接下來要做什麼？

女：這個停車場要怎麼付費？

男：只要在這台機器的畫面上輸入停車處的編號就可以了。

女：好，我知道了。啊，在這棟大樓購物有二小時的免費停車！

男：真的耶。「請出示收據上的QR Code」？

女：你還帶著收據嗎？

男：糟了！剛剛去洗手間的時候，我以為沒用了就丟掉了。

女：是喔，那就沒辦法了。

男：下次再來的時候我會把收據留下來的。

男人接下來要做什麼？

1

2

3

4

第2題

男人跟女人正在交談。女人接下來要做什麼？

女：我在剛才那間店看到一個很可愛的包包。

男：是喔。什麼樣的包包？

女：是今年流行的設計，看起來學校的文件也可以很容易地收進去。

男：妳現在用的那個包包不是也挺不錯的嗎？

女：嗯，我很喜歡，不過我覺得再買一個也不錯。

男：那也不用現在就買吧？要多少錢？

女：我確認過價錢，沒問題，我有錢。

男：不然妳等到這個週末，到時若妳還是很想要的話再來買？

女：欸～可是上面寫說現在正在特價耶！

男：妳放心，特價到週末都還有。

女：是嗎？　好吧！那就這樣吧。

女人接下來要做什麼？

1　把現有的包包送給朋友

2　確認價格

3　等到週末

4　等包包特賣

第3題

女人和男人正在談論有關芭蕾舞公演的話題。女人接下來要做什麼？

女：你看這張傳單。下個月的連假，俄羅斯有名的芭蕾舞團要來公演耶！我已經買票了。

男：妳這麼喜歡啊！

女：嗯，現在沒跳了，不過我小時候跳過芭蕾舞，現在偶爾也會去看表演。

男：是喔。表演的場館是在……，咦？不會太遠嗎？搭新幹線也要花二個小時耶！

女：話是沒錯啦！不過俄羅斯的芭蕾舞團難得來日本公演，所以我一定要去看！

男：你還真厲害。你要不要先預訂新幹線的車票？　到時是連假，一定很多人要搭車。

女：對喔，說得也是。

男：如果知道故事內容，應該就能好好享受芭蕾舞表演的樂趣吧。我是不是也該學一下呢。

女：你有興趣的話再跟我說，我有一大堆和芭蕾舞有關的資訊。

女人接下來要做什麼？

1　預約芭蕾舞公演的門票

2　預訂新幹線的車票

3　查詢公演的資訊

4　學習有關芭蕾舞的事

第4題

男人和咖啡店的店員正在談論關於店內的Wi-fi。男人接下來要做什麼？

男：那個，聽說有免費的Wi-fi可以用，但我試著連接卻連不上……。

女：您設定Wi-fi的時候，有出現這裡的ID嗎？

男：有，是在那之後不知道該輸入什麼密碼。

女：Wi-fi的密碼每天都不一樣，密碼會印在收據上。

男：啊，原來如此。我已經把收據收到錢包裡了，我再找找看。

女：如果找不到的話再請您和我說。

男人接下來要做什麼？

1　尋找Wi-fi的ID

2　輸入Wi-fi的密碼

3　點飲料

4　尋找收據

第5題

女人和圖書館的人正在交談。女人接下來要做什麼？

女：不好意思，這本書我本來昨天就應該要還的……

男：不好意思。我確認一下…是的，今日確實收到您返還的書。

女：真的非常抱歉。

男：不用抱歉，因為這本書沒有其他人預約，所以今天沒有關係。不過請您以後要小心一點喲。

女：是的，我會小心的。我另外還借了兩本書，不好意思，可以查一下那兩本書的到期日嗎？

男：麻煩跟您借一下圖書館的借書證。我查詢一下借閱記錄。

女：麻煩您了。

女人接下來要做什麼？

1　返還目前借的書

2　預約下次想借的書

3　交出圖書館的借書證

4　在電腦上查閱借閱記錄

第6題

網球教室中有個女人正在和接待櫃台的人交談。女人下週三要帶什麼東西來？

女：不好意思，我想學網球。

男：好。那麼這裡為您說明一下我們這間教室。所有的課程都是一週上一次課，學費是一個月8000日元。加入會員時要收取6000日元的入會費，不過目前正在優惠期間，到這個月的月中，也就是下週三前加入會員，就不收您6000日元的入會費。

女：原來如此。我可以今天先申請入會，之後再付錢嗎？

男：可以。只要在週三前付款即可。

女：那麼，麻煩您了。我週三可以來。那天可以上課嗎？

男：可以。請問您有自己的球拍和球鞋嗎？我們有免費租借的服務。

女：球鞋我有，我穿自己的鞋子。我要借球拍。

男：我瞭解了。那麼，週三期待您的光臨。

女人下週三要帶什麼東西來？

1　6000日元

2　6000日元和鞋子

3　8000日元和鞋子

4　8000日元、鞋子和球拍

問題2

在問題2中，請先聽問題，接著再閱讀試題本上的選項，會有閱讀選項的時間。閱讀完畢之後，請再次聆聽發言或對話，並從1到4的選項中，選出一個最適當的答案。

例

日語學校的新生正在進行自我介紹。這位新生將來想從事什麼工作？

女：大家好，我是希林。我之所以會想來日本留學，是因為來我家寄宿的日本學生教了我折紙。折紙真的好美，讓我對日本文化產生了興趣。我目前在日本的專門學校學習服裝設計，將來想成為一名服裝設計師。請各位多多指教。

這位新生將來想從事什麼工作？

1 日語教學的工作
2 介紹日本文化的工作
3 口譯的工作
4 服裝設計的工作

第1題

男人和女人正在談論有關流感的話題。依據對話中的說法，冬天對抗流感病毒要做什麼事比較好？

男：每年一到冬天，流感就開始流行，你知道為什麼是冬天嗎？
女：因為天氣很冷的關係吧。和夏天不同，空氣也比較乾。
男：沒錯。空氣比較乾的話，病毒就能長時間飛散於空氣之中。
女：是喔。
男：和溫度也有關，據說最適合病毒增生的溫度是33度左右。人的體溫大約是37度，但冬季時接觸冷空氣的鼻子和喉嚨就差不多是33度。
女：也就是說，冬天滿足了病毒容易增生的所有條件對吧！
男：而且照到陽光的時間也比較少，所以身體中的維他命D相對較少。
女：維他命D？
男：嗯。維他命D具有和流感病毒對抗的能力。
女：原來如此。意思是就算是寒冷的冬天，只要在外面好好地做點運動，曬曬太陽，也會產生抵抗力。

依據對話中的說法，冬天要對抗流感病毒要做什麼事比較好？
1 將房間的濕度設定為33度
2 將房間的溫度設定為33度
3 要儘量曬到太陽
4 儘量做到長時間運動

第2題

女人正談到與工作型態有關的話題。根據她的說法，飛特族是指什麼樣的人？

女：社會上有各式各樣的工作，也有各種不同的工作型態。正職員工是指一直固定在同一間公司工作的人，通常工作得越久，經驗愈豐富，薪水也會愈來愈高。兼職人員則是就職和辭職都比正職員工簡單。依靠兼職工作來賺取生活費的人稱為飛特族。這類工作的問題在於與正職員工相比，收入較少。自由工作者則是指非在單一公司工作的人。雖然必須得靠努力展現自己的能力來獲得工作，但也有可能有很高的收入。

根據她的說法，飛特族是指什麼樣的人？
1 一直在同一間公司工作的人
2 靠打工過日子的人
3 靠自己得到工作的人
4 在喜歡的時間做喜歡的工作的人

第3題

一位女老師正和小學生談到與校外教學有關的事。這位老師希望學生可以更常做什麼事？

女：下週要去鋼琴工廠參觀。我們會搭電車到工廠附近的車站，接著再步行至工廠。先前我們已經學過搭電車的禮儀了對吧。要保持安靜，若遇到長者要讓座。人家在說話時該怎麼做呢？上個月我們去郵局參觀時，各位都很安靜地聆聽郵局的人說話，非常好。不過，我覺得如果可以多問一些問題會更好。當你碰到自己不懂的地方，或是覺得有疑問的時候，無論任何事都可以試著問問看。

小學老師希望學生可以更常做什麼事？

1 學習搭乘電車時的禮儀
2 在校外參觀前學習參觀場所
3 在校外參觀時安靜聽人說話
4 校外參觀時針對不懂的事提出疑問

第4題

男人和小學生談到賺錢的方法。依據他的說法，為了將來有更多的錢，現在可以做什麼事？

男：要成為有錢人，最重要的是要成為一個讓人值得信賴的人。為此各位必須要守時，以及徹底完成自己的工作。另外，只要是被交辦的工作，無論是什麼工作，都要不問個人好惡地抱持著試著去做做看的心態，這點也非常重要。而這樣的心態各位平日在生活中就可以練習。早上自己起床上學，提早將暑假作業做完，家人拜託的工作也不要忘記去做等，透過小事不斷地累積、練習。

依據他的說法，為了將來有更多的錢，現在可以做什麼事？

1 讀很多書
2 有計劃地使用金錢
3 練習得到別人的信任
4 一天一次幫忙家人做事

第5題

男人正在訪問一位個案管理師。個案管理師的工作內容為何？

男：渡邊小姐的工作是個案管理師，不好意思，請問個案管理師到底是什麼樣的工作呢？

女：我想想……舉例來說，當老人家生病的時候，你認為應該要怎麼做？

男：去醫院。

女：對，大部分的人都是去醫院，但有的人不方便去醫院，也有人不想去醫院。為了服務這樣的人，就有了醫生到府看病的「居家醫療」機制。

男：「居家醫療」是嗎？

女：是的。即使不去醫院，也可以請醫師或護理師到患者家中看病，或是請藥劑師把藥送到患者家裡並告知用藥方式。

男：就是由許多人通力合作照顧一位長者。

女：是的。因此最重要的是負責統籌這些人力的個案管理師。

個案管理師的工作內容為何？

1 讓生病的長者可以在家中生活的調配工作
2 讓生病的長者可以愉快地在醫院生活的調配工作
3 帶著生病的長者去醫院
4 把藥送到生病的長者家中

第6題

廣播中的女人正談到和博物館有關的話題。依據她的說法，什麼才是好的博物館？

女：除了因為工作的關係，也出於個人的興趣，我經常去博物館。我想說一件事，是關於我先前去過的那間博物館。那間博物館的展示品和展品說明都很普通，但那裡的工作人員卻讓我印象深刻。我只是隨口問問腦海中閃過的問題，但那位工作人員卻打開筆記本，一邊確認一邊仔細地回答我的提問。我本來以為那是應對客人的教戰手冊，但據他的說法，那是他把客人問過的問題都記下來，再經過自己仔細的查詢確認之後統整而成的筆記。我認為有這樣的人在那裡工作的博物館很值得信賴，是非常棒的博物館。

依據她的說法，什麼才是好的博物館？
1　展示品種類繁多的博物館
2　對展示品提供詳細說明的博物館
3　準備教戰手冊應對顧客的博物館
4　工作人員認真工作的博物館

問題3
在問題3中，試題本上不會印有任何文字。問題3是詢問整體內容為何的題型。對話或發言之前沒有提問。請先聽對話，接著聆聽問題和選項，最後再從1到4的選項中，選出最適合的答案。

例
日語課裡，老師正在發言。

男：今天要上的課是「多讀」。「多讀」就是表示要閱讀很多本書。而閱讀時有三條規則：不使用字典、有不懂的地方就跳過不讀、不想讀就放棄並換一本書。今天我帶了很多本書來，請各位先挑一本自己喜歡的書來看。

今天這堂課的學生要做什麼？
1　聽老師讀書。
2　瞭解字典的用法。
3　閱讀很多本書。
4　去圖書館借書。

第1題
男人正在公司的訓練課程中談到和機械有關的事。

男：在教導年輕人機械加工時，使其親身實際操作是很重要的。不過因為違反基本安全手冊或規則的一些小的切傷事故卻經常發生。若是指導者是抱持著「沒踢過鐵板怎麼會知道」的想法在教，那就令人困擾了。一定要告訴他們，讓人瞭解這樣的操作方式會有什麼風險的安全手冊，就是為了避免在使用機械工作時發生危險而存在的。

男人談到與機械有關的事情為何？
1　年輕人不能使用機械。
2　在知道有哪些危險的情況下才使用機械。
3　開發沒有危險的機械。
4　開發機械時考量配合使用者的年齡。

第2題
女人在市民講座談到關於設計這件事。

女：各位在製作椅子時，會想出什麼樣的設計呢？是至今不曾有過的新設計嗎？如果是以便宜的材料就能輕鬆製作的設計，或許可以一次製作很多個。不過，要是客戶不用，那就毫無意義。因此首先，要思考顧客的使用方式。例如辦公用的椅子，最好能有長時間久坐也不會感到疲勞的設計；餐廳用的椅子，最好要能夠讓人放鬆；醫院用的椅子則是要使用抗菌能力強的材料。

女人表示，關於設計，最重要的事情為何？

1　總是思考新的設計。
2　想出製作時無須花費金錢的設計。
3　想出可以一次製作大量產品的設計。
4　先想像使用方式再思考設計。

第3題
男學生和女留學生談到有關車子的話題。

男：車子分為駕駛座在右側的右駕車，以及駕駛座在左側的左駕車對吧！妳知道是為什麼嗎？
女：美國和歐洲因為車子都是行駛在道路的右側，所以大多是左駕車，為的是能夠看得到行駛在對向車道的來車。日本則是相反，大多為右駕車對吧！
男：沒錯。不過妳知道這是為什麼嗎？
女：咦？為什麼？
男：據說是因為江戶時代的武士是把刀插在左側，為了不讓刀子相撞所以會走在道路的左側。後來即使開始騎馬，再由騎馬改為開車，這些習慣仍留存至今。

男學生談到與日本車子有關的事情為何？

1　大多為右駕的理由。
2　走在道路右側的理由。
3　從騎馬轉變成開車的理由。
4　比外國車更安全的理由。

—筆記處—

問題4

在問題4中，請一邊看圖一邊聽問題。箭頭（→）所指的人說了些什麼？從1～3的選項中，選出最符合情境的發言。

例
想請人幫忙拍照。他要向附近的人說什麼？

男：1　可以的話，我們拍張照吧。
　　2　不好意思，可以麻煩你幫我拍照嗎？
　　3　那個，我可以在這裡拍照嗎？

第1題
在餐廳用餐時，湯匙掉到了桌子底下。想要換一根湯匙。她要向店員說什麼？

女：1　我想幫你換一個湯匙。
　　2　可以幫我換一個湯匙嗎？
　　3　謝謝你換了一個湯匙給我。

第2題
想去車站，但是下雨了。因為家人有車的關係，所以希望對方可以開車一起去車站。他要向對方說什麼？

男：1　妳可以送我去車站嗎？
　　2　妳可以送我來車站嗎？
　　3　妳可以試著送我到車站嗎？

第3題
忘了學校的作業要寫什麼，所以想再問老師一次。他要說什麼？

男：1　老師，你可以再說一次作業要寫什麼嗎？
　　2　老師，我可以再告訴你一次作業要寫什麼嗎？
　　3　老師，可以麻煩您再告訴我一次作業要寫什麼嗎？

第4題
正在工作的時候接到小孩子身體不舒服的電話。因為家人都很忙，所以想立刻回家。她要對公司的同事說什麼？

女：1　不好意思，我可以回去嗎？
　　2　不好意思，不知怎麼的我就是想回去。
　　3　不好意思，我要想辦法回去。

問題5

在問題5中，試題本不會印有任何文字。請先聽一段發言及針對此發言的回應內容，再從選項1～3中，選出最恰當的答案。

例
男：不好意思，請問會議要用的投影機在哪裡？
女：1　置物櫃上太高了。
　　2　請不要放在門邊。
　　3　請向辦公室借。

第1題
女：歡迎光臨。（收銀機「嗶」一聲），您的便當要加熱嗎？
男：1　不，之後再麻煩你。
　　2　那就麻煩你了。
　　3　都可以。

第2題
男：因為很危險，所以請別靠近。
女：1　不，沒關係的。
　　2　啊！好的，我會小心。
　　3　好，我試著再近一點看。

第3題
女：明天的會議改至週五。
男：1　不，應該是同一間會議室。
　　2　是啊，明天或週五的其中一天。
　　3　我知道了。還是在同一間會議室嗎？

第4題
男：咦？木村還沒來嗎？
女：1　聽說電車誤點。
　　2　他總是搭電車來。
　　3　是的，他還不知道。

第5題
女：開會辛苦了。冷氣可以關掉了嗎？
男：1　不，打開（開啟）吧！
　　2　不好意思，我不知道該怎麼關。
　　3　因為還有另一場會議，所以請開著就好。

第6題
男：不好意思，請把這份文件交給鈴木課長。
女：1　請自便。
　　2　好的，我知道了。
　　3　不好意思。

第7題
女：明天要不要蹺課去玩？
男：1　原來如此，的確是這樣。
　　2　那樣不太好……
　　3　那樣很好啊。

第8題

男：呃，我剛剛說到哪裡？

女：1　你正說到昨天你在車站遇到朋友。

2　昨天田中好像去車站了。

3　之後到三點為止都沒關係。

第9題

男：Tan會來今天的派對吧？

女：1　是的，多虧了Tan來的關係。

2　嗯，他應該會來。

3　昨天才剛來。

第2回　解答・解説

解答・解說

ごうかくもし　かいとうようし

N3 げんごちしき（もじ・ごい）

第2回

じゅけんばんごう Examinee Registration Number		なまえ Name	

〈ちゅうい　Notes〉

1. **くろいえんぴつ（NB、No.2）でかいてください。**
   Use a black medium soft (HB or No.2) pencil.
   （ペンやボールペンではかかないでください。）
   (Do not use any kind of pen.)
2. **かきなおすときは、けしゴムできれいにけしてください。**
   Erase any unintended marks completely.
3. **きたなくしたり、おったりしないでください。**
   Do not soil or bend this sheet.
4. **マークれい** Marking Examples

よいれい Correct Example	わるいれい Incorrect Examples
●	⊗ ✓ ○ ◎ ⊜ ⦶ (gray)

問題1				
1	①	②	③	●
2	①	②	③	●
3	①	②	③	●
4	①	●	③	④
5	①	②	●	④
6	①	②	③	●
7	●	②	③	④
8	①	②	●	④

問題2				
9	①	②	③	●
10	①	②	●	④
11	①	②	●	④
12	①	●	③	④
13	●	②	③	④
14	①	②	●	④

問題3				
15	①	②	③	●
16	①	●	③	④
17	●	②	③	④
18	①	●	③	④
19	●	②	③	④
20	①	●	③	④
21	①	●	③	④
22	①	②	●	④
23	①	●	③	④
24	①	②	●	④
25	①	●	③	④

問題4				
26	①	●	③	④
27	①	②	●	④
28	①	②	●	④
29	①	②	●	④
30	①	②	③	●

問題5				
31	●	②	③	④
32	①	●	③	④
33	①	●	③	④
34	①	●	③	④
35	①	②	●	④

ごうかくもし　かいとうようし

N3 げんごちしき（ぶんぽう）・どっかい

第2回

じゅけんばんごう Examinee Registration Number		なまえ Name	

〈ちゅうい　Notes〉

1. **くろいえんぴつ（HB、No.2）でかいてください。**
   Use a black medium soft (HB or No.2) pencil.
   （ペンやボールペンではかかないでください。）
   (Do not use any kind of pen.)
2. **かきなおすときは、けしゴムできれいにけしてください。**
   Erase any unintended marks completely.
3. **きたなくしたり、おったりしないでください。**
   Do not soil or bend this sheet.
4. **マークれい** Marking Examples

よいれい Correct Example	わるいれい Incorrect Examples
●	⊘ ✓ ○ ◎ ⊜ ⦶ ◍

問題1

1	①	②	③	●
2	●	②	③	④
3	①	②	③	●
4	●	②	③	④
5	●	②	③	④
6	①	②	③	●
7	①	●	③	④
8	●	②	③	④
9	①	●	③	④
10	●	②	③	④
11	●	②	③	④
12	①	②	●	④
13	①	②	③	●

問題2

14	①	●	③	④
15	●	②	③	④
16	①	②	③	●
17	●	②	③	④
18	①	②	●	④

問題3

19	●	②	③	④
20	①	②	●	④
21	①	●	③	④
22	●	②	③	④
23	①	②	③	●

問題4

24	①	②	③	●
25	①	②	●	④
26	①	②	●	④
27	①	②	●	④

問題5

28	①	●	③	④
29	①	②	③	●
30	●	②	③	④
31	●	②	③	④
32	①	●	③	④
33	●	②	③	④

問題6

34	①	②	●	④
35	①	●	③	④
36	①	②	③	●
37	●	②	③	④

問題7

38	①	②	③	●
39	●	②	③	④

ごうかくもし　かいとうようし

N3 ちょうかい

第2回

じゅけんばんごう Examinee Registration Number		なまえ Name	

〈ちゅうい　Notes〉

1. **くろいえんぴつ（NB、No.2）でかいてください。**
   Use a black medium soft (HB or No.2) pencil.
   （ペンやボールペンではかかないでください。）
   (Do not use any kind of pen.)
2. **かきなおすときは、けしゴムできれいにけしてください。**
   Erase any unintended marks completely.
3. **きたなくしたり、おったりしないでください。**
   Do not soil or bend this sheet.
4. **マークれい** Marking Examples

よいれい Correct Example	わるいれい Incorrect Examples
●	⊗ ✓ ○ ◎ ⊜ ⦶ ◍

問題1

れい	①	②	③	●
1	①	●	③	④
2	①	②	●	④
3	①	②	●	④
4	①	●	③	④
5	①	②	●	④
6	●	②	③	④

問題2

れい	①	②	③	●
1	①	②	③	●
2	①	●	③	④
3	①	②	●	④
4	①	②	③	●
5	①	●	③	④
6	①	●	③	④

問題3

れい	①	②	●	④
1	①	●	③	④
2	①	②	●	④
3	●	②	③	④

問題4

れい	①	●	③
1	①	●	③
2	①	②	●
3	①	●	③
4	●	②	③

問題5

れい	①	②	●
1	①	②	●
2	①	●	③
3	①	●	③
4	●	②	③
5	●	②	③
6	①	②	●
7	①	●	③
8	●	②	③
9	①	●	③

第二回　得分表與分析

		配分	答對題數	分數
文字・語彙	問題1	1分×8題	／8	／8
	問題2	1分×6題	／6	／6
	問題3	1分×11題	／11	／11
	問題4	1分×5題	／5	／5
	問題5	1分×5題	／5	／5
文法	問題1	1分×13題	／13	／13
	問題2	1分×5題	／5	／5
	問題3	1分×5題	／5	／5
	合計	58分		a ／58

以60分為滿分計算總分。 a ［　］分÷58×60＝ A ［　］分

		配分	答對題數	分數
讀解	問題4	3分×4題	／4	／12
	問題5	4分×6題	／6	／24
	問題6	4分×4題	／4	／16
	問題7	4分×2題	／2	／8
	合計	60分		B

		配分	答對題數	分數
聽解	問題1	3分×6題	／6	／18
	問題2	2分×6題	／6	／12
	問題3	3分×3題	／3	／9
	問題4	3分×4題	／3	／12
	問題5	1分×9題	／9	／9
	合計	60分		C

A B C 這三個項目中，若有任一項低於48分，
請在閱讀解說及對策後，再挑戰一次。（48分為本書的及格標準）

※此得分表的各題配分，是由日本アスク出版編輯部依據題目難度所設定的配分。

語言知識（文字・語彙）

問題(もんだい)1

1 4 おおり

降(お)りる：下（交通工具）

1 ⇔乗(の)る（⇔搭乘）
2 降(ふ)る　例　雨(あめ)が降(ふ)る。雪(ゆき)が降(ふ)る。
（⇔降、下（自然物質）　例　下雨　下雪）

2 4 かくにん

確認(かくにん)：確認

3 4 ずつう

頭痛(ずつう)＝頭(あたま)が痛(いた)い（頭痛）

2 腹痛(ふくつう)＝お腹(なか)が痛(いた)い（腹痛、肚子痛）

4 2 いのち

命(いのち)：命、生命

1 富(とみ)：資源、財富
3 夢(ゆめ)：夢、夢想
4 愛(あい)：愛

5 3 たいふう

台風(たいふう)：颱風

6 4 じつりょく

実力(じつりょく)：實力

2 みりょく：魅力

7 1 おうだん

横断(おうだん)：穿越

□横(よこ)：旁邊、横

8 3 ほうこく

報告(ほうこく)：報告

問題(もんだい)2

9 4 泊(と)まった

泊(と)まる：住宿、投宿

1 住(す)む：住
2 宿(やど)：旅館、旅店
宿(やど)→宿泊(しゅくはく)：住宿、投宿
3 留(りゅう)→留学(りゅうがく)：留學
留守(るす)：不在家、外出

10 3 積極的(せっきょくてき)

積極的(せっきょくてき)：積極

⇔消極的(しょうきょくてき)（⇔消極）

1 説(せつ)→説明(せつめい)：說明
2 績(せき)→成績(せいせき)：成績
3 接(せつ)→直接(ちょくせつ)：直接

11 3 感動(かんどう)

感動(かんどう)：感動

1 感情(かんじょう)：感情
2 感心(かんしん)：欽佩、佩服
4 感想(かんそう)：感想

12 2 辺(あた)り

辺(あた)り：附近、周圍

1 当(あ)たり：中、命中
当(あ)たる：中、命中
3 周(まわ)り：附近、周圍
4 回(まわ)る：旋轉、逛

13 1 復習(ふくしゅう)

復習(ふくしゅう)：複習

□往復(おうふく)：往返

2・4 複(ふく)→複数(ふくすう)：複數

14 3 得意

得意：拿手、擅長

問題3

15 4 比べました

比べる：比、比較

□背：身高

1 並べる：排列
2 負ける：輸
3 見つける：找到

16 2 予報

予報：預報

1 予測：預測
3 予防：預防

17 1 手間

手間：（需耗費的）時間、勞力

2 勝手：擅自、任意
3 時刻：時刻、時間
4 世話：照顧、關照

18 2 尊敬

尊敬：尊敬

4 敬語：敬語

19 1 料金

料金：費用

2 有料：收費、付費
3 通貨：貨幣
4 入金：收款、收到的錢、進帳

20 2 つまって

鼻がつまる：鼻塞

□息：呼吸

□苦しい：難受、痛苦

1 寒くてふるえる：冷得發抖
3 足がしびれる：腳麻、腿麻
4 肩がこる：肩膀僵硬、肩膀酸痛

21 2 経営

経営：經營

1 方針：方針
3 事業：事業
4 作業：工作、作業

22 3 家賃

家賃：房租

1 給料：薪資、薪水
2 賃貸：出租
4 家事：家務

23 2 卒業

卒業：畢業

1 留学：留學
3 入学：入學

24 3 いつのまにか

いつのまにか：不知不覺

1 どこまでも：無論到哪裡都…
3 いつまで：到什麼時候
4 どこか：某處

25 2 ルール

ルール：規則

1 サンプル：樣品
3 サイン：簽名
4 ヒント：提示

問題4

26 2 明るい

陽気な＝明るい：開朗

1 まじめな：老實、正經

3 内気な：內向

4 静かな：文靜

27 3 スピード

速度＝スピード：速度

1 エンジン：引擎

2 ガソリン：汽油

4 カーブ：彎道、轉彎處

28 3 だいたい

約＝だいたい：大約、大概

□終了：結束

29 3 必ず

絶対、あの人に言っておいてね。：一定要事先跟那個人說一聲哦。

30 4 とつぜん

いきなり＝とつぜん：突然

1 はげしい：激烈

2 とうとう：終於

問題5

31 1 イベントを中止するかどうかは、学校が判断します。活動是否中止，是由學校判斷。

判断：判斷

3 仕事をやめるという彼の大きな決断を応援したい。對於他辭掉工作的這個大決定，我想支持他。

決断：決斷

32 2 まくらを新しくしたら、朝までぐっすり眠れた。換了新枕頭之後，我熟睡到早上。

ぐっすり眠る / ぐっすり寝る：睡得很香

1 友達との約束をすっかり忘れてしまった。和朋友的約定我忘得一乾二淨。

すっかり忘れる：徹底忘記

33 2 彼には彼女がいたので、彼の恋人になるのはあきらめた。他有女朋友了，所以我放棄成為他的戀人。

あきらめる：放棄、死心

1 先週、働いていた会社を辞めた。上週我從原本工作的公司辭職。

辞める：辭職

3 暑い日が続いたので、水道が止まってしまった。由於炎熱的天氣不斷持續著，所以停水了。

水道：自來水

止まる：停止

4 体重を減らすために、毎日走っています。為了減重，我每天跑步。

体重：體重

減らす：減、減少

34 2 オリンピックの後、その選手は引退した。2 那位選手在奧運之後退休了。

引退する：退役、引退

1 先月、学校の近くに引っ越してきました。上個月我搬來學校附近。

引っ越す / 引っ越しする：搬家

3 子どもが熱を出したので、早退してもいいですか。因為孩子發燒了，我可以提早下班嗎？

早退する：早退

4 大学を卒業したら、国に帰る予定です。我計畫要在大學畢業之後回國。

卒業する：畢業

35 3 栄養をしっかりとって、早く元気になってね。 3 你要攝取充足的**營養**，早日恢復健康喔。

栄養：營養

1 この社会は需要と供給のバランスが取れている。 這個社會要在需求與供給上取得平衡。

供給：供給、供應

バランスがとれる：保持平衡

2 大統領の発言は影響力がある。 總統的發言是有影響力的。

影響力：影響力

大統領：總統

3 この料理の材料はえびとたまごだ。 這道菜的材料是蝦和雞蛋。

材料：材料

第2回

文字・語彙

文法

讀解

聽解

試題中譯

語言知識（文法）・讀解

◆ 文法

問題 1

1 4 といえば

～といえば…＝～代表的／なのが…だ
（在…當中具有代表性的是…、要說到…）

2 1 わりに

わりに：意外地

- **2 むけに**：面向、以…為對象
- **3 たびに**：每當
- **4 せいで**：都是因為…、都是…害的

3 4 おそれがある

～おそれがある＝～という悪い結果になる可能性 （恐怕…）

- **1 ～かねない**：很有可能會…、難保不會…
- **2 ～どころではない**：根本談不上…
- **3 ～ほどだ**：表示會到…的程度

4 1 なくしたら

「万が一」是「萬一」的意思。其後會接續「～ば」、「～たら」、「～ても」等句型。由於句尾是「～てください」，所以不能使用「なくせば」。

5 1 いらっしゃってください

いらっしゃってください：是「来てください（請您過來）」較有禮貌的說法。其他相同意思的說法還有「おこしください」、「おいでください」、「いらしてください」。

6 4 には

彼には彼なりのやり方がある。：他有他自己的做法。

はずだ：理應、理當

7 2 使いたがらない

～したがる：客觀地表示自己以外的人想要做某事

8 1 しよう

～しようとしない＝～するつもりがない（沒有打算…）

9 2 わけ

～わけではない＝～ということではない（並不是…）

10 1 通じて

～を通じて：意思是「透過…」。雖然和「～経由して」同義，但不能像後例「京都を経由して大阪に行く（經過京都到大阪）→×」這樣應用於「經過某個場所」時的表達。

11 1 ことはない

～ことはない＝する必要はない（沒有必要做…）

12 3 とは限らない

～とは限らない＝絶対に～とは言えない（未必、不一定）

13 4 もの

～したものだ＝以前はよく～した
（過去經常…）

問題2

14 2

彼とは　1去年　4会った　2きり　31年　ほど会っていない。

我和他在1去年4見面2之後，大約有1一年都2沒有再見面。

～したきり…ない＝～したのを最後に…していない（…之後…就（再也沒）…）

～ほど：大約

15 1

電話を　3して　2おいた　1にも　4かかわらず　予約ができていなかった。

4儘管2先3打過電話，4卻仍是無法成功預約。

～にもかかわらず＝～のに（儘管…卻…／明明…）

16 4

彼が　3約束の　2時間に　4遅れる　1はず　がない。

他1不可能比3約定的2時間還4晚到。

～はずがない＝～ないと思う（不可能…；理應不會…）

～はずだ＝きっと～だと思う（理應、理當…）

17 1

今日までに　2できる　4ことは　1した　3つもりだ　が、結果はわからない。

截至今日，3我認為自己1已經做了所有2能做的4事，但結果仍是未知。

～したつもり＝（我認為已經…）

18 3

この辺は自然が多くて健康的に暮らせそうだが、交通の便が悪いから、4車の運転が　2できない　3私には　1生活する　のは難しそうだ。

雖然這一帶自然景色很多，看似可以健康地過日子，但由於交通不便，對於2不會4開車的3我而言，似乎會難以1生活。

生活するの＝生活すること（生活）

□健康的：健康地

□暮らす：生活

□交通の便が悪い：交通不便

問題3

19 1　愛されている

因為是接在「納豆は…多くの人に」的後方，所以最好使用被動形。

20 3 そのうえ

［連接詞］的考題，要仔細地觀察空格前後。

以這一題來說，句子是先表示「大豆には…多くに栄養がある（大豆中……有很多的營養）」這個大豆的好處之後，再接著表示另一個好處是「豆腐にすることで消化が良くなる（做成豆腐很容易消化）」，所以要選擇表示添加的連接詞。

21 2　知られるようになった

～ようになる：表示狀態發生改變

例　日本語を勉強して、日本人と話せるようになりました。（學習日語之後，就變得可以和日本人交談。）（先前沒辦法和日本人交談→現在可以）

22 1　このようなもの

空格中要放入代指前面的「新商品」的詞語。

23 4　食べてほしいものだ

～ほしいものだ／～たいものだ：是強調ほしい（希望得到的）、したい（想要）這類心情的句型。

◆ 讀解

問題4

(1) 24 4

ボランティアと聞くと、1**大変そうなので自分にはできないと思うかもしれません。でも、**自分の好きなことや、4**できることから始めればいい**のです。仕事や年齢も関係ありません。例えば、ある小学校の6年生は「ふれあいクラブ」として毎月、お年寄りの施設に行っていっしょにゲームをしたり、歌を歌ったりしています。自分たちでゲームを計画することもあります。先生もアドバイスをくれますが、お年寄りのことを考えながら、自分が好きなこと、自分ができることを形にするのです。

一聽到擔任義工，1**各位或許會覺得看起來這麼辛苦，自己一定辦不到。不過**只要從自己喜歡的事或是4**辦得到的事開始即可**。擔任義工和工作及年齡無關。例如某間小學六年級的學生每個月都會以「緣遊會」的名義，到養老院去和長者們一起玩遊戲或是唱歌。他們有時也會自己設計遊戲。雖然老師也會給予建議，不過他們是一邊為這些長者著想，一邊以自己喜歡做及能力所及的形式進行。

1 「～と思うかもしれません。でも…」是「或許有人會認為…，但實際上…」的意思，而「…」的部分是作者真正想要表達的內容。

4 ○

2・3 文章內未提及。

熟記單字及表現

□ボランティア：志願者、志工

□施設：機構、設施；（略稱）養老院、孤兒院

□年齢：年齡

□アドバイス：建議

(2) 25 3

これは自分の国に帰った学生が、日本の先生に送った手紙である。

這是回國後的學生，寄給日本老師的信。

星野先生

お元気ですか。私がこちらに帰ってきて、もう1か月が経ちました。家族や友人に1年ぶりに会って、楽しく過ごしています。

日本では、先生にとてもお世話になりました。日本語はもちろん、日本の伝統文化についてもくわしく教えていただき、ありがとうございました。

これからは私が、2**日本について多くの人に伝えられるようになりたいです**。そのために通訳になろうと思っています。3**日本語の勉強を続け、通訳の試験を受けるつもりです**。そして通訳として日本

順序是3→2→1，選項4在信件中未提及。

に行ったときには、こちらのおいしい1**ワインを持って先生のお家にうかがいます**。

5月31日　ピーター　ハンクス

星野老師：

您好嗎？我回到這裡已經一個月了。見到了睽違一年的家人及朋友，現在每天都過得很開心。

我在日本的時候受到老師非常多的照顧。您不只教導我日語，甚至還很仔細地教導我日本的傳統文化，非常地謝謝您。

今後2**我希望能夠向更多的人介紹關於日本的一切**，因此我想要成為一名口譯。我打算3**繼續研讀日語，並參加口譯測驗**。等到當我以一名口譯的身分去日本的時候，再1**帶著我們這裡好喝的酒去老師家拜訪**。

5月31日　Peter Hanks

熟記單字及表現

□（時間が）経つ：（時光）流逝　□1年ぶり：睽違一年…
□過ごす：生活、過（日子）　□伝統：傳統
□くわしい：詳細　□通訳：口譯、翻譯者
□うかがう：拜訪、詢問、探聽　□できごと：發生的事、突發事件

(3) 26 3

これは相川課長と部下の坂田さんとのやりとりです。

下為相川課長及下屬坂田之間訊息往來的內容。

相川　9:12

おはようございます。いま富士見駅に向かう電車の中にいるんですけど、事故の影響で電車が止まってしまいました。動き出すまであと30分くらいかかりそうです。

坂田　9:13

おはようございます。たいへんですね！

相川　9:15

1**クリエイト社への訪問の前に、喫茶店で打ち合わせをする約束**でしたよね。でもその時間はなさそうです。すみません。

坂田　9:16

いえいえ。2**昨日、資料についてご意見いただいて修正したので、大丈夫**だと思います。

1　來不及在事前先碰面商討，但拜訪的行程不會遲到。

2　資料的修正在前一天就做好了。

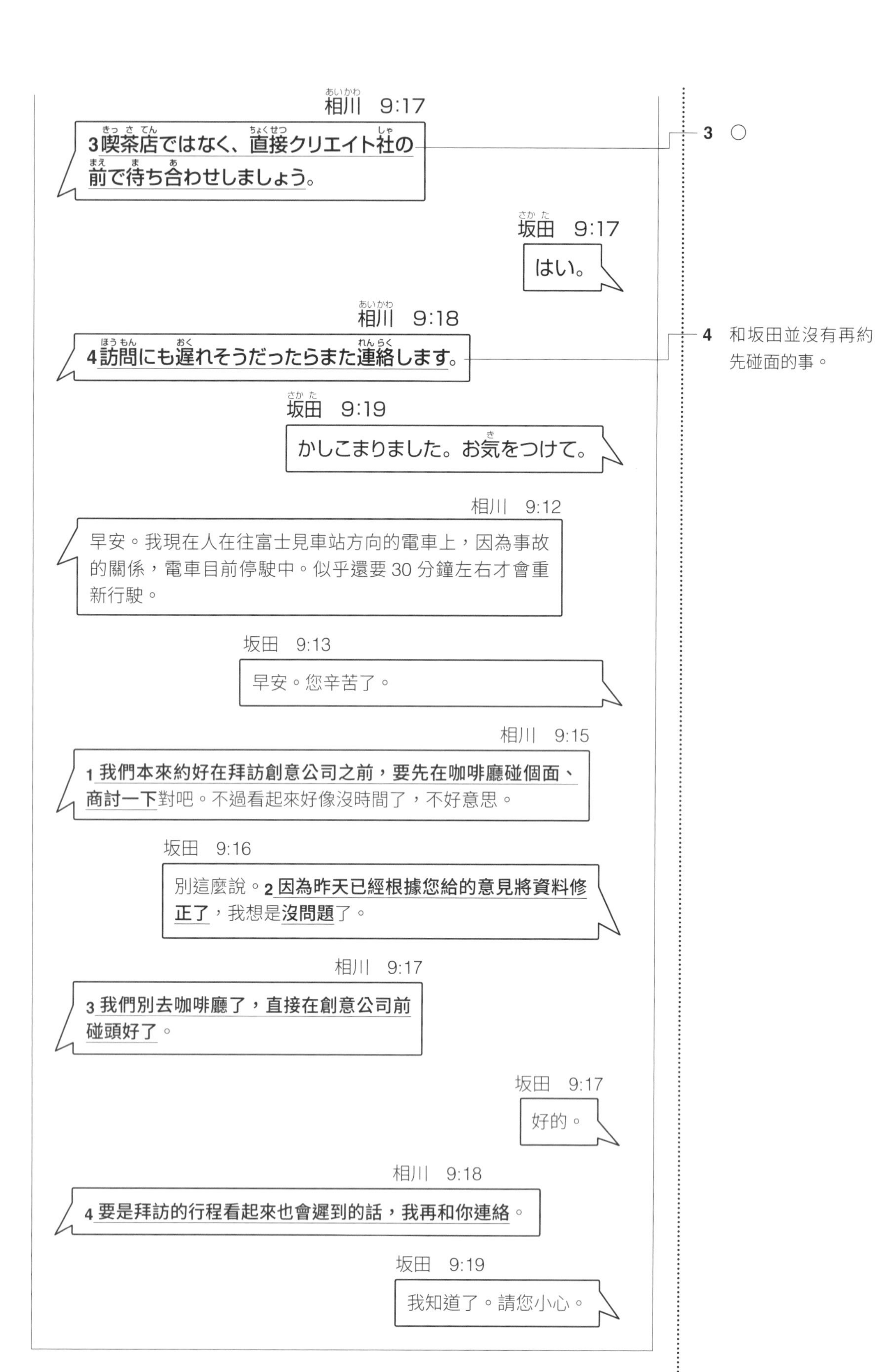
相川　9:17
3喫茶店ではなく、直接クリエイト社の前で待ち合わせしましょう。
坂田　9:17
はい。
相川　9:18
4訪問にも遅れそうだったらまた連絡します。
坂田　9:19
かしこまりました。お気をつけて。
相川　9:12
早安。我現在人在往富士見車站方向的電車上，因為事故的關係，電車目前停駛中。似乎還要 30 分鐘左右才會重新行駛。
坂田　9:13
早安。您辛苦了。
相川　9:15
1 我們本來約好在拜訪創意公司之前，要先在咖啡廳碰個面、商討一下對吧。不過看起來好像沒時間了，不好意思。
坂田　9:16
別這麼說。2 因為昨天已經根據您給的意見將資料修正了，我想是沒問題了。
相川　9:17
3 我們別去咖啡廳了，直接在創意公司前碰頭好了。
坂田　9:17
好的。
相川　9:18
4 要是拜訪的行程看起來也會遲到的話，我再和你連絡。
坂田　9:19
我知道了。請您小心。
3　○
4　和坂田並沒有再約先碰面的事。

★熟記單字及表現

□影響（えいきょう）：影響
□打ち合わせ（うちあわせ）：商量、磋商
□修正（しゅうせい）：修正、修改
□待ち合わせ（まちあわせ）：碰頭、見面
□訪問（ほうもん）：拜訪、訪問
□資料（しりょう）：資料
□直接（ちょくせつ）：直接

(4) 27 3

色を見分ける力を色覚と言いますが、色覚は<u>**1 20代をピークにゆっくりと弱くなっていきます**</u>。その原因は3つあります。目の中のレンズ部分がにごってきれいに見えにくくなること、<u>**3 光を取り入れる部分が小さくなって光が入りにくくなること**</u>、そして、脳に情報を送る視神経が弱くなることです。暗い部屋で靴下の色を間違えたり、<u>**4 階段を下りているとき、最後の一段で転びそうになったりする人**</u>は、色覚が弱くなっている可能性があります。

分辨顏色的能力稱為色覺。色覺<u>**1 在20歲左右為巔峰，之後就漸漸走下坡**</u>。之所以會如此的原因有三：一是瞳孔中的水晶體變濁導致不易分辨色彩；再者是<u>**3 汲取光線的部位變小導致光線難以進入眼睛**</u>；最後是向大腦傳送資訊的視神經變弱。在昏暗的房間內搞錯鞋子的顏色，或是<u>**4 在下樓梯時走到最後一階會差點跌倒的人**</u>，就有可能是色覺變差。

1 色覺的巔峰時期為20歲左右。
2 文中未提到與練習有關的內容。
3 ○
4 是下樓梯時很危險。

★熟記單字及表現

□見分ける（みわける）：辨別、分辨
□レンズ：晶狀體
□にごる：渾濁
□脳（のう）：大腦
□神経（しんけい）：神經
□ピーク：頂峰、巔峰
□部分（ぶぶん）：部分
□取り入れる（とりいれる）：收進
□情報（じょうほう）：信息
□可能性（かのうせい）：可能性

問題5

(1) 28 2　29 4　30 1

食品には、おいしく安全に食べられる、賞味期限があります。お店で売れないまま賞味期限が切れてしまうと、お店は捨てなければなりません。しかし、<u>**28 賞味期限が切れていないのに捨てられる食品もあることが、最近問題になっています**</u>。

28 即使看不懂「賞味期限」這個詞語，從第一句的「美味且可安全食用的時間」即可瞭解是什麼意思。比較困難卻又是讀解時所必懂的詞彙，大多在文章中都會附帶說明。

それは、**29 食品メーカーからお店に食品を運ぶ、問屋の仕事**が関係しています。問屋がお店に食品を届けることを納品といい、**30 食品が作られた日から賞味期限までの3分の1の日までに納品するというルール**があります。例えば、賞味期限が3か月のお菓子があって、作られたのが9月1日の場合、賞味期限は11月末ですが、お店に納品する期限は3か月の3分の1、1か月の間に、つまり9月中にお店に届けなければならないことになります。この納品期限を過ぎるとお店で受け取ってもらえず、まだ賞味期限まで2か月もあるにもかかわらず、捨てられてしまうのです。

食品都有美味且可安全食用的賞味期限。如果食品沒被賣出就到了賞味期限，商店就必須把到期的食品扔掉。不過 **28 有時會發生明明食品的賞味期限還沒過卻被扔掉的情形，而近來也引發爭議**。

這件事與 **29 負責將食品從食品製造商運送到商店的批發商的工作有關**。批發商將食品送到商店的過程稱為交貨，有 **30 一條規則是規定批發商要在食品的製造日期到賞味期限之間前三分之一的這段時間完成交貨**。例如，有一款零食的賞味期限是三個月，製造日為9月1日，賞味期限為11月底，則交貨到商店的期限即為三個月的三分之一，就是一個月。也就是說，必須在九月當中把貨送到商店去。如果超過這個交貨期限，商店就不會收貨，雖然距離賞味期限還有二個月，但這些商品都會被丟掉。

29 「問屋（批發商）」也是一樣，這個詞彙在文中第一次出現時，前方就有相關的說明。

30 「納品（交貨）」在文中也有說明是指「批發商將食品送到商店」的意思。也就是說，從製造日起到賞味期限為止的前三分之一的那段時間，必須要把食品送到商店。

★ 熟記單字及表現

- □食品：食品
- □期限が切れる：過期
- □～末：…底、…末
- □～まま：保持某種狀態
- □メーカー：製造商、廠家
- □～にもかかわらず：儘管…

(2) 31 1　32 2　33 1

これはネット上の記事である。

国際ボランティア団体ピースでは、「場所、本、子どもたち」をキーワードに、アジアの各地で活動しています。具体的には、学校や図書館を作って、勉強したり **31 本を読んだりできる場所を作ります**。また、字が読めない子どもたちのために絵本を作ったり、本を読んであげたりする活動もしています。代表の鈴木幸子さんは、「教育は子どもたちの人生を変えることができます」と言います。

31 選項1為正確答案。

32 活動のためには、継続的な支援が必要です。ピースでは今、サポーターを募集しています。**32 毎月1000円、1日あたり33円の寄付**で、1年間に84冊の絵本を子供たちに届けることができます。寄付はいつでも止められます。ニュースレターと **33 活動報告書**も受け取れますので、活動の様子を知ることができます。また、毎年、子どもたちが書いたメッセージカードも届きます。詳しくは同団体のサイトをごらんください。

此為網路報導的內容。

國際志工組織 Peace 是以「場所、書本、孩子們」為關鍵字，在亞洲各地進行活動。具體來說，他們做的是建造學校或圖書館，**31 打造能讓孩子們**唸書和**閱讀的場所**。另外，他們也會為不識字的孩童製作繪本或讀書給他們聽。負責人鈴木幸子小姐表示：「教育可以改變孩子們的人生」。

32 為了籌辦這些活動，就必須要有持續性的援助。Peace 目前正在招募贊助者。**32 每月 1000 日元，一天約 33 日元的捐款**，一年內就能提供孩子們 84 冊繪本。捐款可隨時停止。此外，還會收到電子報及 **33 成果報告書**，贊助者可藉此瞭解組織的活動情形。另外，組織也會寄送孩子們寫的心意卡。詳情請見該組織的官方網站。

32 「必須要有持續性的支援」這一句之後提到了錢的事，由此可知是需要錢。

33 仔細比較句子和選項的內容。

★熟記單字及表現

□団体：團體
□各地：各地
□代表：代表
□継続的：不間斷的、持續性的
□募集：招募
□寄付：捐獻、捐贈
□様子：情況
□キーワード：關鍵字
□具体的：具體的
□人生：人生
□支援：支援、援助
□1日あたり：平均每天
□報告：報告

問題6

34 3　**35** 2　**30** 4　**30** 1

カップラーメンを食べたことがありますか。温かいお湯を入れて3分待つだけで、おいしいラーメンが食べられます。では、どうして3分間なのか知っていますか。

実は、1分でできあがるカップラーメンもあるのです。でも、早ければいいというわけではないようです。1分でやわらかくなるラーメンは、すぐ食べられるのはいいのですが、そのあともどんどんやわらかくなってしまうので、35 **食べている間にやわらかくなりすぎて、おいしくなくなってしまう**のです。それに、34 **お湯を入れてからたった1分だけではまだお湯が熱すぎます**。3分経ってからふたを開けて数回混ぜると、70度ぐらいまで下がります。熱い食べ物をおいしいと思える温度は62度から70度です。3分という時間は、この温度までしっかり計算した待ち時間だったのです。

また、これもあまり知られていませんが、お湯を入れる前のカップラーメンは、ラーメンの下とカップの底との間に空間があり、ラーメンが下につかないようになっています。これは、工場からお店に運ばれるときにめんが割れたりしないようにするためです。しかも、お湯を入れたときに、下にもお湯が回って、36 **ラーメン全体を同じやわらかさにできる**のです。

各位是否吃過杯麵？倒入溫熱的開水後只要再等個三分鐘，就可享用一碗美味的拉麵。那麼，各位知道為什麼是三分鐘嗎？

事實上，也有只需花一分鐘即可享用的杯麵。不過似乎愈快不見得會愈好。一分鐘就軟化的拉麵，雖然優點是很快就可以吃得到，但因為之後還會持續軟化，35 **要吃的時候就會變得太軟不好吃**。況且，34 **加入熱水之後只要一分鐘就能吃，這時湯還很燙口**。經過三分鐘之後再打開蓋子攪拌數次，溫度會下降到 70 度左右。熱食要好吃溫度要在 62 度至 70 度之間。三分鐘這個數字，是經過精心計算，達到這個溫度所需的等待時間。

此外，有件事很多人都不知道。杯麵在倒入熱水之前，麵體下方與杯體的底部之間有一段空間，是為了不讓麵體接觸下方而設計的。這麼做的目的是避免麵體在從工廠到商店的運送過程中破損。而且在倒入熱水時，熱水也會積聚在下方，36 **讓整杯麵都能泡到一樣軟**。

36 形容詞「やわらかい」的名詞形為「やわらかさ」。「やわらかさ（柔軟度）」與「固さ（硬度）」一樣都是名詞形。

37 這篇文章中表達了兩件事：①杯麵的等待時間、②杯麵放入杯中的方式。二者皆為「美味地享用杯麵的巧思」。

★熟記單字及表現

- □実は：其實、實際上
- □混ぜる：攪拌
- □計算：計算
- □空間：空間
- □下につく：接觸底部
- □全体：全體
- □たった：只、僅
- □温度：溫度
- □底：底部
- □隙間：間隙
- □割れる：碎、裂

問題7

38 4　**39** 1

文化の日　おでかけガイド

造形工房	総合運動公園
【てつくず作品展】 鉄工職人が仕事で出る廃材を利用して、造形作品を作りました。オリジナルキャラクターも初めて公開します。鉄を組み合わせた新しい生物を見てみませんか。 11月2日（土）3日（日）4日（祝） 9:30~17:00 入場無料	【青空フリーマーケット】 運動公園のスタジアムの周りにフリーマーケットが登場！　約100店が出店します。リサイクル品のほか、ハンドメイドグッズも多数あります。 11月2日（土）3日（日） 10:00~14:00（雨天中止） 入場無料
文化会館	**市民ホール**
【国立舞台サーカス】 空中ブランコ、ピエロの曲芸、アクロバットなど、ハラハラドキドキがいっぱいの舞台が楽しめます。入場券先行発売中。 11月2日（土） ①12:30　②15:00 一般2800円　中学生以下2200円 チケットセンター　×××−××××	【ママとパパと赤ちゃんのためのゆるやかエクササイズ】 親子で簡単なリズム体操やエクササイズを体験しましょう。家でも楽しく赤ちゃんと過ごす方法を知ることができます。 11月3日（日） 10:30~11:30（要電話予約） 1家族（3名1組）1000円（当日払い）
音楽ミュージアム	**星の美術館**
【室内楽アカデミー】 国内外から一流の講師陣を招待し、選ばれた受講者がレッスンを受けます。一般の方は、レッスンの様子を見ることができます。 11月2日（土）3日（日）4日（祝） 10:00~12:00 レッスン聴講　一人100円	【版画遊園地】 明治から昭和期に活躍した作家の作品100点を解説します。自分で版画を作るコーナーもあります。 11月3日（日）4日（祝） 9:00~17:00 一般200円　中学生以下無料

38「週末」是指週六及週日。首先先從日期是在「4日（固定假日）」舉辦的活動中選出可自己動手做的活動。廢鐵作品展只有觀賞作品，並沒有參觀者自製作品的活動。

39 和體操及舞蹈最接近的是「国立舞台サーカス（國立舞台馬戲團）」。Mike先生的門票是2800日元＋妻子的2800日元＋女兒的2200日元，總共是7800日元。

造形工房	綜合運動公園
【廢鐵作品展】 利用鐵匠工作後剩餘的廢鐵製作的造形鐵雕作品，並首次展出原創角色。想不想看看用鐵組合而成的新生物？ 11 月 2 日（六）、3 日（日）、4 日（國定假日） 9:30 ～ 17:00 免費入場	【青空跳蚤市集】 運動公園體育場的周邊將舉辦跳蚤市集！約有 100 個攤位。除了環保再生商品，還有許多手作小物。 11 月 2 日（六）、3 日（日） 10:00 ～ 14:00（下雨取消） 免費入場
文化會館	**市民會館**
【國立舞台馬戲團】 空中飛人、小丑雜耍、雜技表演等，體驗緊張刺激心跳不已的舞台表演。門票預售中。 11 月 2 日（六） ①12:30　②15:00 普通票 2800 日元 國中以下為 2200 日元 售票中心　XXX － XXXX	【特別為媽媽、爸爸以及嬰幼兒設計的輕柔運動】 親子一同來體驗簡易的韻律體操及運動。教您如何在家也能和家中的寶寶一起渡過愉快的時光。 11 月 3 日（日） 10:30 ～ 11:30（需電話預約） 一家大小（三人一組）1000 日元 （當日付款）
音樂博物館	**星星美術館**
【室內樂音樂學院】 邀請國內外一流講師，為獲選的學員講課。一般參觀者可觀賞上課過程。 11 月 2 日（六）、3 日（日）、4 日（國定假日） 10:00 ～ 12:00 入場費　每位 100 日元	【版畫樂園】 針對明治到昭和時期的作家的 100 件作品進行解說，並設有版畫的 DIY 自製區。 11 月 3 日（日）、4 日（國定假日） 9:00 ～ 17:00 普通票 2800 日元　國中以下免費

熟記單字及表現

□祝日（しゅくじつ）：節日、國定假日
□一般（いっぱん）：普通、一般
□3名1組（めい・くみ）：三人一組
□体操（たいそう）：體操

聽解

問題1

例　4

N3_2_03

大学で女の人と男の人が話しています。男の人は何を持っていきますか。

F：昨日、佐藤さんのお見舞いに行ってきたんだけど、元気そうだったよ。

M：そっか、よかった。僕も今日の午後、行こうと思ってたんだ。

F：きっとよろこぶよ。

M：何か持っていきたいんだけど、ケーキとか食べられるのかな。

F：足のケガだから食べ物に制限はないんだって。でも、おかしならいろんな人が持ってきたのが置いてあったからいらなさそう。ひまそうだったから雑誌とかいいかも。

M：いいね。おすすめのマンガがあるからそれを持っていこうかな。

男の人は何を持っていきますか。

大學中一男一女正在交談，男人打算帶什麼東西去？

女：昨天我去探望佐藤了，他看起來精神還不錯。
男：是喔，太好了。我也打算今天下午去探望他。
女：他一定會很高興的。
男：我想帶點東西過去。他不知道能不能吃蛋糕之類的東西。
女：他是腳傷，聽說在飲食方面沒有限制。不過那邊放了很多人帶去的零食點心，所以看起來並不缺。他看起來很閒，帶雜誌去可能比較好。
男：好，那我帶別人推薦的漫畫好了。

男人打算帶什麼東西去？

第1題　2

N3_2_04

会社で女の人と男の人が話しています。男の人はこのあと、まず何をしますか。

F：橋本さん、明日の会議の準備、もうできましたか。

M：はい、**2これから会議で使う資料をコピーするところなんですが**、何枚必要でしょうか。

F：そうですね、会議に出席するのが15人だけど、2、3枚余分にしておきましょう。

M：はい、わかりました。

F：あと、カタログも準備してほしいんだけど、どのカタログにするかを部長に今から確認してもらえますか。

M：あの、部長は今日出張中ですので、明日の朝、確認してもいいですか。

F：そう、じゃあ確認したらすぐに準備してください。

あと、**1会議室の予約は今からすぐ私がしておきます**ね。

M：はい、ありがとうございます。

男の人はこのあと、まず何をしますか。

公司裡一男一女正在交談。男人接下來要先做什麼事？

女：橋本先生，明天開會要用的東西都準備好了嗎？
男：是的，**2 我等一下要去影印會議中會用到的資料**，請問需要幾份？
女：我想想…出席會議的人有 15 人，再多印個二、三份吧。
男：好的，我知道了。
女：另外還想請你準備型錄，可以麻煩你等一下跟部長確認一下，決定要用哪一份型錄嗎？
男：那個…部長今天出差，我可以明天早上再問部長嗎？
女：是嗎。那請你問清楚之後立刻準備。
還有，**1 我待會就去預約會議室**。
男：好的，謝謝您。

男人接下來要先做什麼事？

2　男人行事流程的先後順序為「資料をコピーするところ（正要影印資料）」，接著是「確認數量」，最後才說「わかりました（我知道了）」，所以選項2為正確答案。

1　會議室是由女人預約。

3・4　部長正在出差，待明天向部長確認之後再準備型錄。

熟記單字及表現

□余分：多餘、剩餘　　□カタログ：（商品）型錄
□確認：確認　　□出張：出差

第2題　3

🔊 N3_2_05

駅で男の人と女の人が話しています。男の人は何を買いますか。

M：すみません、学生のための地下鉄のきっぷってありますか。

F：はい、通学用定期券と、学生用回数券というものがございます。

M：回数券ってどんなものですか。

F：こちらは、10枚分の料金で11枚のきっぷをセットで買うことができるものです。

M：いいですね。学校へ行くときにも使えますか。

F：はい、もちろんです。でも、通学で毎日使われるのでしたら、定期券のほうがお得になりますよ。

M：そうなんですか。毎日大学へ行くからそうしようかな。

F：かしこまりました。定期券には、**1か月定期券と6か月定期券の2種類がございまして、期間が長いほうが値段は高いですがお得**です。あと、バスもご利用になるのでしたら、バスと地下鉄のセット定期券もございますよ。

M：うーん、バスは乗らないので、**地下鉄のお得なほうの定期券**にします。

男の人は何を買いますか。

車站裡一男一女正在交談。男人買了什麼？

男：不好意思，請問地鐵有學生票嗎？
女：有的，有學生定期票和學生用的回數票。
男：回數票是什麼樣的？
女：我們是付 10 張票的錢可購買一組共 11 張的回數票。
男：聽起來很不錯。去學校也可以用嗎？
女：當然可以。不過如果是要每天上課用的票，定期票比較划算喔。
男：是這樣嗎？因為我每天都要去大學上課，那還是買定期票好了。
女：好的。定期票**有分一個月的定期票和六個月的定期票二種，期限較長的雖然比較貴，但也比較划算**。還有，若您還會搭公車的話，也有公車搭配地鐵的定期套票。
男：唔…我沒有要搭公車，所以還是決定買**較划算的地鐵定期票**。

男人買了什麼？

「地下鉄のお得なほうの定期券（決定買較划算的地鐵定期票）」從這句話可得知男人購買的並非回數票而是定期票。同時也可以知道他買的不是公車搭配地鐵的套票，而是地鐵定期票。至於是買一個月期的還是六個月期的，期間較長的在這裡等於六個月期的，所以3為正確答案。

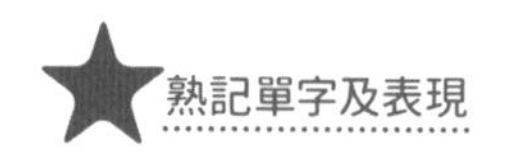

熟記單字及表現

□通学：通學、上學
□定期券：月票、定期票
□料金：費用
□お得：划算、賺到
□種類：種類
□～用：…專用
□回数券：連票、回數票
□セット：一組、一套
□期間：期間

第3題　3

N3_2_06

男の人と女の人がポスターについて話しています。女の人はこのあと何をしますか。

M：今度のイベント、たくさんお客さんを集めるためにポスターを作るって言ってたけど、どう？　できた？

F：うん。見てみて。

M：わ、いいね。1 **いろんな色が使ってあるから遠くからでもよく目立つ**。2 **字の大きさも見やすい**ね。

F：ありがとう。でも…なんかまだちょっとかたい、フォーマルな感じがしない？　もっと気軽に参加できるイメージにしたいな。

M：**もっと写真とかイラストを入れたらどう？**

F：3 **そっか、そうだね、やってみる**。質問とかがあったときの 4 **連絡先は、この電話番号であってる？**

M：**うん、大丈夫だよ**。じゃ、お願いします。

女の人はこのあと何をしますか。

一男一女正在聊和海報有關的話題。女人接下來要做什麼？

男：為了吸引更多客人來參加這次的活動，我先前曾說過要做海報，怎麼樣，做好了嗎？
女：嗯，你來看一下。
男：哇！很不錯呢！ 1 **因為用了很多顏色，從遠處看也很顯眼**。2 **字的大小也很清楚易見**。
女：謝謝。不過…會不會有點死板、過於正式的感覺？我想要給人可以隨意參加活動的感覺。
男：**如果多放一些照片或插畫呢？**
女：3 **對喔！說得也是。我試試看**。對活動有疑問時的 4 **連絡電話是這個號碼沒錯吧**？
男：**嗯，沒錯**。那就拜託妳了。

女人接下來要做什麼？

1、**2**、**4** 聆聽時把重點放在「女人接下來要做什麼」。而顏色、文字、電話號碼都沒有任何問題。

3 「そっか」是「そうですか」、「そうですね」比較隨意的說法，常用於表示同意對方的意見。

★ 熟記單字及表現

- □ポスター：海報
- □かたい：生硬、艱澀
- □感じ：感覺
- □参加：参加
- □連絡先：聯繫方式
- □目立つ：顯眼、引人注目
- □フォーマル（な）：正式的
- □気軽（な）：輕鬆、隨意
- □イラスト：插圖

第4題　2

N3_2_07

女の学生と先生が欠席届について話しています。女の学生はこのあとすぐ何をしますか。

F：先生、昨日休んでしまったので、欠席届を書きました。お願いします。

M：はい、わかりました。…病院に行ったんですか。もう大丈夫ですか。

F：大丈夫です。先週から歯が痛かったのでみてもらいました。今はもう痛くないです。来週もう一度行かなければいけないので、来週も休むかもしれません。

M：そうですか。1 **休むことがわかったら、早めに欠席届を出してください。**

F：わかりました。

M：それから、ここ、2 **今日の日づけのほかに、休んだ日、昨日の日づけも書いてください。**

F：**あ、すみません。すぐ書きます。**

M：これは昨日配ったプリントです。4 **宿題はこれを終わらせることです。来週の授業までにやっておいてください。**

F：わかりました。

女の学生はこのあとすぐ何をしますか。

女學生和老師正在討論請假單的事。女學生接下來要做什麼？

女：老師，因為我昨天請假，所以我寫了請假單。麻煩您。
男：好，我知道了。…妳去了醫院？已經沒事了嗎？
女：沒事了。因為牙齒從上週開始就很痛，所以去看了牙齒。現在已經不痛了。下週還要再去一次，所以我下週可能也要請假。
男：是嗎？1 **確定要請假的話，請妳提早交請假單**。

1 目前還不知道下週要不要請假。一旦決定要請假後就會交請假單。

2 ○

3 對話中未提及。

4 作業要在下週上課前做完。

女：我知道了。
男：還有，這裡 2 **除了今天的日期之外，還要寫請假日，也就是昨天的日期**。
女：**啊，對不起，我馬上寫**。
男：這是昨天發的講義。4 **作業就是把這個做完。請在下週上課前完成**。
女：我知道了。

女學生接下來要做什麼？

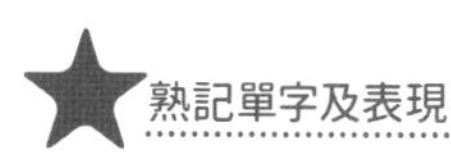

熟記單字及表現

□欠席届：請假單　　□配る：分配、分發、發
□プリント：講義、印刷物

第5題　3

N3_2_08

男の人と女の人が話しています。男の人は鼻づまりを治すため、まずどの方法をやってみますか。

M：あぁ、鼻がつまってうまく息ができない…。

F：お風呂に入ったときに、1 **温かいタオルを鼻に載せるとすっきりするよ。**

M：**そうなんだ。今晩やってみるよ。**

F：ほかにも玉ねぎを切って、2 **玉ねぎに鼻を近づけて鼻から息をするのもいいって**。

M：へえ、よく知ってるね。

F：私もときどき鼻づまりで困るから、調べたことあるんだ。3 **ペットボトルって今持ってる？**

M：うん、あるけど？

F：わきの下にはさんで、わきをしめてみて。胸の横を押すと、鼻づまりがすぐ治るんだって。

M：え？ 本当？ 3 **こうかな…。**

男の人は鼻づまりを治すため、まずどの方法をやってみますか。

一男一女正在交談。男人為了治療鼻塞，首先嚐試的是哪一個方法？

男：唉，鼻子塞住了沒辦法好好呼吸…。
女：洗澡的時候 1 **把溫熱的毛巾蓋在鼻子上會比較舒服喔**。
男：**原來如此，我今天晚上試試看**。

1　今晚才要試著做。

2　現在不會試洋蔥那個方法。

3　「こうかな」＝「こういうやり方でいいかな（這樣做對嗎）」。從這句話可知現在正在做這個動作。

4　對話中未提及。

女：還有把洋蔥切開後 2 **放到鼻子附近，再用鼻子吸氣聽說也有用**。
男：欸，妳懂好多喔。
女：我有時候也會因為鼻塞而煩惱，所以查過該怎麼做。3 **你現在手邊有寶特瓶嗎？**
男：有是有，要做什麼？
女：你試試看把寶特瓶放在腋下夾緊。聽說壓住胸部側邊的位置就能迅速治好鼻塞。
男：咦？真的嗎？ 3 **是這樣嗎**…。

男人為了治療鼻塞，首先嚐試的是哪一個方法？

熟記單字及表現

□鼻(はな)がつまる：鼻塞
□息(いき)をする：呼吸
□玉(たま)ねぎ：洋蔥
□わきの下(した)：腋下
□わきをしめる：夾緊腋下
□方法(ほうほう)：方法
□すっきり：爽快、通暢
□ペットボトル：保持瓶
□はさむ：夾、夾住
□胸(むね)：胸部

第6題　1

N3_2_09

病院(びょういん)の受付(うけつけ)の人(ひと)と女(おんな)の人(ひと)が、話(はな)しています。女(おんな)の人(ひと)はこのあとすぐ何(なに)をしますか。

M：こんにちは。今日(きょう)はどうされましたか。

F：ちょっと熱(ねつ)があるようなんです。

M：この病院(びょういん)は初(はじ)めてですか。

F：はい。

M：では、1 **こちらの紙(かみ)にお客様(きゃくさま)の情報(じょうほう)を記入(きにゅう)していただけますか**。

F：わかりました。

M：あ、それから、せきは出(で)ますか。2 **せきが出(で)る場合(ばあい)はこちらのマスクをする**よう、お願(ねが)いしています。

F：いえ、2 **せきは出(で)ません**。

M：4 **保険証(ほけんしょう)はありますか。**

F：**あ、はい、あります。これです。**

M：はい、お預(あず)かりします。じゃ、こちらですね、お願(ねが)いします。

女(おんな)の人(ひと)はこのあとすぐ何(なに)をしますか。

1 「～していただけますか」＝「～してください（請你做…）」

2 若有咳嗽的症狀要戴口罩→因為女人沒有咳嗽所以可以不用戴口罩。

3 對話中未提及。

4 健保卡已經拿出來了。

醫院櫃台的人正在和一名女子交談。女人接下來要做什麼？

男：你好，請問您今天怎麼了？
女：我好像有點發燒。
男：您是初次看診嗎？
女：是的。
男：那麼 **1 麻煩您在這張紙上填寫您的資料**。
女：我知道了。
男：啊，對了，您有咳嗽嗎？ **2 如果您有咳嗽的症狀，要麻煩您戴上這個口罩**。
女：不，**2 我沒有咳嗽**。
男：**4 請問您有健保卡嗎**？
女：**啊，有的。在這裡。**
男：好的，要借一下您的健保卡。那麼請您到這裡來。

女人接下來要做什麼？

熟記單字及表現

□記入：填寫
□せき（が出る）：咳嗽
□マスク：口罩
□保険証：保險證
□預かる：暫為保管

問題2

例　4

N3_2_11

日本語学校の新入生が自己紹介しています。新入生は、将来、何の仕事がしたいですか。

F：はじめまして、シリンと申します。留学のきっかけは、うちに日本人の留学生がホームステイしていて、折り紙を教えてくれたことです。とてもきれいで、日本文化に興味を持ちました。日本の専門学校でファッションを学んで、将来はデザイナーになりたいと思っています。どうぞよろしくお願いします。

新入生は、将来、何の仕事がしたいですか。

日語學校的新生正在進行自我介紹。這位新生將來想從事什麼工作？

女：大家好，我是希林。我之所以會想來日本留學，是因為來我家寄宿的日本學生教了我折紙。折紙真的好美，讓我對日本文化產生了興趣。我目前在日本的專門學校學習服裝設計，將來想成為一名服裝設計師。請各位多多指教。

這位新生將來想從事什麼工作？

第1題　4

N3_2_12

男の人が、電車について話しています。レールの下に石があるのは、どうしてだと言っていますか。

M：電車はレールの上を走りますが、レールの下には必ず、板と石が置かれています。地面の上に直接レールを置いたほうが早く線路を作れるのに、どうしてわざわざ板や石を置くのでしょうか。もし板や石がなかったら、レールは地面の中にどんどん入りこんでしまうのだそうです。電車がレールのある一点を通る時間は短いのですが、重いので、何度も通っていると、レールがどんどん広がってしまいます。板は、そうならないようにレールをおさえ、**石は、板にかかった重さをバラバラにして地面に伝えます**。

男人在談論的不是聲音、震動、熱能，而是電車的重量。

レールの下に石があるのは、どうしてだと言っていますか。

男人正談到和電車有關的話題。他說軌道下面為什麼要放石頭呢？

男：電車是行駛在軌道上，軌道下方一定會放置木板及石頭。明明直接把軌道置於地面上就能更快將鐵路做好，到底是為什麼要特地放上木板和石頭呢？據說如果沒有木板和石頭的話，軌道就會慢慢地陷入地面下。雖然電車通過軌道的某一點的時間雖短，但因為電車很重，行駛過無數次之後，軌道會愈來愈扁。木板就是為了避免如此才壓在軌道上，而**石頭則是把施加在木板上的重量分散到地面**。

他說軌道下面為什麼要放石頭？

熟記單字及表現

□板：板
□地面：地面
□線路：軌道、鐵軌
□わざわざ：特意
□入り込む：進入
□ある一点：某一點
□広がる：變寬
□押さえる：固定
□重い［形容詞］→重さ［名詞］：重的→重量

第2題　2

🔊 N3_2_13

女の人と男の人が話をしています。男の人はどうして元気がありませんか。

F：どうしたの？　元気ないけど。まだ、彼女とケンカ中？

M：ああ、確かに長い間ケンカしていたけど、それは僕があやまったからもう大丈夫なんだ。でも…

F：でもどうしたの？　別のこと？

M：そうなんだ、今日彼女から聞いたんだけど、彼女、9月からアメリカの大学に行きたいって。

F：え、そうなんだ。

M：今は近くに住んでいるから、いつでも会えるだろう？　でも**アメリカに行ったらそうはいかないよ**。

男の人はどうして元気がありませんか。

「～だろ（う）？」：為「～でしょ（う）」較隨意的說法，大多為男性使用。

「そうはいかない」：意思是「事情與期待不符」，而在此是指「變得再也無法隨時見面」。

一男一女正在交談。男人為什麼無精打采？

女：怎麼了？怎麼無精打采的。你和女朋友還在吵架？

男：啊，我們的確吵架吵了很久，不過關於那件事我已經道了歉所以已經沒事了。不過…

女：那是為什麼？為了別的事嗎？

男：是啊。她今天才告訴我，她九月想去美國的大學唸書。

女：咦，這樣啊。

男：因為現在就住在附近，所以才能隨時見面不是嗎？但**如果她去美國就不可能像現在這樣了**。

男人為什麼無精打采？

第3題　3

🔊 N3_2_14

アナウンサーが俳優にインタビューしています。俳優が映画の撮影中に一番大変だったことは何ですか。

F：今日は俳優の高橋太郎さんに、新しい映画についてうかがいます。高橋さん、新しい映画の完成、おめでとうございます。

M：ありがとうございます。

F：高橋さんは映画の中で、世界中を旅する写真家という役で、いろいろな国を移動されましたが、体の調子は大丈夫でしたか。

M：そうですね、暑い国から寒い国へと移動することも、またその反対もあったので、風邪をひいたこともありました。

F：それは大変でしたね。

M：はい、病気のときに家族がいてくれたらなぁと思いましたね。撮影で、長い期間、家に帰れなかったので、**家族に会えないさびしさが、何よりもつらかったです**。

F：そうだったんですね。　高橋さんの一作目の映画と比べて、いかがですか。

M：はい、一作目よりおもしろいものにしなくちゃという思いがありました。おかげでとてもいい作品ができたと思っています。

俳優が映画の撮影中に一番大変だったことは何ですか。

主播正在訪問一位男演員。這位演員在電影的拍攝過程中最辛苦的是什麼事？

女：今天要請高橋太郎先生來談談關於他的新電影。高橋先生，恭喜您完成一部新電影。

男：謝謝您。

女：高橋先生在電影中所扮演的角色是在世界各地旅行的攝影師，因此必須在多個國家之間移動，您的身體還好嗎？

男：是啊，從炎熱的國家移動到寒冷的國家，然後又從寒冷的國家移動到炎熱的國家，也曾因此得了感冒。

女：那還真是辛苦耶。

男：生病的時候會想，如果家人在身邊的話該有多好。因為拍攝工作的關係而長時間回不了家，**無法與家人見面的寂寞感受，比任何事都更讓人難過**。

女：原來如此。和高橋先生的第一部電影比起來又是如何呢？

男：拍攝的時候會想著一定要拍得比第一部電影更有趣。我想我也因此完成了一部很棒的作品。

這位演員在電影的拍攝過程中最辛苦的是什麼事？

□何よりも～：最…的［強調］

□つらい＝たいへん（辛苦）

熟記單字及表現

□**俳優**：演員

□**撮影**：拍攝、攝影

□**完成**：完成

□**旅する＝旅行する**

□**～家**：…家、…師（例）「写真家（攝影師）」、「マンガ家（漫畫家）」、「政治家（政治家）」

□**移動**：移動

□**調子**：狀態、狀況

□**期間**：期間

第4題　4

🔊 N3_2_15

ラジオで男の人が禁煙について話しています。男の人が禁煙を始めたきっかけは何ですか。

私、タバコをやめることができました。そうです、もう20年以上吸っていたのに、です。もちろん、タバコが健康に悪いということは、昔からわかっていました。それでも吸い続けていたんですけど、**去年、タバコの価格が上がったでしょう。それで初めてやめようと思って禁煙を始めたんです。**でも、どんなに高くても、吸いたくなって困りました。そんなとき、娘に言われました、「お父さん、禁煙がんばってね。体を大切にしてね」って。それで、なんとか強い意志をもって成功したというわけです。

男の人が禁煙を始めたきっかけは何ですか。

廣播節目中男人談到關於戒菸的事。男人開始戒菸的契機為何？

我成功戒菸了。沒錯，我已經抽了超過 20 年的香菸了。當然我從以前就知道抽菸對健康不好，即使如此我還是一直都在抽菸。**去年香菸漲價了對吧。然後我才第一次有不再抽菸的想法並開始戒菸**。不過不管香菸再怎麼貴還是會很想抽，真的很煩惱。不過，就在那個時候，我女兒對我說：「爸，你要努力戒菸喔！好好保重身體。」因此我才有強烈的意志得以成功戒菸。

男人開始戒菸的契機為何？

「きっかけ」＝契機。因為香菸的價格上漲才開始戒菸。因為女兒說的話，戒菸才得以持續。

熟記單字及表現

□禁煙：戒菸、禁菸　□健康：健康
□価格：價格　□意志：意志

第5題　2

🔊 N3_2_16

男の学生と女の学生が話しています。女の学生は何のためにアルバイトをしていますか。

M：毎日、バイトで忙しいみたいだけど、なんでそんなにお金が必要なの？

F：実は、**2大学を卒業しても、勉強を続けたいと思ってて。**

M：大学院へ進みたいってこと？

F：うーん、日本の大学院も考えたんだけど、私のやりたい研究をもっと専門的にできる**2大学院が海外にあるから、そっちに**

1、2「思ってて」＝「思っている（一直想著…）」。女人說她在大學畢業後想要去國外讀研究所，所以正確答案是2而非1。

行きたいんだ。でも、今、学費と家賃は親に出してもらっているから、これ以上の負担をしてもらうわけにはいかないし。

M：そうか、すごいね。**4ぼくはバイト代は全部旅行に使っちゃうんだよ**、外国へ行くのが好きで。

F：もう30か国以上行ってるんでしょう？　すごいよ、私もいろいろな国へ行ってみたいな。

女の学生は何のためにアルバイトをしていますか。

男學生和女學生正在交談。女學生是為了什麼事打工？

男：妳每天都忙著打工，妳到底為什麼那麼需要錢呀？
女：其實 **2 大學畢業之後我還想繼續進修**。
男：妳是說妳想讀研究所？
女：嗯。雖然也有在考慮在日本讀研究所，不過 **2 因為在國外有**更專門的**研究所**可以進行我想做的研究，**2 所以我想去那裡就讀**。可是我現在的學費和房租都是父母出的錢，不能再增加他們的負擔了。
男：是這樣啊，妳好厲害喔。**4 我打工的薪水全都用來旅行了**，我喜歡出國旅行。
女：你已經去超過 30 個國家了對吧？好厲害喔！我也好想去不同的國家看看。

女學生是為了什麼事打工？

4 把錢用在出國旅行的是男人。

熟記單字及表現

□バイト＝アルバイト：打工
□実は：其實、實際上
□大学院：研究所
□専門的：專業
□学費：學費
□家賃：房租
□負担：負擔
□～代：…費、…金。「バイト代」指「打工薪資」。

第6題　2

N3_2_17

会社で男の人が女の人にアドバイスをしています。女の人は、今日どんなことに気をつけて発表しますか。

M：吉村さん、顔色がよくないけど、どうしたの？

F：実は今から会議で、みんなの前で新しいプロジェクトについて発表しなければならないんです。私、大勢の前で話すのは苦手で、緊張してしまって…どうすればうまく話せるでしょうか。

M：そうか、私も昔は苦手だったよ。でも苦手だからこそ、もっと頑張らなくちゃと思って、4**何度もやっているうちにうまくできるようになった**んだ。吉村さんが、いますぐにできるのは、人が大勢いると思わないことだね。

F：え？

M：2**聞いている人の中の誰か、たとえば、課長だけに話しているつもりでやる**んだ。

F：はい、やってみます。

M：あとは、3**用意した紙を見ながら話すと、自信がないように見えるから、できるだけ前を向いて話そう**。

F：はい、ありがとうございます。

女の人は、今日どんなことに気をつけて発表しますか。

公司裡男人正在給女人建議。女人今天在發表時要注意什麼事？

男：吉村小姐，妳的臉色不太好，怎麼了？
女：其實待會開會，我得在大家面前發表新的專案。我很不擅長在一大堆人面前說話，所以很緊張…到底要怎麼做才能好好地說話呢？
男：是這樣啊。我以前也很不擅長喔。不過就是因為不擅長，才會覺得自己一定要更努力克服，4 **多試幾次之後就變得比較熟練了**。吉村小姐，妳現在能做的，是不要想著有很多人在場。
女：什麼？
男：2 **妳在發表的時候就想像成只對著聽眾之中的某個人講話，例如當作只有對著課長講話這樣**。
女：好，我試試看。
男：還有，3 **如果妳在說話的時候還一邊看著事先準備好的稿子，看起來會顯得很沒自信，所以說話時要儘量面向前面**。
女：好的，非常謝謝您。

女人今天在發表時要注意什麼事？

1　選項1在對話中未提及。

2　課長だけに話しているつもり＝把自己的說話對象想成只有課長而已

4　男人是一再地嚐試之後才變熟練。不過這不是今天就可以辦得到的事。

3　男人說看著準備好的稿子並不好。

熟記單字及表現

□顔色：臉色
□発表：發表
□緊張：緊張
□前を向く：面朝前方
□プロジェクト：企劃、項目
□苦手：不善於、不擅長
□自信：自信

問題3

例 3

N3_2_19

日本語のクラスで先生が話しています。

M：今日は「多読」という授業をします。多読は、多く読むと書きます。本をたくさん読む授業です。ルールが３つあります。辞書を使わないで読む、わからないところは飛ばして読む、読みたくなくなったらその本を読むのをやめて、ほかの本を読む、の３つです。今日は私がたくさん本を持ってきたので、まずは気になったものを手に取ってみてください。

今日の授業で学生は何をしますか。

1 先生が本を読むのを聞く
2 辞書の使い方を知る
3 たくさんの本を読む
4 図書館に本を借りに行く

日語課裡，老師正在發言。

男：今天要上的課是「多讀」。「多讀」就是表示要閱讀很多本書。而閱讀時有三條規則：不使用字典、有不懂的地方就跳過不讀、不想讀就放棄並換一本書來讀。今天我帶了很多本書來，請各位先挑一本自己喜歡的書來看。

今天這堂課的學生要做什麼？

1 聽老師讀書。
2 瞭解字典的用法。
3 閱讀很多本書。
4 去圖書館借書。

第1題　2

N3_2_20

女の人と男の人が動物園で、シマウマについて話しています。

F：シマウマって、白と黒のしまの模様があるけど、その模様って一頭ずつ違うんだね。

M：うん。

F：この、白と黒のしまの模様って目立つから、敵にすぐ見つかっちゃうんじゃない。

M：それがね、シマウマを食べるライオンやハイエナが景色を見るとき、見える色は白と黒に近いんだって。だからシマウマの模様は、他の風景にまざって見えにくくなるんだよ。それに、仲間とたくさん集まっていると、しまの模様が重なって、一つの大きな動物のように見えるみたい。

F：へえ。敵も大きい動物は食べようとしないよね。

M：そう。自分たちを大きく見せて、敵から守っているんだね。

男の人は、シマウマのどんなことについて話していますか。

1　1頭ずつの模様の違い

2　白と黒のしまの模様のよさ

3　仲間の見つけ方

4　敵からの逃げ方

動物園裡一男一女正談到和斑馬有關的話題。

女：雖然斑馬的花色都是黑白相間的條紋，但每一頭斑馬的花紋都不一樣呢。
男：嗯。
女：黑白條紋的花色這麼顯眼，不是馬上就會被敵人發現了嗎？
男：關於這一點啊，據說會吃斑馬的獅子和鬣狗，牠們眼中所見的景色是接近黑白色。所以斑馬的花紋會和其他的景像混在一起而難以分辨。而且只要是一大群斑馬聚在一起，條紋的花色重疊在一起，看起來就像一頭大型的動物一樣。
女：是這樣啊。也對，敵人也不會去吃大型動物。
男：沒錯。使自己在敵人眼中看起來更壯大，藉此保護自己。

男人在談的是和斑馬有關的什麼事？

1　每一頭斑馬的花紋的不同之處。
2　花色是黑白相間的條紋的優點。
3　找到同伴的方式。
4　逃離敵人的方法。

對話的脈絡

關於斑馬條紋狀的花紋
- 敵人不易看見。
- 一大群斑馬在一起，看起來像一個大型動物。

→承上，故選項2為正確答案。

→選項2為正確答案。

熟記單字及表現

□模様：花紋
□混ざる：摻雜、混雜
□重なる：重合、重疊
□守る：保護、守護
□目立つ：顯眼、引人注目
□仲間：同伴
□敵：敵人

第2題　3

N3_2_21

ラジオで男の人が、水について話しています。

M：みなさんが生活で使っている水は、そのまま川や海に流すと自然が汚れてしまいます。そこで活用されているのが、浄化センターです。浄化センターでは、家庭や工場から出た水を集めて、自然に戻せるぐらいまできれいにします。まず、ごみや砂を水の底にしずめて、残りの水を微生物のいるタンクに流します。この微生物が汚れを食べます。そして、微生物を取り除いた水を消毒してから、川や海に戻しているのです。

男の人は、水のどんなことについて話していますか。

1　水がどのように届けられるか
2　水がどのように利用されているか
3　水がどのように自然に戻されるか
4　水がどのように消毒されるか

男人在廣播裡正談到有關水的話題。

男：各位在生活中使用的水，若是直接排到河川或大海，就會污染大自然。這時就需要依靠水質淨化中心來發揮作用。水質淨化中心是收集家庭或工廠排出的水，再將水淨化到能夠送回大自然的程度。首先是讓垃圾和沙沉到水底，再把剩下的水排到有微生物在的水槽裡。這些微生物會吃掉水中的髒污，然後再把已經去除微生物的水消毒，並送回河川和大海。

男人在談的是關於水的什麼事？

1　如何送水。
2　水要如何使用。
3　如何把水送回大自然。
4　水要如何消毒。

對話的脈絡

水質淨化中心是收集並淨化家庭及工廠所排放出廢水的地方。
↓
把水淨化的方法
↓
把淨化過的水送回河川和大海。

熟記單字及表現

□自然：大自然
□戻す：歸還、使…返回
□消毒：消毒
□活用：活用、有效利用
□残り：剩餘、剩下

第3題　1

N3_2_22

博物館で女の人が、家の作りについて話しています。

F：日本では、木で作られた家も見られますが、世界を見ると石が手に入りやすい場所では石造りの家が多く見られます。家は、その土地の環境や気候、生活スタイルに合わせて身近にある材料を組み合わせて作られます。日本は温かく湿気も多いので、床が地面より高く、家の湿度を調節できるたたみが広く使われています。しかし、寒くて乾いた気候の地域では、寒さを防げるようカーペットが使われます。また、カーテンも保温や部屋の仕切りに使われますが、日本ではカーテンのほか、木と紙で作られた障子も使われます。

女の人は、家の作りのどんなことについて話していますか。

1　家は、その土地の環境や気候に合わせて作られること
2　世界には家の作り方が二種類あること
3　日本の昔の家が今とは異なる作り方だったこと
4　世界の家と日本の家の作りの目的は同じであること

博物館中，女人正談到關於房屋建造。

女：在日本，還看得到木造的房屋，若放眼世界，在石材容易取得的地方，則大多會看到石造的房屋。房屋可以依據當地的土地環境、氣候、生活型態，組合身邊的材料來建造。日本的氣候較溫暖濕度又高，所以地板會高於地面，並廣泛使用可調節房屋濕度的榻榻米。然而在氣候又冷又乾的地區，為了防寒則會使用地毯。此外，窗簾可用於保溫及作為房子的隔間，日本除了使用窗簾之外，也會使用木頭和紙作成的拉門。

女人談到和房屋建造有關的事是什麼？

1　房屋建造時要配合當地的環境與氣候。
2　世界上有二種蓋房子的方法。
3　日本以前的房子與現在的房子，建造方式不一樣。
4　世界上和日本的房屋的建造目的是相同的。

對話的脈絡

房屋是配合土地所建造的
- 提到木造的房屋和石造的房屋
- 提到榻榻米和地毯
- 提到窗簾和拉門

熟記單字及表現

□土地：土地
□環境：環境
□気候：氣候
□生活スタイル：生活方式
□材料：材料
□湿気：濕氣
□調節：調節
□地域：地域、地區
□防ぐ：抵擋、防備、防禦

問題4

例　2

N3_2_24

写真を撮ってもらいたいです。近くの人に何と言いますか。

M：1　よろしければ、写真をお撮りしましょうか。

2　すみません、写真を撮っていただけませんか。

3　あのう、ここで写真を撮ってもいいですか。

想請人幫忙拍照。他要向附近的人說什麼？

男：1　可以的話，我們拍張照吧。
2　不好意思，可以麻煩你幫我拍照嗎？
3　那個，我可以在這裡拍照嗎？

第1題　2

N3_2_25

レストランを5時に予約しました。レストランに行ったとき、何と言いますか。

M：1　5時に予約してみました、山田と申します。

2　5時に予約してあります、山田と申します。

3　5時に予約したかもしれない、山田と申します。

跟餐廳預約了5點。去餐廳的時候要說什麼？

男：1　我試著預約了五點，我姓山田。
2　我預約了五點，我姓山田。
3　我說不定預約了五點，我姓山田

熟記單字及表現

□～てある：因某人的行為留下的狀態

1　～てみる：嘗試做某事
3　～かもしれない：也許、可能

第2題　3

N3_2_26

会社の社員証をなくしてしまいました。何度も探しましたが、どこにあるかわかりません。上司に何といいますか。

M：1　あの、社員証ですが…何度も探さないと見つかりません。

2　あの、社員証ですが…何度か探したのでいいでしょうか。

3　あの、社員証ですが…いくら探しても見つからないのですが。

公司的職員證不見了。雖然找了很多次，卻還是不知道在哪裡。該怎麼對上司說？

男：1　那個，我的職員證…如果不多找幾次就找不到。
2　那個，我的職員證…我找了幾次，可以了嗎？
3　那個，我的職員證…無論我怎麼找都找不到。

熟記單字及表現

□いくら～ても…ない＝既使做了好幾次，卻都沒…

1　**選項1**　聽起來像是沒有找很多次。上司大概會說「你再多找幾次」。

2　**選項2**　聽起來像是在說我有稍微找一下了，可以不用再找了嗎？上司大概會說「你再仔細找找」。

第3題　2

N3_2_27

会議の資料を10部コピーしたいのですが、忙しくて時間がありません。同僚にお願いしたいです。何と言いますか。

F：1　資料を10部コピーしたらいかがでしょうか。

2　資料を10部コピーしておいてもらえないでしょうか。

3　資料を10部コピーしたほうがいいのではないでしょうか。

想要影印十份會議的資料，卻沒有時間。她想拜託同事，請問她要說什麼？

女：1　資料如果影印十份可以嗎？
　　2　可以請你幫我影印十份資料嗎？
　　3　資料影印十份不是比較好嗎？

熟記單字及表現

□～したらいかがでしょうか：如果…的話，如何呢？（提案、建議）

□～しておいてもらえないでしょうか：我可以請你先…。「～しておいてください（請預先…）」是較禮貌的說法。

□～したほうがいいのではないでしょうか：難道不是最好做…比較好嗎？（建議）

第4題　1

N3_2_28

クッキーをたくさん作りました。友達にもあげたいです。何と言いますか。

F：1　たくさん作ったので、よかったら食べてください。

2　たくさん作ったら、ぜひ食べてみてください。

3　たくさん作りましたが、よかったらください。

做了很多餅乾。想要拿給朋友，該怎麼說呢？

女：1　我做了很多，不嫌棄的話請享用。
　　2　要是我做了很多的話，請一定要試吃看看。
　　3　我做了很多，不嫌棄的話請給我。

熟記單字及表現

□よかったら：若方便的話…、若不嫌棄的話…

2　「～たら（…的話）」＝「～したときに（…的時候、…之時）」。選項2在這裡指的是「若做了很多（餅乾）的情況下」，與發問中「已經做出很多餅乾」的情況不合，為錯誤選項。

問題5

例　3

N3_1_30

M：すみません、会議で使うプロジェクターはどこにありますか。

F：1　ロッカーの上だと高すぎますね。

2　ドアの横には置かないでください。

3　事務室から借りてください。

男：不好意思，請問會議要用的投影機在哪裡？

女：1　置物櫃上太高了。
　　2　請不要放在門邊。
　　3　請向辦公室借。

第1題　3

🔊 N3_2_31

F：いらっしゃいませ。申し訳ありません。ただいま満席で…30分ぐらいお待ちいただけますか。

M：1　いえ、お待たせしませんので。

2　はい、お待ちしております。

3　じゃ、また今度にします。

女：歡迎光臨。不好意思，目前店內客滿，您可以等 30 分鐘左右嗎？

男：1　不，由於沒讓您等很久。

2　好，我會等您的。

3　那我下次再來。

「お待ちいただけますか」是「待ってくれませんか」較禮貌的說法。

1　**お待たせしません**＝立刻準備。

2　**お待ちしております**：是「待っています」的有禮說法。「お～する」為「謙讓的用法」。以客人對店員說話這點來看，這句話禮貌過頭了。

第2題　2

🔊 N3_2_32

M：それでは、資料の5ページ、4番を見てください。

F：1　4番と5番、どちらでもいいですか。

2　すみません、5ページの何番ですか。

3　はい、4番でいいと思います。

男：那麼，請看資料第 5 頁的 4 號。

女：1　4 號和 5 號哪一個都可以嗎？

2　不好意思，是在第 5 頁的幾號？

3　是的，我想 4 號就可以了。

熟記單字及表現

□～でいい：…就可以了

第3題　2

🔊 N3_2_33

F：先週は風邪で休んでたって聞いたけど、もう大丈夫？

M：1　そうだね、風邪ひいていたからさ。

2　うん、おかげさまですっかり良くなったよ。

3　ううん、きっぱりやめたんだ。

女：聽說你上個禮拜因為感冒而請假，你還好嗎？

男：1　是啊，因為我感冒了。

2　嗯，託妳的福，已經完全好了。

3　嗯，我直接辭職了。

熟記單字及表現

□おかげさまで：託…的福

□すっかりよくなる：完全好了

□きっぱりやめる：斷然作罷、斷然辭職

第4題　1

🔊 N3_2_34

M：レジ袋、5円かかりますがお付けしますか。

F：1　いえ、大丈夫です。持っています。

2　あ、私がつけますから大丈夫です。

3　すみません、明日持ってきます。

男：塑膠袋一個5日元，您需要嗎？
女：1　不，沒關係，我有帶。
　　2　啊，因為我帶著所以沒問題。
　　3　不好意思，我明天帶來。

熟記單字及表現

□レジ袋：塑膠袋
□5円かかります（要花5日元）＝5円必要です（需要5日元）

※有些超市的塑膠袋要付錢。店員會問「お付けしますか?（請問需要（購物袋）嗎？）」。免費的免洗筷或是吸管店員也會問「お付けしますか?（請問需要（附吸管／筷子）嗎？）」

第5題　1

N3_2_35

F：あのう、資料が足りないみたいなんですが…。
M：1　え、すみません。何部足りませんか。
　　2　はい、そうみたいですね。
　　3　昨日はありましたか。

男：那個…資料好像不太夠…
女：1　不好意思，還缺幾份？
　　2　是，好像是這樣。
　　3　昨天謝謝你。

「～みたい」的意思和「～ようだ」相同，為口語用法。這裡是表示說話者發現資料的份數不足，但不直接說，而是以「足りないみたい（好像不太夠）」這種比較委婉的方式表達。

第6題　3

N3_2_36

M：「君の名は」っていう映画、見たことある?
F：1　えー、誰と行ったの?
　　2　うん、映画館はよく行くよ。
　　3　ごめん、何ていうタイトル?

男：妳看過《你的名字》這部電影嗎？
女：1　咦？和誰一起去的？
　　2　嗯，我常去電影院。
　　3　抱歉，你說哪一部電影？

「っていう」是「という」較隨意的說法。意思是指「名為「君の名は（你的名字）」」的電影。

第7題　2

N3_2_37

F：もう時間なので、今日の練習はこの辺で…。
M：1　あのう、どの辺ですか。
　　2　はい、お疲れさまでした。
　　3　明日もこの辺でお願いします。

女：時間到了，今天的練習就到這裡…
男：1　那個…是在哪一邊？
　　2　好的，您辛苦了。
　　3　明天這一帶也拜託您了。

「この辺」有「だいたいこの場所（差不多在這裡）」的意思，也可用於表示時間，「この辺で…」是「そろそろ終わりにしましょう（差不多該結束了吧…）」的意思。

第8題　1

🔊 N3_2_38

M：遅かったね。心配したよ。

F：1　ごめんね、思った以上に道が混んでて…。

　　2　うん、遅れないように気を付けようね。

　　3　すみません、10分遅れそうです。

男：好慢喔。我擔心死了。

女：1　對不起，這條路比我想得更擁擠。

　　2　嗯，要小心別再遲到了。

　　3　不好意思，我好像會遲到十分鐘。

女人遲到，男人說了「心配したよ（我很擔心）」。而「遅れないように気を付けようね（要小心別再遲到了）」這句話由遲到的人說很奇怪。

第9題　2

🔊 N3_2_39

F：説明会の会場の準備はできましたか。

M：1　はい。いすを並べたり、資料を置いたりするつもりです。

　　2　はい。いすを並べて、資料を置いておきました。

　　3　はい。よく、いすを並べて、資料を置いたものです。

女：說明會的會場都準備好了嗎？

男：1　是的。我正打算要去排椅子和放資料。

　　2　是的，我已經事先排好椅子，放好資料了。

　　3　是的，我以前經常排椅子和放資料。

1　「置いたりするつもりです（我打算要放）」＝「（これから）置こうと思っています（我正考慮（接下來）要去放）」

3　「よく～したものだ（我以前常做…）」的句型為將以前常做的事作為美好回憶敘述時使用。

第2回

問題1　請從1・2・3・4中，選出____的詞彙中最恰當的讀法。

1 下車的時候，請特別留心您的腳步。
1　搭乘
2　降下（雨、雪）
3　（神明）降駕
4　（從交通工具上）下來

2 請確認是否有遺忘的物品。
1　確定　2　確切的證據
3　把話說死　4　確認

3 從昨天就開始頭痛，今天也沒去學校。
1　疼痛　2　腹痛　3　×　4　頭痛

4 最重要的就是生命。
1　財富　2　生命
3　夢、夢想　4　愛

5 因為颱風，下午的班機取消了。
1　×　2　×　3　颱風　4　×

6 我想參加英語測驗，測試自己的實力。
1　×　2　魅力　3　×　4　實力

7 因為很危險，請不要穿越馬路。
1　跨越、穿越　2　後段
3　×　4　氣團

8 如果有問題，請一定要報告。
1　×　2　亡國　3　報告　4　×

問題2　請從選項1・2・3・4中，選出____的詞匯中最正確的漢字。

9 去年曾經住過這間飯店。
1　居住了　2　借宿了
3　留下來了　4　住宿了

10 和以往相比，積極參加課程的學生變多了。
1　×　2　×
3　積極的　4　×

11 讀了那本書覺得很感動。
1　感情　2　欽佩　3　感動　4　感想

12 這一帶有醫院嗎？
1　命中　2　附近　3　周圍　4　旋轉

13 請複習今天的課程內容。
1　複習　2　×　3　×　4　×

14 我擅長的料理是漢堡排。
1　×　2　×　3　擅長　4　×

問題3　請從1・2・3・4中，選出一個最適合填入（　）的答案。

15 和朋友比身高。
1　排列　2　輸了　3　找到　4　比較

16 每天都看完天氣預報後才去公司。
1　預測　2　預報　3　預防　4　預見

17 這道菜很好吃但很費工。
1　（需耗費的）時間、勞力
2　擅自
3　時間
4　照顧

18 我很尊敬小學時的老師。
1　狂妄自大　2　尊敬
3　敬稱　4　敬語

19 如果是在市內，公車票都是一樣的價錢。
1　費用　2　收費　3　貨幣　4　進帳

20 鼻子塞住了呼吸困難，所以睡不好。
1　發抖　2　塞住　3　麻痺　4　僵硬

21 父親經營公司。
1　方針　2　經營　3　事業　4　作業

22 車站附近的公寓房租很貴。
1　薪水　2　出租　3　房租　4　家務

23 今年三月高中畢業。
1　留學　2　畢業　3　入學　4　學業

24 一直在努力唸書，不知不覺就半夜了。
1　無論到哪裡都…　2　到什麼時候
3　不知不覺　4　某處

25 騎乘自行車時，要遵守交通規則。

1 樣品 2 規則 3 簽名 4 提示

問題4 請從1・2・3・4中，選出和____的詞彙中意思最相近的答案。

26 和非常開朗的人成為朋友。

1 老實 2 開朗 3 內向 4 文靜

27 開車時請注意車速。

1 引擎 2 汽油 3 速度 4 彎道

28 距離考試結束大約還有十分鐘。

1 剛好 2 還
3 大約 4 一點點

29 你一定要和那個人事先說一聲喔。

1 馬上 2 這一次、下一次
3 一定、絕對 4 一家

30 她突然哭出來，所以我嚇了一跳。

1 激烈地 2 終於
3 慢慢地 4 突然

問題5 請從1・2・3・4中，選出一個最恰當的用法。

31 判斷

1 活動是否中止，是由學校判斷。
2 醫生的判斷是感冒。
3 對於他辭掉工作的這個大判斷，我想支持他。
4 他對考試的判斷總是很好。

32 熟睡貌

1 我熟睡地忘記和朋友的定。
2 換了新枕頭之後，我熟睡到早上。
3 我熟睡地把書放到包包裡，就去了學校。
4 今天從早上開始就很忙，熟睡地無法休息。

33 放棄

1 上週我放棄了原本工作的公司。
2 他有女朋友了，所以我放棄成為他的戀人。
3 因為炎熱的天氣一直持續，所以放棄供水了。
4 為了放棄體重，我每天跑步。

34 退休

1 上個月我從學校附近退休。
2 那位選手在奧運之後退休了。
3 因為孩子發燒了，我可以退休嗎？
4 我計畫要在大學退休之後回國。

35 營養

1 這個社會要在需求與營養上取得平衡。
2 總統的發言是有營養力的。
3 你要攝取充足的營養，早日恢復健康喔。
4 這道菜的營養是蝦和雞蛋。

語言知識 （文法・讀解）

問題1 請從1・2・3・4中，選出一個最適合放入（ ）的選項。

1 說到日本的山，就是富士山。

1 之類的、或是 2 名為、稱為
3 根據 4 說到⋯

2 祖母雖然上了年紀，但想法卻很新穎。

1 意外地 2 面向
3 每當 4 都是⋯害的

3 若是用法不正確，就有可能會受傷。

1 很有可能會⋯、難保不會⋯
2 根本談不上⋯
3 表示會到⋯的程度
4 恐怕⋯

4 萬一在國外弄丟護照，請連絡大使館。

1 弄丟的話　2 由於弄丟了

3 一旦弄丟　4 假如弄丟

5 欲出席演講者，請在三點前到。

1 請來、請蒞臨　2 等待著

3 請通過　4 會去

6 他有他自己的做法。

1 作為

2 從…

3 因為

4 場所、對象強調助詞

7 那個人只會把錢用在對自己有幫助的事情上。

1 想要用

2（自己以外的人）不想要用

3 被使用

4 或許會使用

8 那孩子不管再怎麼跟他說，他就是不讀書。

1 做吧（～しようとしない＝沒有打算…）

2 給我去做

3 做

4 做了

9 並非對薪水不滿。只不過真的太忙了。

1 其他的　2 原因

3 …的時候　4 等等

10 這個測驗請透過學校申請。

1 透過　2 放入

3 通過　4 交出、拿出

11 我會到車站接你，所以你不需要搭計程車。

1 不需要搭乘　2 搭乘這件事

3 就該搭乘　4 理當搭乘

12 體型比較大的人未必就吃得多。

1 看起來不太可能吃

2 不可以吃

3 未必會吃

4 想吃得不得了

13 小時候經常和父親一起去釣魚，最近幾乎都沒去了。

1 如同…一樣　2（表達情感）

3 和…相同　4 過去經常…

問題2　請從1・2・3・4中，選出一個最適合放入＿★＿位置的選項。

（例題）

樹的 ＿＿ ＿＿ ＿★＿ ＿＿ 有。

1 小主語　2 在

3 上面　4 貓

（作答步驟）

2. 正確答案如下所示。

樹的 ＿＿ ＿＿ ＿★＿ ＿＿ 有。

3 上面　2 在

4 貓　1 小主語

2. 將填入＿★＿的選項畫記在答案卡上。

（答案卡）

（例）	①②③●

14 我和他在去年見面之後，大約有一年都沒有再見面。

1 去年

2 （做了…）之後就（沒再）…

3 一年

4 見面

15 儘管先打過電話，卻仍是無法成功預約。

1 連語。與**かかわらず**結合為「儘管…卻…」

2 先

3 打（電話）

4 儘管…卻…

16 他不可能比約定的時間還晚到。

1 理應　2 時間

3 約定的　4 遲到

17 截至今日，我認為自己已經做了所有能做的事，但結果仍是未知。

1 做了　2 能做的

3 我認為　4 事

18 雖然這一帶自然景色很多，看似可以健康地過日子，但由於交通不便，對於不會開車的我而言，似乎會難以生活。

1 生活　2 不會

3 對我而言　4 開車

問題3　請閱讀以下這段文章，並根據文章整體內容，分別從 19 ～ 23 的1・2・3・4中，選出最適合填入空格的答案。

以下的文章是留學生所寫的作文。

日本人與大豆

Lélio

在日本人的飲食生活中，有一項非常重要的食品就是大豆。日本料理中所需的調味料味噌及醬油，還有經常用來作為味噌湯配料的豆腐及油豆腐，全都是由大豆製成的。還有具有獨特香氣的納豆，也因為對健康有益而受到許多人喜愛。大豆中含有蛋白質及鈣質等多種營養。而且做成豆腐更好消化。最近日本食物還掀起了一陣流行風潮，尤其豆腐更是以「TOFU」之姿聞名世界。

但是，據說日本人的大豆食用量愈來愈低。主要的原因是這幾年飲食生活的變化，尤其是年輕人食用大豆的機會愈來愈少。最近也推出許多像是豆腐甜甜圈或是大豆餅乾之類的新商品。希望巧妙地融合這些新商品，能夠讓更多的人吃到大豆。

19

1 被愛（著）　2 看起來很愛

3 淨是很愛　4 我認為我愛

20

1 因為　2 雖然　3 而且　4 或者

21

1 不聞名也沒關係　2 出了名

3 可以知道　4 不可能聞名

22

1 這樣的東西　2 就這樣

3 什麼樣的東西　4 就那樣

23

1 據說我想幫忙吃

2 想吃吃看

3 讓我試吃看看吧！

4 希望對方吃

問題4　請閱讀下列(1)～(4)的文章，並針對以下問題，從1～4的選項中，選出一個最適當的答案。

(1)

一聽到擔任義工，各位或許會覺得看起來這麼辛苦，自己一定辦不到。不過只要從自己喜歡的事或是辦得到的事開始即可。擔任義工和工作及年齡無關。例如某間小學六年級的學生每個月都會以「緣遊會」的名義，到養老院去和長者們一起玩遊戲或是唱歌。他們有時也會自己設計遊戲。雖然老師也會給予建議，不過他們是一邊為這些長者著想，一邊以自己喜歡做及能力所及的形式進行。

24 以下何者符合本文的內容？
1 義工活動非常地辛苦。
2 義工活動每個月一次。
3 義工活動請有經驗的人幫忙就好。
4 義工活動做能做到的事就好。

(2)
這是回國後的學生，寄給日本老師的信。

星野老師：

您好嗎？我回到這裡已經一個月了。見到了睽違一年的家人及朋友，現在每天都過得很開心。

我在日本的時候受到老師非常多的照顧。您不只教導我日語，甚至還很仔細地教導我日本的傳統文化，非常地謝謝您。

今後我希望能夠向更多的人介紹關於日本的一切，因此我想要成為一名口譯。我打算繼續研讀日語，並參加口譯測驗。等到當我以一名口譯的身分去日本的時候，再帶著我們這裡好喝的酒去老師家拜訪。

5月31日　Peter Hanks

25 Peter 接下來要做什麼事？
1 買一瓶好喝的酒，去老師的家。
2 向許多人訴說在日本時發生的事。
3 唸書準備口譯測驗。
4 到日本尋找口譯的工作。

(3)
下為相川課長與下屬坂田之間訊息往來的內容。

相川　9:12
早安。我現在人在往富士見車站方向的電車上，因為事故的關係，電車目前停駛中。似乎還要30分鐘左右才會重新行駛。

坂田　9:13
早安。您辛苦了。

相川　9:15
我們本來約好在拜訪創意公司之前，要先在咖啡廳碰個面、商討一下對吧。不過看起來好像沒時間了，不好意思。

坂田　9:16
別這麼說。因為昨天已經根據您給的意見將資料修正了，我想是沒問題了。

相川　9:17
我們別去咖啡廳了，直接在創意公司前碰頭好了。

坂田　9:17
好的。

相川　9:18
要是拜訪的行程也會遲到的話，我再和你連絡。

坂田　9:19
我知道了。請您小心。

26 以下何者符合相川課長想表達的事？
1 因為電車事故，拜訪創意公司的行程會遲到。
2 帶去創意公司的資料必須要修正。
3 更改原先約好要見面的場所。
4 為了和坂田碰面，要再次和他連絡。

(4)

分辨顏色的能力稱為色覺。色覺在20歲左右為巔峰，之後就漸漸走下坡。之所以會如此的原因有三：一是瞳孔中的水晶體變濁導致不易分辨色彩；再者是汲取光線的部位變小導致光線難以進入眼睛；最後是向大腦傳送資訊的視神經變弱。在昏暗的房間內搞錯鞋子的顏色，或是在下樓梯時走到最後一階會差點跌倒的人，就有可能是色覺變差。

27 以下何者符合本文的內容？
1 分辨顏色的能力是在10多歲時最強。
2 最好要練習在陰暗的房間中也能分辨顏色
3 若光線無法進入眼睛，就難以分辨顏色。
4 若色覺較弱，就會很難爬樓梯。

問題5 請閱讀下列(1)～(2)的文章，並針對以下問題，從1～4的選項中，選出一個最適當的答案。

(1)

食品都有美味且可安全食用的賞味期限。如果食品沒被賣出就到了賞味期限，商店就必須把到期的食品扔掉。不過有時會發生明明食品的賞味期限還沒過卻被扔掉的情形，而近來也引發爭議。

這件事與負責將食品從食品製造商運送到商店的批發商的工作有關。批發商將食品送到商店的過程稱為交貨，有一條規則是規定批發商要在食品的製造日期到賞味期限之間前三分之一的這段時間完成交貨。例如，有一款零食的賞味期限是三個月，製造日為9月1日，賞味期限為11月底，則交貨到商店的期限即為三個月的三分之一，就是一個月。也就是說，必須在九月當中把貨送到商店去。如果超過這個交貨期限，商店就不會收貨，雖然距離賞味期限還有二個月，但這些商品都會被丟掉。

28 文中提到最近什麼樣的事情引發爭議？
1 賞味期限到期的食品被丟棄。
2 賞味期限尚未到期的食品被丟棄。
3 賞味期限前把食品送到商店。
4 賞味期限之後把食品送到商店。

29 文中提到批發商的工作為何？
1 在工廠檢查食品的賞味期限。
2 在商店決定食品的賞味期限。
3 把賞味期限過期的食品丟棄。
4 將食品由食品製造商運送至商店。

30 2019年1月製造、賞味期限為三年的罐頭，交貨的期限為何時？
1 2019年底
2 2020年底
3 2021年底
4 2022年底

(2)

此為網路報導的內容。

國際志工組織Peace是以「場所、書本、孩子們」為關鍵字，在亞洲各地進行活動。具體來說，他們做的是建造學校或

第2回

文字・語彙 文法 讀解 聽解 試題中譯

圖書館，打造能讓孩子們唸書和閱讀的場所。另外，他們也會為不識字的孩童製作繪本或讀書給他們聽。負責人鈴木幸子小姐表示：「教育可以改變孩子們的人生」。

為了籌辦這些活動，就必須要有持續性的援助。Peace目前正在招募贊助者。每月1000日元，一天約33日元的捐款，一年內就能提供孩子們84冊繪本。捐款可隨時停止。此外，還會收到電子報及成果報告書，贊助者可藉此瞭解組織的活動情形。另外，組織也會寄送孩子們寫的心意卡。詳情請見該組織的官方網站。

31 下列哪一項為此國際志工組織的活動？
1　打造閱讀書本的場所。
2　為了學認字而製作書籍。
3　把書翻譯成當地的語言。
4　把書送給孩童。

32 文中提到此項活動所需的東西為何？
1　可持續活動的場所
2　可持續活動的金錢
3　可持續活動的當地民眾
4　可持續活動的時間

33 以下何者為贊助者可以做的事？
1　接收成果報告書
2　撰寫電子報
3　決定活動的內容
4　寫信給當地的孩童

問題6　請閱讀以下文章，並針對以下問題，從1～4的選項中，選出一個最適當的答案。

各位是否吃過杯麵？倒入溫熱的開水後只要再等個三分鐘，就可享用一碗美味的拉麵。那麼，各位知道為什麼是三分鐘嗎？

事實上，也有只需花一分鐘即可享用的杯麵。不過似乎愈快不見得會愈好。一分鐘就軟化的拉麵，雖然優點是很快就可以吃得到，但因為之後還會持續軟化，要吃的時候就會變得太軟不好吃。況且，加入熱水之後只要一分鐘就能吃，這時湯還很燙口。經過三分鐘之後再打開蓋子攪拌數次，溫度會下降到70度左右。熱食要好吃溫度要在62度至70度之間。三分鐘這個數字，是經過精心計算，達到這個溫度所需的等待時間。

此外，有件事很多人都不知道。杯麵在倒入熱水之前，麵體下方與杯體的底部之間有一段空間，是為了不讓麵體接觸下方而設計的。這麼做的目的是避免麵體在從工廠到商店的運送過程中破損。而且在倒入熱水時，熱水也會積聚在下方，讓整杯麵都能泡到一樣軟。

34 文中提到為何杯麵大多都要等待三分鐘？
1　因為三分鐘是較易測量的時間
2　因為三分鐘可以準備好餐具
3　因為三分鐘溫度才會剛剛好
4　因為人無法等待超過三分鐘

35 以下何者符合文中對一分鐘即可食用的杯麵的敘述？
1　每一根麵都作得很細
2　麵會泡得太軟不好吃
3　不用攪拌就能立刻食用的杯麵
4　即使是熱水倒進去也會立刻冷卻

36 文中提及杯子裡下方空間的目的為何？

1 為了降低麵的熱度
2 為了讓麵量看起來更多
3 為了減輕麵體的重量
4 為了讓整杯麵可以泡到一樣軟

37 下列何者符合本文的內容？

1 杯麵中含有許多讓人可以美味地享用的巧思
2 杯麵的歷史比一般人知道的要長
3 製作杯麵的技術受到保密
4 杯麵的食用方式有不為人知的規矩

問題7　右邊是活動的導覽。請在閱讀表格後，針對以下問題，從1～4的選項中，選出一個最適當的答案。

38 由美週末要打工，國定假日休息。她喜歡製作物品，所以想參加可以自己製作物品的活動。哪一項活動最適合由美？

1 廢鐵作品展
2 青空跳蚤市集
3 室內樂音樂學院
4 版畫樂園

39 Mike 的女兒是小學生，正在學習體操。Mike 也喜歡觀賞體操及舞蹈，所以他購買了可以和妻子及女兒三個人一起參加活動的門票。他付了多少錢？

1 7800日元
2 5000日元
3 1000日元
4 300日元

文化日　出遊導覽

造形工房	綜合運動公園
【廢鐵作品展】 利用鐵匠工作後剩餘的廢鐵製作的造形鐵雕作品，並首次展出原創角色。想不想看看用鐵組合而成的新生物？ 11月2日（六）、3日（日）、4日（國定假日） 9:30～17:00 免費入場	【青空跳蚤市集】 運動公園體育場的周邊將舉辦跳蚤市集！約有100個攤位。除了環保再生商品，還有許多手作小物。 11月2日（六）、3日（日） 10:00～14:00（下雨取消） 免費入場
文化會館	**市民會館**
【國立舞台馬戲團】 空中飛人、小丑雜耍、雜技表演等，體驗緊張刺激心跳不已的舞台表演。門票預售中。 11月2日（六） ①12:30　②15:00 普通票2800日元　國中以下為2200日元 售票中心　XXX－XXXX	【特別為媽媽、爸爸以及嬰幼兒設計的輕柔運動】 親子一同來體驗簡易的韻律體操及運動。教您如何在家也能和家中的寶寶一起渡過愉快的時光。 11月3日（日） 10:30～11:30（需電話預約） 一家大小（三人一組） 1000日元（當日付款）
音樂博物館	**星星美術館**
【室內樂音樂學院】 邀請國內外一流講師，為獲選的學員講課。一般參觀者可觀賞上課過程。 11月2日（六）、3日（日）、4日（國定假日） 10:00～12:00 入場費　每位100日元	【版畫樂園】 針對明治到昭和時期的作家的100件作品進行解說，並設有版畫的DIY自製區。 11月3日（日）、4日（國定假日） 9:00～17:00 普通票2800日元　國中以下免費

聽解

問題1

在問題1中，請先聽問題。並在聽完對話後，從試題冊上1～4的選項中，選出一個最適當的答案。

例

大學中一男一女正在交談，男人打算帶什麼東西去？

女：昨天我去探望佐藤了，他看起來精神還不錯。

男：是喔，太好了。我也打算今天下午去探望他。

女：他一定會很高興的。

男：我想帶點東西過去。他不知道能不能吃蛋糕之類的東西。

女：他是腳傷，聽說在飲食方面沒有限制。不過那邊放了很多人帶去的零食點心，所以看起來並不缺。他看起來很閒，帶雜誌去可能比較好。

男：好，那我帶別人推薦的漫畫好了。

男人打算帶什麼東西去？

1　蛋糕
2　點心
3　雜誌
4　漫畫

第1題

公司裡一男一女正在交談。男人接下來要先做什麼事？

女：橋本先生，明天開會要用的東西都準備好了嗎？

男：是的，2我等一下要去影印會議中會用到的資料，請問需要幾份？

女：我想想…出席會議的人有15人，再多印個二、三份吧。

男：好的，我知道了。

女：另外還想請你準備型錄，可以麻煩你等一下跟部長確認一下，決定要用哪一份型錄嗎？

男：那個…部長今天出差，我可以明天早上再問部長嗎？

女：是嗎。那請你問清楚之後立刻準備。還有，我待會就去預約會議室。

男：好的，謝謝您。

男人接下來要先做什麼事？

1　預約會議室
2　影印資料
3　準備型錄
4　向部長確認型錄

第2題

車站裡一男一女正在交談。男人買了什麼？

男：不好意思，請問地鐵有學生票嗎？

女：有的，有學生定期票和學生用的回數票。

男：回數票是什麼樣的？

女：我們是付10張票的錢可購買一組共11張的回數票。

男：聽起來很不錯。去學校也可以用嗎？

女：當然可以。不過如果是要每天上課用的票，定期票比較划算喔。

男：是這樣嗎？因為我每天都要去大學上課，那還是買定期票好了。

女：好的。定期票有分一個月的定期票和六個月的定期票二種，期限較長的雖然比較貴，但也比較划算。還有，若您還會搭公車的話，也有公車搭配地鐵的定期套票。

男：唔…我沒有要搭公車，所以還是決定買較划算的地鐵定期票。

男人買了什麼？

1 學生用的回數票
2 一個月的地鐵定期票
3 六個月的地鐵定期票
4 公車搭配地鐵的套票

第3題

一男一女正在聊和海報有關的話題。女人接下來要做什麼？

男：為了吸引更多客人來參加這次的活動，我先前曾說過要做海報，怎麼樣，做好了嗎？
女：嗯，你來看一下。
男：哇！很不錯呢！因為用了很多顏色，從遠處看也很顯眼。字的大小也很清楚易見。
女：謝謝。不過…會不會有點死板、過於正式的感覺？我想要給人可以隨意參加活動的感覺。
男：如果多放一些照片或插畫呢？
女：對喔！說得也是。我試試看。對活動有疑問時的連絡電話是這個號碼沒錯吧？
男：嗯，沒錯。那就拜託妳了。

女人接下來要做什麼？
1 把海報上的色彩改為多種顏色
2 把海報上的字改成更大的字
3 在海報上加上照片或插畫
4 打電話到聯絡處電話去提問

第4題

女學生和老師正在討論請假單的事。女學生接下來要做什麼？

女：老師，因為我昨天請假，所以我寫了請假單。麻煩您。
男：好，我知道了。…妳去了醫院？已經沒事了嗎？
女：沒事了。因為牙齒從上週開始就很痛，所以去看了牙齒。現在已經不痛了。下週還要再去一次，所以我下週可能也要請假。
男：是嗎？確定要請假的話，請妳提早交請假單。
女：我知道了。
男：還有，這裡除了今天的日期之外，還要寫請假日，也就是昨天的日期。
女：啊，對不起，我馬上寫。
男：這是昨天發的講義。作業就是把這個做完。請在下週上課前完成。
女：我知道了。

女學生接下來要做什麼？
1 填寫下週的請假單
2 填寫昨天的日期
3 更改理由的寫法
4 完成作業

第5題

一男一女正在交談。男人為了治療鼻塞，首先嚐試的是哪一個方法？

男：唉，鼻子塞住了沒辦法好好呼吸…。
女：洗澡的時候把溫熱的毛巾蓋在鼻子上會比較舒服喔。
男：原來如此，我今天晚上試試看。
女：還有把洋蔥切開後放到鼻子附近，再用鼻子吸氣聽說也有用。
男：欸，妳懂好多喔。
女：我有時候也會因為鼻塞而煩惱，所以查過該怎麼做。你現在手邊有寶特瓶嗎？
男：有是有，要做什麼？

女：你試試看把寶特瓶放在腋下夾緊。聽說壓住胸部側邊的位置就能迅速治好鼻塞。

男：咦？真的嗎？是這樣嗎…。

男人為了治療鼻塞，首先嚐試的是哪一個方法？

1 

2  

3 

4 

第6題

醫院櫃台的人正在和一名女子交談。女人接下來要做什麼？

男：你好，請問您今天怎麼了？

女：我好像有點發燒。

男：您是初次看診嗎？

女：是的。

男：那麼麻煩您在這張紙上填寫您的資料。

女：我知道了。

男：啊，對了，您有咳嗽嗎？如果您有咳嗽的症狀，要麻煩您戴上這個口罩。

女：不，我沒有咳嗽。

男：請問您有健保卡嗎？

女：啊，有的。在這裡。

男：好的，要借一下您的健保卡。那麼請您到這裡來。

女人接下來要做什麼？

1　在紙上寫下自己的資料

2　戴上口罩

3　躺在床上

4　拿出健保卡

問題2

在問題2中，請先聽問題，接著再閱讀試題本上的選項，會有閱讀選項的時間。閱讀完畢之後，請再次聆聽發言或對話，並從1到4的選項中，選出一個最適當的答案。

例

日語學校的新生正在進行自我介紹。這位新生將來想從事什麼工作？

女：大家好，我是希林。我之所以會想來日本留學，是因為來我家寄宿的日本學生教了我折紙。折紙真的好美，讓我對日本文化產生了興趣。我目前在日本的專門學校學習服裝設計，將來想成為一名服裝設計師。請各位多多指教。

這位新生將來想從事什麼工作？

1　日語教學的工作

2　介紹日本文化的工作

3　口譯的工作

4　服裝設計的工作

第1題

男人正談到和電車有關的話題。他說軌道下面為什麼要放石頭呢？

男：電車是行駛在軌道上，軌道下方一定會放置木板及石頭。明明直接把軌道置於地面上就能更快將鐵路做好，到底是為什麼要特地放上木板和石頭呢？據說如果沒有木板和石頭的話，軌道就會慢慢地陷入地面下。雖然電車通過軌道的某一點的時間雖短，但因為電車很重，行駛過無數次之後，軌道會愈來愈扁。木板就是為了避免如此才壓在軌道上，而石頭則是把施加在木板上的重量分散到地面。

他說軌道下面為什麼要放石頭？
1 為了降低電車的音量
2 為了減輕電車的搖晃
3 為了降低電車產生的熱能
4 為了減輕軌道所承受的電車重量

第2題
一男一女正在交談。男人為什麼無精打采？

女：怎麼了？怎麼無精打采的。你和女朋友還在吵架？
男：啊，我們的確吵架吵了很久，不過關於那件事我已經道了歉所以已經沒事了。不過…
女：那是為什麼？為了別的事嗎？
男：是啊。她今天才告訴我，她九月想去美國的大學唸書。
女：咦，這樣啊。
男：因為現在就住在附近，所以才能隨時見面不是嗎？但如果她去美國就不可能像現在這樣了。

男人為什麼無精打采？
1 因為女朋友沒有道歉
2 因為女朋友想要去留學
3 因為見不到女朋友
4 因為他和女朋友吵了很久的架

第3題
主播正在訪問一位男演員。這位演員在電影的拍攝過程中最辛苦的是什麼事？

女：今天要請高橋太郎先生來談談關於他的新電影。高橋先生，恭喜您完成一部新電影。
男：謝謝您。
女：高橋先生在電影中所扮演的角色是在世界各地旅行的攝影師，因此必須在多個國家之間移動，您的身體還好嗎？
男：是啊，從炎熱的國家移動到寒冷的國家，然後又從寒冷的國家移動到炎熱的國家，也曾因此得了感冒。
女：那還真是辛苦耶。
男：生病的時候會想，如果家人在身邊的話該有多好。因為拍攝工作的關係而長時間回不了家，無法與家人見面的寂寞感受，比任何事都更讓人難過。
女：原來如此。和高橋先生的第一部電影比起來又是如何呢？
男：拍攝的時候會想著一定要拍得比第一部電影更有趣。我想我也因此完成了一部很棒的作品。

這位演員在電影的拍攝過程中最辛苦的是什麼事？
1 到許多國家去
2 因為氣候變化而生病
3 因為長期見不到家人
4 因為第一部電影比較有趣

第4題
廣播節目中男人談到關於戒菸的事。男人開始戒菸的契機為何？

我成功戒菸了。沒錯，我已經抽了超過20年的香菸了。當然我從以前就知道抽菸對健康不好，即使如此我還是一直都在抽菸。去年香菸漲價了對吧。然後我才第一次有不再抽菸的想法並開始戒菸。不過不管香菸再怎麼貴還是會很想抽，真的很煩惱。不過，就在那個時候，我女兒對我說：「爸，你要努力戒菸喔！好好保重身體。」因此我才有強烈的意志得以成功戒菸。

男人開始戒菸的契機為何？

1　因為小孩說希望他戒菸
2　因為妻子說對身體不好
3　因為二十多年前生過病
4　因為香菸的價錢變貴了

第5題

男學生和女學生正在交談。女學生是為了什麼事打工？

男：妳每天都忙著打工，妳到底為什麼那麼需要錢呀？
女：其實大學畢業之後我還想繼續進修。
男：妳是說妳想讀研究所？
女：嗯。雖然也有在考慮在日本讀研究所，不過因為在國外有更專門的研究所可以進行我想做的研究，所以我想去那裡就讀。可是我現在的學費和房租都是父母出的錢，不能再增加他們的負擔了。
男：是這樣啊，妳好厲害喔。我打工的薪水全都用來旅行了，我喜歡出國旅行。
女：你已經去超過30個國家了對吧？好厲害喔！我也好想去不同的國家看看。

女學生是為了什麼事打工？

1　為了大學學費
2　為了留學
3　為了現在的生活費
4　為了去海外旅行

第6題

公司裡男人正在給女人建議。女人今天在發表時要注意什麼事？

男：吉村小姐，妳的臉色不太好，怎麼了？
女：其實待會開會，我得在大家面前發表新的專案。我很不擅長在一大堆人面前說話，所以很緊張…到底要怎麼做才能好好地說話呢？
男：是這樣啊。我以前也很不擅長喔。不過就是因為不擅長，才會覺得自己一定要更努力克服，多試幾次之後就變得比較熟練了。吉村小姐，妳現在能做的，是不要想著有很多人在場。
女：什麼？
男：妳在發表的時候就想像成只對著聽眾之中的某個人講話，例如當作只有對著課長講話這樣。
女：好，我試試看。

女人今天在發表時要注意什麼事？

1　熬夜練習
2　想像成自己只對一人發表
3　發表時看著準備好的稿子
4　挑戰很多次

問題3

在問題3中，試題本上不會印有任何文字。問題3是詢問整體內容為何的題型。對話或發言之前沒有提問。請先聽對話，接著聆聽問題和選項，最後再從1到4的選項中，選出最適合的答案。

例

日語課裡，老師正在發言。

男：今天要上的課是「多讀」。「多讀」就是表示要閱讀很多本書。而閱讀時有三條規則：不使用字典、有不懂的地方就跳過不讀、不想讀就放棄並換一本書來讀。今天我帶了很多本書來，請各位先挑一本自己喜歡的書來看。

今天這堂課的學生要做什麼？

1　聽老師讀書。
2　瞭解字典的用法。
3　閱讀很多本書。
4　去圖書館借書。

第1題

動物園裡一男一女正談到和斑馬有關的話題。

女：雖然斑馬的花色都是黑白相間的條紋，但每一頭斑馬的花紋都不一樣呢。
男：嗯。
女：黑白條紋的花色這麼顯眼，不是馬上就會被敵人發現了嗎？
男：關於這一點啊，據說會吃斑馬的獅子和鬣狗，牠們眼中所見的景色是接近黑白色。所以斑馬的花紋會和其他的景像混在一起而難以分辨。而且只要是一大群斑馬聚在一起，條紋的花色重疊在一起，看起來就像一頭大型的動物一樣。
女：是這樣啊。也對，敵人也不會去吃大型動物。
男：沒錯。使自己在敵人眼中看起來更壯大，藉此保護自己。

男人在談的是和斑馬有關的什麼事？

1　每一頭斑馬的花紋的不同之處。
2　花色是黑白相間的條紋的優點。
3　找到同伴的方式。
4　逃離敵人的方法。

第2題

男人在廣播裡正談到有關水的話題。

男：各位在生活中使用的水，若是直接排到河川或大海，就會污染大自然。這時就需要依靠水質淨化中心來發揮作用。水質淨化中心是收集家庭或工廠排出的水，再將水淨化到能夠送回大自然的程度。首先是讓垃圾和沙沉到水底，再把剩下的水排到有微生物在的水槽裡。這些微生物會吃掉水中的髒污。然後再把已經去除微生物的水消毒，並送回河川和大海。

男人在談的是關於水的什麼事？

1　如何送水。
2　水要如何使用。
3　如何把水送回大自然。
4　水要如何消毒。

第3題

博物館中，女人正談到關於房屋建造。

女：在日本，還看得到木造的房屋，若放眼世界，在石材容易取得的地方，則大多會看到石造的房屋。房屋可以依據當地的土地環境、氣候、生活型態，組合身邊的材料來建造。日本的氣候較溫暖濕度又高，所以地板會高於地面，並廣泛使用可調節房屋濕度的榻榻米。然而在氣候又冷又乾的地區，為了防寒則會使用地毯。此外，窗簾可用於保溫及作為房子的隔間，日本除了使用窗簾之外，也會使用木頭和紙作成的拉門。

女人談到和房屋建造有關的事是什麼？

1 房屋建造時要配合當地的環境與氣候。
2 世界上有二種蓋房子的方法。
3 日本以前的房子與現在的房子，建造方式不一樣。
4 世界上和日本的房屋的建造目的是相同的。

—筆記處—

問題4

在問題4中，請一邊看圖一邊聽問題。箭頭（→）所指的人說了些什麼？從1～3的選項中，選出最符合情境的發言。

例
想請人幫忙拍照。他要向附近的人說什麼？

男：1 可以的話，我們拍張照吧。
　　2 不好意思，可以麻煩你幫我拍照嗎？
　　3 那個，我可以在這裡拍照嗎？

第1題
跟餐廳預約了5點。去餐廳的時候要說什麼？

男：1 我試著預約了五點，我姓山田。
　　2 我預約了五點，我姓山田。
　　3 我說不定預約了五點，我姓山田

第2題
公司的職員證不見了。雖然找了很多次，卻還是不知道在哪裡。該怎麼對上司說？

男：1 那個，我的職員證…如果不多找幾次就找不到。
　　2 那個，我的職員證…我找了幾次，可以了嗎？
　　3 那個，我的職員證…無論我怎麼找都找不到。

第3題
想要影印十份會議的資料，卻沒有時間。她想拜託同事，請問她要說什麼？

女：1 資料如果影印十份可以嗎？
　　2 可以請你幫我影印十份資料嗎？
　　3 資料影印十份不是比較好嗎？

第4題
做了很多餅乾。想要拿給朋友，該怎麼說呢？

女：1 我做了很多，不嫌棄的話請享用。
　　2 要是我做了很多的話，請一定要試吃看看。
　　3 我做了很多，不嫌棄的話請給我。

問題5

在問題5中，試題本不會印有任何文字。請先聽一段發言及針對此發言的回應內容，再從選項1～3中，選出最恰當的答案。

例

男：不好意思，請問會議要用的投影機在哪裡？

女：1　置物櫃上太高了。
　　2　請不要放在門邊。
　　3　請向辦公室借。

第1題

女：歡迎光臨。不好意思，目前店內客滿，您可以等30分鐘左右嗎？

男：1　不，由於沒有讓您等很久。
　　2　好，我會等您的。
　　3　那我下次再來。

第2題

男：那麼，請看資料第5頁的4號。

女：1　4號和5號哪一個都可以嗎？
　　2　不好意思，是在第五頁的幾號？
　　3　是的，我想4號就可以了。

第3題

女：聽說你上個禮拜因為感冒而請假，你還好嗎？

男：1　是啊，因為我感冒了。
　　2　嗯，託妳的福，已經完全好了。
　　3　嗯，我直接辭職了。

第4題

男：塑膠袋一個5日元，您需要嗎？

女：1　不，沒關係，我有帶。
　　2　啊，因為我帶著所以沒問題。
　　3　不好意思，我明天帶來。

第5題

男：那個…資料好像不太夠…

女：1　咦，不好意思，還缺幾份？
　　2　是的，好像是這樣。
　　3　昨天謝謝你。

第6題

男：妳看過《你的名字》這部電影嗎？

女：1　咦？和誰一起去的？
　　2　嗯，我常去電影院。
　　3　抱歉，你說哪一部電影？

第7題

女：時間到了，今天的練習就先到這裡…

男：1　那個…是在哪一邊？
　　2　好的，您辛苦了。
　　3　明天這一帶也拜託您了。

第8題

男：好慢喔。我擔心死了。

女：1　對不起，這條路比我想得更擁擠。
　　2　嗯，要小心別再遲到了。
　　3　不好意思，我好像會遲到十分鐘。

第9題

女：說明會的會場都準備好了嗎？

男：1　是的。我正打算要去排椅子和放資料。
　　2　是的，我已經事先排好椅子，放好資料了。
　　3　是的，我以前經常排椅子和放資料。

第3回　解答・解説

解答・解說

ごうかくもし　かいとうようし

N3 げんごちしき（もじ・ごい）

第3回

じゅけんばんごう Examinee Registration Number		なまえ Name	

〈ちゅうい　Notes〉

1. **くろいえんぴつ（NB、No.2）でかいてください。**
   Use a black medium soft (HB or No.2) pencil.
   （ペンやボールペンではかかないでください。）
   (Do not use any kind of pen.)
2. **かきなおすときは、けしゴムできれいにけしてください。**
   Erase any unintended marks completely.
3. **きたなくしたり、おったりしないでください。**
   Do not soil or bend this sheet.
4. **マークれい** Marking Examples

よいれい Correct Example	わるいれい Incorrect Examples
●	⊘ ✓ ○ ◎ ≶ ⦶ ◍

問題1				
1	①	②	③	●
2	●	②	③	④
3	①	②	③	●
4	①	●	③	④
5	●	②	③	④
6	①	●	③	④
7	①	●	③	④
8	①	②	●	④

問題2				
9	①	●	③	④
10	①	②	●	④
11	●	②	③	④
12	①	●	③	④
13	①	②	●	④
14	①	●	③	④

問題3				
15	①	②	●	④
16	①	②	③	●
17	●	②	③	④
18	①	②	●	④
19	①	②	③	●
20	①	●	③	④
21	①	②	③	●
22	①	②	●	④
23	①	●	③	④
24	●	②	③	④
25	●	②	③	④

問題4				
26	●	②	③	④
27	①	②	③	●
28	●	②	③	④
29	①	●	③	④
30	①	②	③	●

問題5				
31	①	●	③	④
32	①	②	●	④
33	①	②	●	④
34	①	②	③	●
35	①	②	③	●

ごうかくもし　かいとうようし

N3 げんごちしき(ぶんぽう)・どっかい

第3回

じゅけんばんごう Examinee Registration Number		なまえ Name	

〈ちゅうい　Notes〉

1. **くろいえんぴつ（NB、No.2）でかいてください。**
   Use a black medium soft (HB or No.2) pencil.
   (ペンやボールペンではかかないでください。)
   (Do not use any kind of pen.)
2. **かきなおすときは、けしゴムできれいにけしてください。**
   Erase any unintended marks completely.
3. **きたなくしたり、おったりしないでください。**
   Do not soil or bend this sheet.
4. **マークれい** Marking Examples

よいれい Correct Example	わるいれい Incorrect Examples
●	⊗ ✓ ○ ◎ ⊜ ⦶ ●

問題1				
1	①	②	●	④
2	●	②	③	④
3	①	●	③	④
4	①	●	③	④
5	①	●	③	④
6	①	②	③	●
7	①	②	●	④
8	①	●	③	④
9	①	②	③	●
10	●	②	③	④
11	●	②	③	④
12	①	●	③	④
13	●	②	③	④
問題2				
14	①	●	③	④
15	●	②	③	④
16	●	②	③	④
17	①	●	③	④
18	①	●	③	④

問題3				
19	●	②	③	④
20	●	②	③	④
21	①	②	●	④
22	①	●	③	④
23	①	●	③	④
問題4				
24	①	●	③	④
25	●	②	③	④
26	●	②	③	④
27	①	②	●	④
問題5				
28	●	②	③	④
29	①	●	③	④
30	①	②	③	●
31	①	●	③	④
32	①	②	●	④
33	①	②	③	●

問題6				
34	①	②	③	●
35	●	②	③	④
36	①	●	③	④
37	①	②	③	●
問題7				
38	①	②	●	④
39	●	②	③	④

ごうかくもし　かいとうようし

N3 ちょうかい

第3回

じゅけんばんごう Examinee Registration Number		なまえ Name	

〈ちゅうい　Notes〉

1. **くろいえんぴつ（NB、No.2）でかいてください。**
   Use a black medium soft (HB or No.2) pencil.
   （ペンやボールペンではかかないでください。）
   (Do not use any kind of pen.)
2. **かきなおすときは、けしゴムできれいにけしてください。**
   Erase any unintended marks completely.
3. **きたなくしたり、おったりしないでください。**
   Do not soil or bend this sheet.
4. **マークれい** Marking Examples

よいれい Correct Example	わるいれい Incorrect Examples
●	⊘ ✓ ○ ◎ ◍ ⦶ ◉

問題1

れい	①	②	③	●
1	①	②	③	●
2	①	●	③	④
3	●	②	③	④
4	①	②	③	●
5	①	●	③	④
6	①	●	③	④

問題2

れい	①	②	③	●
1	①	●	③	④
2	①	●	③	④
3	①	②	●	④
4	①	②	●	④
5	①	●	③	④
6	①	②	③	●

問題3

れい	①	②	●	④
1	●	②	③	④
2	●	②	③	④
3	①	●	③	④

問題4

れい	①	●	③
1	●	②	③
2	①	●	③
3	●	②	③
4	①	②	●

問題5

れい	①	②	●
1	●	②	③
2	①	●	③
3	①	②	●
4	①	②	●
5	①	●	③
6	●	②	③
7	①	②	●
8	①	②	●
9	①	●	③

第三回　得分表與分析

		配分	答對題數	分數
文字・語彙	問題1	1分×8題	／8	／8
	問題2	1分×6題	／6	／6
	問題3	1分×11題	／11	／11
	問題4	1分×5題	／5	／5
	問題5	1分×5題	／5	／5
文法	問題1	1分×13題	／13	／13
	問題2	1分×5題	／5	／5
	問題3	1分×5題	／5	／5
	合計	58分		a　／58

以60分為滿分計算總分。 a ＿＿ 分÷58×60＝ A ＿＿ 分

		配分	答對題數	分數
讀解	問題4	3分×4題	／4	／12
	問題5	4分×6題	／6	／24
	問題6	4分×4題	／4	／16
	問題7	4分×2題	／2	／8
	合計	60分		B

		配分	答對題數	分數
聽解	問題1	3分×6題	／6	／18
	問題2	2分×6題	／6	／12
	問題3	3分×3題	／3	／9
	問題4	3分×4題	／3	／12
	問題5	1分×9題	／9	／9
	合　計	60分		C

A B C 這三個項目中，若有任一項低於48分，
請在閱讀解說及對策後，再挑戰一次。(48分為本書的及格標準)

※此得分表的各題配分，是由日本アスク出版編輯部依據題目難度所設定的配分。

語言知識（文字・語彙）

問題1

1 4 さぎょう

作業：工作、作業

2 1 さむい

寒い：冷、寒冷

2 暑い：熱、炎熱
3 せまい：窄、狹小
4 くさい：臭

3 4 けいざい

経済：經濟

2 経営：經營

4 2 すなお

素直（な）：坦率

1 正直（な）：誠實
3 素敵（な）：好的、棒的

5 1 きこう

気候：氣候

3 気温：氣溫
4 季節：季節

6 2 しょうたい

招待：招待

1 将来：將來
2 紹介：介紹
4 状態：狀態

7 2 ゆうしょう

優勝：優勝、獲勝、冠軍

8 3 きょうりょく

協力：協力、合作

問題2

9 2 祖父

祖父：祖父、爺爺、外公

3 祖母：祖母、奶奶、外婆

10 3 満足

満足：滿足

11 1 盗まれた

盗む：偷、盜竊

2 貯める：積累、儲蓄
貯金：存錢、存款
3 取る：取、拿
4 失う：失去

12 2 現在

現在：現在

13 3 遠く

遠い：遠、遠的

1 違う：不同、不對
2 友達：朋友
4 選ぶ：選、選擇

14 2 案外

案外：出乎意料

1 以外：以外、之外
4 意外：意外

問題3

15 3 アイデア

アイデアを出し合う：互相出主意

1 アクション：動作
2 ビジネス：商務、生意
4 アンケート：問卷調查

16 4 出張

出張：出差

1 出勤：出勤、出門上班
2 行動：行動
3 往復：往返

17 1 関心

関心：感興趣

2 感心する：欽佩、佩服
3 熱心な：熱心、熱情
4 感動する：感動

18 3 応援

応援：支持、聲援

1 希望：希望
2 感謝：感謝
4 継続：繼續、持續

19 4 うろうろ

うろうろ：徘徊

1 がらがら：空蕩、嘎啦嘎啦的聲響
例 客が少なくて会場はがらがらだ。
客人很少，會場空蕩蕩的。
2 ぎりぎり：極限、緊迫
例 しめきりぎりぎりに書類を提出した。
臨近截止日期才提交了文件。
3 ぶつぶつ：碎碎唸、嘀嘀咕咕、嘟噥
例 ぶつぶつと文句を言う。
嘀嘀咕咕地抱怨。

20 2 定価

定価：定價

1 安価：廉價、便宜
3 値引：降價
4 価値：價值

21 4 開発

開発：開發

1 発生：發生
2 発売：發售
3 出発：出發

22 3 たおれました

たおれる：倒、倒下

1 こわれる：壞、毀壞
2 おちる：掉、落、掉落
4 やぶれる：破

23 2 引き受けたら

引き受ける：接受、允諾

1 引っかける：掛、勾
3 引っぱる：強拉、扯
4 引き出す：拉出、抽出

24 1 おさない

おさない：幼小、年幼

2 おそろしい：可怕、驚人
3 めずらしい：罕見
4 ひどい：過分、殘酷

25 1 利用

利用：利用、使用

2 信用：信用、相信
3 応用：應用
4 費用：費用

問題4

26 1 ようやく

やっと＝ようやく：終於、總算

2 すぐに：馬上、立刻
3 はやく：快、趕緊
4 ゆっくり：慢慢地

27 4 夏休み明け

～明け＝～が終わってすぐ（…一結束就…）

28 1 ぜんぶ

すべて＝ぜんぶ：全部、所有

29 2 おかしい

異常＝おかしい：異常、反常

1 ふつう：普通、平常

30 4 休みました

欠席する＝休む：缺席、休息

1 遅れる：遲、遲到

問題5

31 2 私は彼の言葉に注目している。 2 我很關注他的發言。

注目：注目、關注

1 **道を渡るとき、車に注意してください。** 過馬路的時候，請注意來車。
注意：注意、當心

32 3 ふるさとの山や川がなつかしい。 我懷念故鄉的山川。

なつかしい：懷念、眷戀

2 **頭のいい人がうらやましい。** 我羨慕頭腦好的人。
うらやましい：羨慕

4 **みんなの前でころんで、とてもはずかしかった。** 在大家的面前跌倒非常丟臉。
はずかしい：丟臉、感到羞恥

33 3 ドライブに行ったが、道路が渋滞していていらいらした。 開車去兜風，卻因為道路堵塞而感到煩躁。

いらいらする：煩躁、焦躁、焦慮

渋滞：堵車、壅塞、塞車

2 **夜空を見たら、星がきらきら光っていた。** 仰望夜空，看到繁星閃爍。

4 **今年の夏は家族でハワイ旅行に行くので、今からうきうき／わくわくしている。** 因為今年夏天會和家人去夏威夷旅遊，所以現在開始就很興奮。

34 4 彼女は、この会社の給料が安いことに不満があるようだ。 她對這間公司的低薪似乎很不滿。

不満：不滿

2 **勉強に不要な物は、学校に持ち込まないでください。** 上課用不到的東西，請不要帶到學校來。
不要：不需要、無用

3 **その本を買おうと思ったが、お金が不足していて買えなかった。** 我本來打算買那本書，卻因為錢不夠沒辦法買。
不足：不足、不夠

35 4 風邪で咳が出るときは、ほかの人に迷惑をかけないように、マスクをしてください。 感冒咳嗽時，為了不給其他的人添麻煩，請戴好口罩。

迷惑：麻煩、困擾

1 **日本語学校を卒業したら、日本で進学するか、国へ帰って就職するか、迷っている。** 日本的語言學校畢業之後，是要留在日本進修，還是回國就業，我拿不定主意。

迷う：迷茫、拿不定主意

2 海外旅行で迷子になって、本当に困った。

在國外旅行時迷路，真的很困擾。

迷子：迷路

3 いすがじゃまなので、後で片付けてください。椅子很礙事，之後請收拾乾淨。

じゃま：妨礙、礙事

語言知識（文法）・讀解

◆ 文法

問題１

1 3 おこり

～っぽい＝～しやすい、すぐに～する　容易…；有…的傾向

□忘れっぽい＝よく忘れる　健忘

2 1 ～といっても

社長といっても＝「社長」という肩書きはあるが…　即使有社長的頭銜

2 ～というのは：（解釋語意）所謂的…、所說的…是指…

例「一目ぼれ」というのは、一度見ただけの人を好きになることです。

例　所謂的「一見鍾情」，是指喜歡上只見過一次面的人。

3 AといえばB＝（從A想到B）說到…

例 日本の花といえば桜でしょう。

例　說到日本的花，就會想到櫻花吧。

4 AというよりB＝（並不是A有錯，不過B才是正確的；並不是A…，而是B…；與其說A…、B才…）

例 今日はあたたかいというより暑い。

例　與其說今天很溫暖，不如說今天很熱。

3 2 食べきれない

～きれない＝全部～することができない（沒辦法全部都…）

4 2 たびに

～たびに＝每次…

1 AついでにB：順便；做A的時候也一起做B

3 ～とたんに＝～してすぐ／すると同時に（剛…／…的剎那、…瞬間）

4 ～最中に＝～をしているちょうどそのとき（正好就在…的時候）

5 2 ごらんください

ごらんください：「見てください（請看）」較有禮貌的說法。

6 4 ということだ

～ということだ：與「～そうだ」相同，是表示「傳聞」。

7 3 さえ

ひまさえあれば＝只要有時間的時候就會…

8 2 かゆみ

～み：將形容詞名詞化的變化法

□痛い（痛的）→痛み（痛苦）

□悲しい（悲傷的）→悲しみ（悲傷）

3 ～さ：將形容詞名詞化的變化法，用以表示程度

□大きい（大的）→大きさ（大、大小）

9 4 ほど

～すれば～するほど：越…越…

10 1 忘れないうちに

～ないうちに＝～する前に（趁還沒有…的時候）

11 1 気味

風邪気味：有感冒的跡象

12 2 違いない

～に違いない：一定是…、肯定是…

13 1 わけにはいかない

～わけにはいかない：絕對不可以做…

問題2

14 2

だいたい 3映画を 4見て 2すごしている 1こと が おおいですね。

大部分都是4看3電影2打發時間。

（1的文法在經過中譯後已消失）

15 1

この漢字が 2読める 4人は 1 2人 3しか いませんでした。

這個漢字3只有1二個人2讀得出來。

□～しか…ない：只…、僅…

（4的文法在經過中譯後已消失）

16 1

ちょうど電話を 4しよう 2と 1している 3ところへ、友達が来た。

我124正要打電話3的時候，朋友就來了。

～ようとする：正要…

17 2

子どもの 4きらいな 1野菜 2というと 3にんじん かな。

2說到小孩子4討厭的1蔬菜，就是3紅蘿蔔了。

～というと＝～といえば（說到…）

18 2

やることが多すぎて、3いくら 4時間 2が 1あっても たりないよ。

要做的事太多，1即使有3再多4時間都不夠用。

いくら～ても：即使…也…

（2的文法在經過中譯後已消失）

問題3

19 1 そのなか

「日本に来て驚いたこと（來到日本後感到驚訝的事）」的其中一件事是「ごみの捨て方（丟垃圾的方式）」。因為是指前不久才提到的詞彙，所以「そのなか」是正確的。

20 1 でも

「接續詞」的題目、要仔細觀察空格前後。

以這一題來說，因為空格是夾在「一部のものは、捨てる場所が決まっています。（部分的東西有固定丟棄的場所」和「そのほか～まとめて捨てます（除此之外，…全都一起丟）」這二句話之間，所以要選擇表示「逆接」的答案。

21 3 いつ捨ててもかまいません

いつ～てもかまわない＝いつでも～ていい（什麼時候…都可以）

22 2 また

在說明數件事的時候，會依照「まず（首先）」→「また（再者）」→「そして、さらに（然後）」的順序使用連接詞表示。

23 2 分けることになっています

～ことになっている：規定…

♦ 讀解

問題4

(1) 24 2

カマキリという虫は、大きなカマのような手で、自分より小さい虫をつかまえます。特にオオカマキリの卵はスポンジのように大きく、この中で約200ぴきの兄弟がいっしょに大きくなります。でも、2**生まれるとすぐ、1ぴきだけで生活を始めます**。カマでつかまえた虫を食べて大きくなりますが、反対に4**ほかの虫に食べられることもめずらしくありません**。1**200ぴきいた兄弟もどんどん少なくなってしまいます**。カマキリの生活を見ていると、自然の世界の、食べたり食べられたりする関係がよくわかります。

螳螂這種蟲，是用如大鐮刀一般的手，來捕捉比自己小的蟲。特別是枯葉大刀螳的卵囊像海棉一樣大，約 200 隻螳螂兄弟姊妹就在這裡面一起成長。2 **不過一出生，小螳螂就會開始獨立生活**。螳螂是靠吃下利用鐮刀手所捕捉到的蟲成長。相對地，4 **被其他的蟲吃掉也不是件稀奇事**。1 **因此 200 隻螳螂兄弟姊妹也會漸漸地愈變愈少**。看著螳螂的生活，就會清楚瞭解到自然界之中吃與被吃的關係。

2・4 螳螂從蟲卵出生之前，是和一大堆的兄弟姊妹一起生活，但出生之後就是獨立生活。

1・3 被其他的蟲吃掉，螳螂兄弟姊妹愈變愈少。

熟記單字及表現

□約：大約、約　　□どんどん：連接不斷、接二連三

(2) 25 1

これはネットで注文できる弁当屋の広告である。
這是能在網路上訂餐的便當店廣告。

お一つでもOK!

予約限定　特製弁当

3**前日（午前9時30分まで）のご注文でもOK！**

ネットで簡単注文

【ステップ1】Webサイトへアクセス　24時間いつでも受付

【ステップ2】お店で受け取り　送料・手数料無料

【ステップ3】4**レジでお支払い**　電子マネーでも可

＊1 店頭でもご注文をお受けしますので、お気軽にお声かけください。

＊2 50個以上の場合は、配達についてもご相談ください。

只訂一個也 OK ！

特製便當 預約限定

3 前一日預訂（上午 9:30 前）也沒問題！

線上輕鬆訂購

【Step 1】造訪我們的網站，24 小時全天候接受訂購
【Step 2】到店面取貨　無需運費、手續費
【Step 3】4 **現場付款**　可使用電子支付
*1 亦可在門市預訂，請隨時與我們聯繫。
*2 若為 50 個以上，請聯繫我們洽談外送事宜。

★熟記單字及表現

□注文：訂購、點餐　　□受け取る：領、取
□支払い：支付、付款　　□電子マネー：電子支付
□～可：可以…、能夠…　　□配達：送、配送

(3) 26 1

思い出とはふしぎなものだ。私は10歳のとき、父と姉と富士山に登った。8月なのに頂上はとても寒くて雪が降ったこと、そこで飲んだ温かいミルクの味、そして朝に見た雲からのぼる太陽の美しさ…。どれも素晴らしく、今でもはっきり思い出せる。あのとき富士山に登って本当に良かった。

一方で、記憶にないこともある。父によると、私は長い山道が苦しくて何度も泣いたそうだが、まったくおぼえていない。

今、私は、富士山にもう一度登りたいとは決して思わない。素晴らしい思い出があるにもかかわらず。だから、父の話もまた本当なのだろうと思う。

回憶真是個不可思議的東西。我十歲的時候曾和父親及姊姊爬過富士山。當時明明是八月，山頂卻非常地寒冷還下了雪；在那裡喝到的溫熱牛奶的味道；還有早晨太陽從雲層升起的美…一切是如此美好，至今仍記得非常清楚。那時有去爬富士山真的太好了。

另一方面，也有一件事我完全不記得。據我父親說，那時我爬著長長的山路覺得太痛苦還哭了好幾次，但我完全沒印象。

雖然那次的回憶很美好，但現在我一點也不想再爬一次富士山了。所以我想父親說的事應該是真的。

文章脈絡

10歲時登過富士山，有好的回憶。
↓
不記得曾覺得很痛苦還哭了的事。
↓
現在，一點也不想要登富士山。雖然不記得，但大概是因為那時很痛苦的關係。
↓
明明就不記得，真是不可思議。

熟記單字及表現

□思い出：回憶　　□ふしぎ：不可思議
□登る：攀、登、爬（山）　　□一方で：另一方面
□記憶：記憶　　□苦しい：艱難、痛苦

(4) 27 3

これは靴屋から客の山田さんへのメールである。

這是鞋店寄給客人山田先生／女士的電子郵件。

件名：Re: 青ポップについて

2020年3月23日　10：32

山田様

このたびは「はじめてシューズ」についてお問い合わせいただきありがとうございます。

申し訳ございませんが、お問い合わせいただいた 1 **青ポップ13cmは品切れ**となっております。

追加で生産する予定はございません。

3 **青シック13cmか、みどりポップ13cmならございます**。

また、4月1日には当社Webサイトにて新商品を発表する予定です。

子ども向けの商品も多数ございますので、3 **そちらもぜひごらんください**。

主旨：Re: 關於藍色 Pop 款的存貨
2020 年 3 月 23 日　10:32
山田先生／女士
此次承蒙您來信詢問關於「學步鞋」這項產品，非常感謝您。

非常抱歉的是，關於您來信詢問的 1 **藍色 Pop 款的 13cm 已停產**。
目前沒有追加生產的計劃。
3 **如果是藍色 chic 的 13cm，或是綠色 Pop 的 13cm 則有貨**。
此外，本公司預計將於 4 月 1 日在官方網站發表新商品。
其中也有多款兒童用品，3 **屆時歡迎您來網站參觀選購**。

1　沒有追加生產藍色 Pop 款的計劃。

3　○

4　4月1日將在官方網站發表新商品的資訊。山田先生／女士不需要再次詢問。

□問い合わせ：諮詢、詢問　　□申し訳ございません：十分抱歉

□品切れ：賣光、售罄
□当社：本公司、我們公司
□発表：發表、發佈
□比べる：比、比較
□追加：追加
□商品：商品
□～向け：偏向…
□ごらんください：請看

問題5

(1) 28 1　29 2　30 4

動物が息をするときは、鼻と口から空気を出し入れしている、と思う人も多いかもしれませんが、実は、口からも息ができるのは人間だけです。28**動物は本当は鼻を使って息をする**もので、人間も口を使うより、鼻を使って息をしたほうが、体にいいそうです。

例えば、鼻の中には空気の汚れをとるフィルターがあって、29**ごみやウイルスが体の中に入らない**ようにしています。また、空気が乾いているとウイルスが増えて風邪をひきやすいですが、空気が鼻を通るときに温められるので、ウイルスが増えにくくなります。それに、口から息をするよりも、多くの酸素を吸い込むことができるので、29**ぐっすり眠ることができる**し、体の働きがよくなって、29**疲れにくくなります**。

30**歌を歌ったり、スポーツをしたり、話したりすることを仕事にしている人**は、口で息をするくせがついてしまうことがありますが、仕事のとき以外は、ぜひ鼻で息をするようにしてください。

大多數的人或許都認為，動物在呼吸時，是從口鼻排出及吸入空氣。其實，連嘴巴都能用來呼吸的只有人類而已。28**動物實際上是使用鼻子呼吸**，人類也是，比起使用嘴巴，使用鼻子呼吸似乎對身體比較好。

舉例來說，鼻子裡有過濾空氣污染的過濾器，可以29**不讓髒東西或病毒進入體內**。此外，空氣若太乾，病毒就會變多，容易罹患感冒，但當空氣通過鼻子時，空氣會變得比較溫暖，病毒就不容易增生。況且比起用嘴巴呼吸，用鼻子呼吸可以吸入更多的氧氣，所以可以睡得比較熟，身體會運作得更順暢，29**也較不容易疲勞**。

30**以唱歌、運動、說話為業的人**，有時會養成以嘴巴呼吸的習慣，在工作以外的時間，請務必要改以鼻子呼吸。

28　息をする＝將空氣吸入或排出身體

29　文中並沒有寫到「温かさを感じる（感覺到溫暖）」這句話。

30　文中提到的三種人，有出現在選項中的為4。

★熟記單字及表現

□実は：其實、實際上
□ウイルス：病毒
□酸素：氧氣
□働き：機能
□人間：人類
□増える：增加
□ぐっすり：熟睡貌
□くせ：習性、癖好、壞毛病

(2) 31 2　32 3　33 4

私の母は、朝ご飯によくおにぎりを作る。朝ご飯だけでなく、私や父のお弁当にも。でも私はそれを特においしいとは思わないで、毎日食べていた。

ある朝、母が熱を出した。私は母の代わりに、初めておにぎりを作った。母のおにぎりは毎朝見ていたのに、うまく作れなかった。ご飯の量も、中に入れる具の量もよくわからないし、きれいな形にならない。当然、とてもおいしそうには見えない。それでも母は「すごくおいしいよ」と言って食べてくれた。31 **「誰かが自分のために作ってくれたおにぎりって本当においしいんだよね、ありがとう。」**と。

そのとき私は思った。おにぎりは手でにぎって作る。ぎゅっぎゅっとにぎってくれたその人のことを思いながら食べる時、おにぎりはおいしくなるのではないか、と。32 **母は毎朝、大切な家族のことを思いながら、いくつもいくつもおにぎりをにぎっているのだと気づいてから**、私は、毎朝のおにぎりをとてもおいしいと 32 **感じるようになった。**

我的母親，早餐經常會做飯糰。不只是早餐，我和爸爸的便當也是飯糰。雖然每天都在吃，不過我從不覺得特別好吃。

有一天早上，媽媽發燒了。我代替媽媽，第一次做了飯糰。我明明每天早上都看著媽媽做飯糰，但卻沒辦法做得很好。既不清楚飯量以及壽司中配料的份量，也沒辦法做出漂亮的形狀，當然看起來也就不太好吃。即便如此，媽媽還是吃了，還說「好好吃」。她說：31 **「別人特別為自己捏製的飯糰真的很好吃，對吧？謝謝。」**

那時我心想，飯糰是用手捏製的。就是一邊想著用力幫自己捏飯糰的人，一邊吃飯糰，才會覺得飯糰是如此好吃，不是嗎？32 **自從體認到媽媽每天早上都是一邊想著最重要的家人，一邊捏著一個又一個的飯糰**，32 **我開始覺得**，每天早上的飯糰都好好吃。

31 媽媽很快就說「誰かが自分のためににぎってくれたおにぎりって本当においしい（別人特別為自己做的飯糰真的很好吃，對吧？）」，所以2為正確答案。

32 「～ようになる」是表示「變化」。體認到媽媽是一邊想著家人一邊握飯糰→開始覺得飯糰好好吃。所以正確答案是3。

33 當問題提及的內容範圍比較寬廣時，選出作者在整篇文章中最想要表達的核心想法加以作答。

熟記單字及表現

□量：量
□当然：當然
□おにぎりをにぎる：捏飯糰

問題6

34 4　**35** 1　**36** 2　**37** 4

私は最近、着付け教室に通っている。着付けは着物を着る方法のことだ。なぜ日本人が、日本の伝統的な服を着る方法をわざわざ習うのかと思う人もいるだろう。日本人は昔、毎日着物を着ていたが、34 **今ではほとんど洋服を着るようになった。着物は正月や結婚式などの機会に、ときどき着るだけ**である。伝統的な日本のものとはいえ、多くの日本人にとって、着物を着るのはかんたんではない。洋服とは形がまったく違うし、ひもを何本も使うこともあるし、とにかくきれいに着るのは難しい。ちゃんと着ないとすぐに形がくずれてしまう。

しかし、うまく着られたときは本当に気持ちがよい。気持ちがすっきりとし、背中をまっすぐにして歩こうと思う。35 **きつく結んだひもの強さが、心まで強くしてくれる**ような気がする。伝統的なものというのは、そういう力があるのかもしれない。

私はそんな着物を、特別なものではなく日常のものにしたい。着物を着て買い物に行ったり、友達と食事をしたりしたい。そんなふうに着物と多くの時間を過ごすことで、大好きな 36 **着物と私の距離が近くなる**といいなと思う。そして、37 **着物の力を日常の中でさらに感じられるようになりたいと何よりも強く思う**。

37 **もちろん、**もっと多くの人に、着物の良さを知ってもらいたいし、着物を着てほしいとも思う。でも私が着物を着る一番の理由はそこにあるのだ。

我最近去和服著裝教室上課。和服著裝就是指穿和服的方法。或許有人會想，為什麼日本人還要特地去學習日本傳統服飾的穿法呢？日本人以前每天都穿著和服，34 **現在則幾乎都是穿著西式的衣服。和服只在過年或婚宴之類的場合才比較有機會穿**。雖說是傳統的日本事物，不過對許多的日本人而言，穿上和服並非是一件簡單的事。和服和西服的形態完全不一樣，還會使用好幾條綁帶，總之，要漂亮地穿上和服是很困難的。如果沒穿好，很快地形狀就會垮掉了。

不過和服穿得好的時候，心情真的會很好。整個人會顯得神清氣爽，走路時還會不自覺地把背挺直。35 **綁帶緊緊綁住和服時所傳達的強韌感，會讓人覺得連心都變強韌了**。所謂傳統的東西，或許就是有那樣的力量。

我想把這樣的和服作為日常的穿著，而非特別的日子才穿著的服飾。我想要穿著和服去購物或是和朋友一起吃飯。如果像那樣跟和服渡過的許多時光，能夠 36 **拉近我和**我最喜歡的**和服之間的距離**那就太好了。而 37 **我最渴望的是在日常生活中能更強烈地感受到和服的力量**。

37 **當然**，我也希望能夠有更多的人穿著和服，並且了解和服的好。不過我前面所說的，才是我穿著和服最主要的原因。

34　現在有時也會穿，所以1為×。

35　指示詞的考題，多數情況下可以從前文中找到答案。

36　這裡提到的「距離很近」並非指「離家很近」這種實質上的距離，而是指精神上的距離很近。

37　若句中有「もちろんAと思う。でも～（當然，我認為A（很好），但是…）」，是表示雖然並不反對A，但A並不是說話者最想表達的事。說話者最想表達的，是再前一句的內容。

★熟記單字及表現

□方法：方法
□まったく：完全
□くずれる：走樣、變形
□日常：日常
□そんな風に：像那樣
□距離：距離
□伝統的な：傳統的
□ひも：帶子
□すっきり：爽快、舒暢
□きつく結ぶ：綁緊
□過ごす：生活、過日子

問題7

38 3　**39** 1

☆富士山観光ホテル　レジャープラン☆

A のんびりピクニックコース	**B 富士山の石で時計作りコース**
約5㎞のピクニックコースを景色を楽しみながらゆっくり歩きましょう ※お弁当付き 10時から13時 大人　1500円 子ども（6～10歳）1000円 子ども（5歳以下）500円	火山岩（富士山の石）で自分だけのすてきな時計を作りましょう ※材料費は含まれます ①9時から90分 ②10時半から90分 （お好きな時間をお選びください） 1名2000円
C 夜の富士山と星空観察コース	**D 牧場ふれあい体験コース**
たくさんの星と夜の富士山をゆっくりと眺めましょう ※星空ガイド付き 18時から20時 大人2000円 子ども（6歳以上）1000円 子ども（5歳まで無料）	牧場で牛や羊、うさぎにさわったり えさをあげたりしましょう。 馬に乗ることもできます。 9時から11時半 大人　1800円 12歳以下半額

38　先只看四個行程的時間，選擇在17:30～隔日的11:00之間能夠參加的行程。由於行程B是「請選擇您偏好的時段」，所以只要選擇①的時間即可。

39　只看費用來找答案。
A：1500日元X2＋1000日元＋500日元＝4500日元。
B：2000日元X4＝8000日元。
C：2000日元X2＋1000日元＋0日元＝5000日元。
D：1800日元X2＋900日元X2＝5400日元。
最便宜的是A。

★開始時間の30分前までにロビーにお集まりください

☆富士山觀光飯店　休閒計畫☆

Ⓐ 悠活野餐行程 約 5 公里長的野餐路線，一邊漫步，一邊欣賞景色 ※ 附便當 10:00 ～ 13:00 大人　1500 日元 兒童（6 ～ 10 歲） 1000 日元 兒童（5 歲以下） 500 日元	**Ⓑ 富士山之石的時鐘製作行程** 利用火山岩（富士山的石頭）製作專屬於自己的美麗時鐘 ※ 含材料費 ①09:00 開始 90 分鐘 ②10:30 開始 90 分鐘 （請選擇您偏好的時段） 一人　2000 日元
Ⓒ 夜晚的富士山與觀星行程 悠閒地眺望夜空中大量的星星，以及夜晚的富士山 ※ 附觀星導覽 18:00 ～ 20:00 大人　2000 日元 兒童（6 歲以上） 1000 日元 兒童（5 歲以下免費）	**Ⓓ 牧場互動體驗行程** 在牧場可撫摸牛、羊、兔子，或是體驗餵食的樂趣。 還可以騎馬。 09:00 ～ 11:30 大人　1800 日元 12 歲以下半價

★請在行程開始前 30 分鐘在大廳集合。

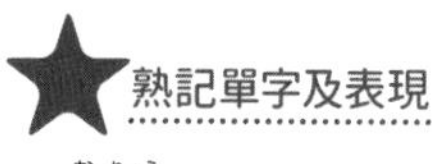

熟記單字及表現

□無料：免費
□半額：半價

聽解

問題1

例　4

N3_3_03

大学で女の人と男の人が話しています。男の人は何を持っていきますか。

F：昨日、佐藤さんのお見舞いに行ってきたんだけど、元気そうだったよ。

M：そっか、よかった。僕も今日の午後、行こうと思ってたんだ。

F：きっとよろこぶよ。

M：何か持っていきたいんだけど、ケーキとか食べられるのかな。

F：足のケガだから食べ物に制限はないんだって。でも、おかしならいろんな人が持ってきたのが置いてあったからいらなさそう。ひまそうだったから雑誌とかいいかも。

M：いいね。おすすめのマンガがあるからそれを持っていこうかな。

男の人は何を持っていきますか。

大學中一男一女正在交談，男人打算帶什麼東西去？

女：昨天我去探望佐藤了，他看起來精神還不錯。
男：是喔，太好了。我也打算今天下午去探望他。
女：他一定會很高興的。
男：我想帶點東西過去。他不知道能不能吃蛋糕之類的東西。
女：他是腳傷，聽說在飲食方面沒有限制。不過那邊放了很多人帶去的零售點心，所以看起來並不缺。他看起來很閒，帶雜誌去可能比較好。
男：好，那我帶別人推薦的漫畫好了。

男人打算帶什麼東西去？

第1題　4

N3_3_04

女の人と男の人がセミナーについて話しています。女の人はこのあとすぐ何をしますか。

F：見てこのチラシ。一度、歌舞伎を見てみたいと思ってるんだけど、歌舞伎ってあまりよく知らないんだよね。これは、私みたいな人のために、歌舞伎に関する基本的な知識とか、話の見どころを説明してくれるっていうセミナー。

M：ふうん。全然知らないで見るより、勉強してから見たほうが楽しめるね、きっと。いつ？

F：今週の土曜日。それで来月26日は実際に歌舞伎を見に行こうと思っているんだ。

M：来月26日は大事な予定があるから難しいな。でもセミナーは受けるよ。そしたら次の公演のとき見られるかもしれないし。

F：歌舞伎の公演予定はインターネットでいつでも確認できるみたいだよ。チケットもネットで買えるって。

M：セミナーは？

F：えっと。「インターネットとお電話でお申し込みいただけます」だって。

M：ちょっと待って、**定員になり次第、締め切るって書いてあるから、先に電話してまだ申し込めるか聞いたほうがいいんじゃない？**

F：え？　あ、本当だ。急がないと。まだ席があるといいんだけど。

女の人はこのあとすぐ何をしますか。

因為男人提醒女人最好先打電話確認還有沒有位子，所以會打電話報名。

一男一女正聊到和講座有關的事。女人接下來要做什麼？

女：你看這張傳單。雖然我一直想著要看一次歌舞伎表演，不過我們大多數的人好像都對歌舞伎不是很瞭解，對吧？這個介紹歌舞伎相關基本知識，或是故事的看點的講座，就是針對像我這樣的人舉辦的。

男：唔…比起在完全不懂的狀態下看，學過之後再來看一定更能體會觀賞歌舞伎的樂趣。講座在什麼時候？

女：這個禮拜六。然後下個月的 26 日我想要實際去看歌舞伎表演。

男：我下個月的 26 日有重要的事要做所以有點困難。不過可以去聽講座。說不定下次公演的時候可以去看表演。

女：歌舞伎的公演行程好像隨時可以在網路上確認喔。聽說票也可以在網路上購買。
男：講座呢？
女：我看看。上面寫著「可利用網路和電話報名」。
男：等一下，**上面有寫如果額滿就截止報名，妳應該要先打個電話問一下是不是還可以報名比較好吧**？
女：欸？啊！真的耶。那我得快一點。如果還有位子就好了。

女人接下來要做什麼？

熟記單字及表現

□セミナー：研討會
□チラシ：傳單
□歌舞伎：歌舞伎
□～に関する：關於…
□基本的：基本的
□知識：知識
□実際に：實際、真的
□チケット：票
□ネット：網路
□申し込む：申請
□定員になり次第、締め切り：人滿截止

第2題　2

N3_3_05

夫婦が家族旅行について話しています。この家族はどこへ旅行に行きますか。

F：ねえ、夏休みの旅行、どこ行く？

M：そうだなぁ、北海道はどう？　涼しいし食べ物もおいしいし、子どもたちも喜ぶよ。

F：うーん、でも**飛行機代もかかるし、予算オーバー**かな。

M：そうか…

F：もう少し近い京都はどうかな。お寺や神社にたくさん行って、歴史の勉強にもなるし。

M：歴史の勉強かぁ、子どもたち喜ぶかなぁ。それより、東京の大きな遊園地で遊ぶっていうのは？

北海道的飛機票很貴。東京的遊樂園人很多，排隊又很辛苦。富士山小孩子不可能去。→正確答案是「京都」。

F：それもいいけど、**遊園地は混んでいるし、暑いなか、何時間も列に並ぶのはたいへんだよ。**

M：それなら、富士山に登ろうよ。富士山の上は暑くないし。

F：登山は、**うちの子どもたちにはまだ無理じゃない？　何時間も歩くんだよ。**

M：わかった。じゃあやっぱり歴史の勉強もできる旅行にしよう。

この家族はどこへ旅行に行きますか。

一對夫婦正談到有關家族旅行的事。這一家人要去哪裡旅行？

女：喂，暑假要去哪裡旅行？
男：我想想…北海道怎麼樣？天氣涼爽食物又好吃，孩子們也會很高興吧。
女：唔…不過**飛機票很貴，會超出預算**吧。
男：這樣啊…
女：稍微近一點的京都怎麼樣？可以去很多寺廟和神社參觀，又可以學習歷史。
男：學習歷史啊…孩子們會高興嗎？不然去東京的大型遊樂園玩怎麼樣？
女：是很不錯啦，不過**遊樂園人很多，還要在炎熱的天氣中排好幾個小時的隊，很辛苦喔。**
男：那我們去爬富士山啊！富士山上的天氣就不會熱了。
女：我們家的**孩子還沒辦法去登山吧？要走好幾個小時耶！**
男：好，那還是決定去可以學習歷史的地方旅行吧。

這一家人要去哪裡旅行？

熟記單字及表現

□予算：預算
□遊園地：遊樂場
□列：列、（排）隊
□登山：登山

第3題　1

N3_3_06

女の人と店員が話をしています。女の人が買うカーテンの大きさはどれですか。

F：すみません、カーテンを買いたいのですが。

M：はい、窓の大きさはおわかりですか。

F：はい、えーっと、幅が150cm、高さが100cmです。

寬度為150cm＋40cm＝190cm；高度為「115cm ～ 120cm」中較短的那一個，所以是115cm。

M：そうしますと、幅はだいたい40cmを足して、高さには15cmから20cmくらいを足した長さのカーテンがよろしいと思います。

F：ということは…縦の長さは115cmから120cmということになりますね。

M：はい、短いほうが安いですよ。

F：わかりました。では、短いのでいいです。

女の人が買うカーテンの大きさはどれですか。

店員正在和女人交談。女人購買的窗簾是哪一個尺寸的？

女：不好意思，我想買窗簾。
男：是的，請問您知道窗戶的大小嗎？
女：知道。唔…寬度是 150cm，高度是 100cm。
男：這樣的話，我想窗簾的寬度要加上 40cm 左右，高度則要加上 15cm 至 20cm 左右就可以了。
女：也就是說…縱向的長度是 115cm 到 120cm。
男：是的，長度較短的會比較便宜。
女：我知道了。那就選短的那個。

女人購買的窗簾是哪一個尺寸？

熟記單字及表現

□センチ＝cm　　□幅：寬度
□高さ：高度

第4題　4

N3_3_07

男の人が図書館の使い方について話しています。この大学の学生は、いちばん多くて何冊本を借りることができますか。

M：学生のみなさん、こんにちは。今日はこの大学の図書館の使い方について説明します。

この図書館は一般の方も利用できますが、借りることができるのは２冊までです。しかし**みなさんは３冊借りることができます**ので、必ず学生証をカウンターで見せてください。

ただ、**研究やレポート作成のためなど特別な理由があるときは、さらに５冊借りることができます**から、その理由をカウンターにある用紙に記入して提出してください。

・一般民眾：2本
・學生：三本＋特別的理由可借五本

因為是「さらに五冊（再5本）」，所以平日可借的3本之外，還可以再借5本（所以總共是8本）。

この大学の学生は、一番多くて、何冊本を借りることができますか。

男人談到關於圖書館的使用方法。這間大學的學生，最多可以借幾本書？

男：各位同學，大家好。我今天要介紹的是這間大學圖書館的使用方式。
這間圖書館一般民眾也能使用，最多可以借閱二本書。但是**各位同學最多可以借閱三本書**，所以在櫃台請務必出示學生證。
不過，如果是**為了進行研究或是撰寫報告這類特別的理由，還可以再借五本書**，請將借閱的理由填寫在位於櫃台的專用申請書上並提交。

這間大學的學生，最多可以借幾本書？

熟記單字及表現

□一般：普通、一般
□カウンター：櫃檯
□さらに：再、更
□記入：填寫
□学生証：學生證
□作成：作、製作
□用紙：紙張、規定用紙
□提出：提出、提交

第5題　2

N3_3_08

子どもと父親が家の棚の前で話しています。2人は時計をどこに置きますか。

子：ねえ、お父さん。これ、この棚に置いてもいい？

父：ああ、きれいな時計だね、いいよ。

子：どこに置こうかな。

父：もし**一番高いところに置いて、落ちたら危ないよ**。真ん中が見やすいんじゃない？

子：でも僕、そこは届かなくて置けないよ。だからここは？

父：**そんな下に置いたら、時間が見にくいよ**。

子：そうかぁ、**じゃあ、隅においても同じだね**…

父：うん、届かないならお父さんが置いてあげるから、やっぱり見やすいところがいいよ。

子：うん、そうだね、ありがとう！

2人は時計をどこに置きますか。

・最上面 (1) 的地方，如果掉下來會很危險。

・如果放在下面 (4) 的地方，會不容易看到。

・放在角落 (3) 也一樣不容易看到。

→正確答案為選項2

小孩和父親在家裡的架子前對話。二人把時鐘放在哪裡？

子：爸爸，這個可以放在這個架子上嗎？
父：哇，這時鐘很漂亮耶，可以啊。
子：那要放哪裡呢？
父：如果**放在最高的地方，掉下來會很危險**。放正中間不是最方便看時間嗎？
子：可是那裡我搆不到沒辦法放。所以放在這裡怎麼樣？
父：如果**放在那麼下面的地方，很難看到時間耶**！
子：對喔。**那放在角落也是一樣吧**…
父：嗯，如果你搆不到的話我可以幫你放，還是放在容易看到的地方比較好吧。
子：嗯，說得也是。謝謝爸爸！

二人把時鐘放在哪裡？

熟記單字及表現

□届く（とどく）：達到、搆得到

第6題　2

N3_3_09

男（おとこ）の人（ひと）が女（おんな）の人（ひと）の引（ひ）っ越（こ）しを手伝（てつだ）っています。男（おとこ）の人（ひと）は何（なに）を箱（はこ）に入（い）れますか。

F：来（き）てくれてありがとう。助（たす）かるよ。

M：何（なに）から手伝（てつだ）おうか。

F：**本棚（ほんだな）の本（ほん）を箱（はこ）に入（い）れてってくれる？**　――・書→放進箱子裡。

M：わかった。**DVDも？**

F：**それは売（う）ろうと思（おも）って。**最近（さいきん）、あまり見（み）ないから。　――・DVD→沒放進去。最近很少看，所以要賣掉。

M：**はさみとかペンもいろいろ置（お）いてあるけど。**　――・剪刀或是筆之類的＝文具→放進箱子裡。

F：**それも入（い）れておいて。**あ、**掃除（そうじ）の道具（どうぐ）は入（い）れないで。**アパートを出（で）る前（まえ）にきれいにしなきゃいけないから。　――・打掃用具→沒放進去。因為最後打掃時要用。

男（おとこ）の人（ひと）は何（なに）を箱（はこ）に入（い）れますか。

男人正在幫女人搬家。男人把什麼東西放進箱子裡？

女：謝謝你過來。幫了大忙了。
男：我該從哪裡開始幫忙呢？
女：**你可以幫我把書架上的書放進箱子裡嗎？**
男：知道了。**DVD 也要嗎？**
女：**那個我打算賣掉**。因為最近很少看。
男：**那邊還放著剪刀、筆之類的東西。**
女：**那些東西也放進去**。啊！**打掃用具不要放進去**。離開公寓前要把房子打掃乾淨。

男人把什麼東西放進箱子裡？

熟記單字及表現

□引っ越し：搬家
□文房具：文具

問題2

例　4

N3_3_11

日本語学校の新入生が自己紹介しています。新入生は、将来、何の仕事がしたいですか。

F：はじめまして、シリンと申します。留学のきっかけは、うちに日本人の留学生がホームステイしていて、折り紙を教えてくれたことです。とてもきれいで、日本文化に興味を持ちました。日本の専門学校でファッションを学んで、将来はデザイナーになりたいと思っています。どうぞよろしくお願いします。

新入生は、将来、何の仕事がしたいですか。

日語學校的新生正在進行自我介紹。這位新生將來想從事什麼工作？

女：大家好，我是希林。我之所以會想來日本留學，是因為來我家寄宿的日本學生教了我折紙。折紙真的好美，讓我對日本文化產生了興趣。我目前在日本的專門學校學習服裝設計，將來想成為一名服裝設計師。請各位多多指教。

這位新生將來想從事什麼工作？

第1題　2

N3_3_12

女の人と男の人が話しています。男の人はパソコンをいくらで買いましたか。

F：それ、新しいパソコン？

M：うん、買ったばかりなんだ。

F：いいなぁ、高そうだね。

M：うん。実はリーさんが同じものを先月買って、すごくいいっていうから、先週、お店に見に行ったんだ。そうしたら、定価が20万円もしてさ！

F：やっぱり高いのね。

M：でも、ちょうどお店がセール中で5万円も値引されていたんだよ。

F：え！　それで買ったの？

M：ううん、それでもちょっと高いなと思ったよ。それで家に帰ってよく考えたんだけど、どうしてもほしくなっちゃって、昨日、もう一度その店に行ったんだ。そしたら、なんと定価の半額になってたから、もう買わないわけにはいかなかったよ。

F：そう、いい買い物をしたわね。

男の人はパソコンをいくらで買いましたか。

一男一女正在交談。男人花多少錢買電腦？

女：那台是新電腦嗎？
男：嗯，我剛買的。
女：真好，看起來很貴呢。
男：嗯，其實是李先生上個月先買了同款的，他說這款很棒，上個禮拜我就去店裡看。結果一台的定價竟然要 20 萬日元！
女：果然很貴。
男：不過，正好店裡在打折，可以折 5 萬日元。
女：欸？！然後你就買了？
男：沒有。我還是覺得有點貴啦！然後我回家之後想了很久，但我無論如何都很想買，昨天就又再去了一次那家店。結果竟然變成定價的一半，這樣我就非買不可啦！
女：是喔！你買了個好東西呢。

男人花多少錢買電腦？

對話的脈絡

- 定價20萬日元
- 折扣中所以可以折5萬日元→15萬日元
- 定價的一半→10萬日元

熟記單字及表現

□定価：定價
□値引：降價
□～わけにはいかない：不得不…；非…不可
買わないわけにはいかない（非買不可）＝買わないことはできない（不買不行）＝買う（買（了））。買うしかない（只好買了）

第2題　2

N3_3_13

男の人と女の人がハチについて話しています。ハチに針があるのはどうしてだと言っていますか。

F：うわ、その腕どうしたの？　はれてない？

M：うん、昨日庭の掃除をしてたらハチに刺されちゃって。

F：え？　大丈夫？

M：ミツバチだったから危なくないと思ったんだ。すぐ針をとって消毒したし、今はもう大丈夫。

F：今度掃除するときはもっと気をつけないとね。でも、ミツバチの針って、一回刺すともうぬけないんだって。

M：そうなんだ。じゃあ、僕を刺したあのハチにはもう刺されないってこと？

F：まあね。それに、**ハチの針は本当はメスが卵を産むためのものだから、オスには針がないし刺さない**って知ってた？

這裡提到蜜蜂的針其實是雌蜂用來產卵的器官。

M：うん、聞いたことあるよ。でも外で活動しているハチはほとんどメスだから、やっぱり危ないよね。

ハチに針があるのはどうしてだと言っていますか。

一男一女正在討論蜜蜂。他們說蜜蜂為什麼會有針？

女：哇！你的手臂怎麼了？是不是腫起來了？
男：嗯，昨天打掃庭院的時候被蜜蜂螫傷了。
女：啊？你沒事吧？
男：因為是蜜蜂，我想應該不危險。就馬上把針取出並且消了毒，現在已經沒事了。
女：下次打掃的時候要小心一點。不過聽說蜜蜂的針，一旦刺了一次之後就無法拔出來。
男：是這樣嗎！那表示螫傷我的那隻蜜蜂就再也不能螫人了？

女：是啊。而且你知道嗎？**蜜蜂的針其實是雌蜂用來產卵的器官，所以雄蜂身上既沒有針也不會螫人**。

男：嗯，我有聽說過。不過在外面活動的蜜蜂幾乎全都是雌蜂，果然還是很危險呢。

他們說蜜蜂為什麼會有針？

熟記單字及表現

□ハチ：蜜蜂
□針（はり）：針、刺
□はれる：腫
□消毒（しょうどく）：消毒
□アレルギー：過敏
□なんともない：無影響、無妨礙
□ぬく：拔、拔掉
□産（う）む：生、生產
□オス⇔メス：雄⇔雌

第3題　3

🔊 N3_3_14

テレビで女（おんな）の人（ひと）が、科学館（かがくかん）について話（はな）しています。リニューアルで新（あたら）しくなったことは何（なん）ですか。

F：来月（らいげつ）、リニューアルオープンする科学館（かがくかん）に来（き）ています。今回（こんかい）のリニューアルで注目（ちゅうもく）したいのは、星空（ほしぞら）を作（つく）り出（だ）せるプラネタリウム。リニューアル前（まえ）から人気（にんき）でしたが、今後（こんご）は毎日（まいにち）日替（ひが）わりでその日（ひ）の夜（よる）の星空（ほしぞら）を映（うつ）して、その日（ひ）に見（み）える星（ほし）や、その星（ほし）に関（かん）するお話（はなし）を紹介（しょうかい）することになったそうです。展示（てんじ）は、これまでのように、音（おと）・光（ひかり）・力（ちから）・宇宙（うちゅう）・新技術（しんぎじゅつ）のテーマごとに、サイエンスショーを見（み）たり、展示（てんじ）されているものの説明（せつめい）を聞（き）いたりできます。サイエンスカフェや図書館（としょかん）、おみやげ物屋（ものや）さんも前（まえ）と同（おな）じようにありますので、みなさん、科学館（かがくかん）がリニューアルオープンしたら、ぜひ遊（あそ）びに行（い）きましょう。

リニューアルで新（あたら）しくなったことは何（なん）ですか。

天文館和圖書館都是原本就有的。特別是天文館在文中提到「リニューアル前（まえ）から人気（にんき）（在翻修前就已經非常受到歡迎）」。

電視裡女人正談到關於科學館的事。重新翻修後煥然一新的是什麼？

女：我現在來到下個月即將重新開幕的科學館。這次的翻修最引人注目的是能夠製造出星空的天文館。天文館在翻修前就已經非常受到歡迎，據說今後每天都會將投射的內容變換為當晚星空的景象，並介紹當天能夠看到的星星，以及與那些星星有關的故事。展示的內容和先前相同，可以看到以聲音、光、力量、宇宙、新技術為主題的科學節目，還可以聆聽各個主題展示品的相關介紹。科學咖啡廳、圖書館以及伴手禮小鋪也都和以前一樣，等到科學館重新開幕的時候，請各位務必到科學館來玩。

重新翻修後煥然一新的是什麼？

熟記單字及表現

□リニューアルオープン：整修後再度開放、整修後重新開幕
□人気：受歡迎
□今後：今後
□日替わり：每日替換
□映す：映、照、投射
□宇宙：宇宙
□テーマ：主題
□～ごと：每…

第4題　3

N3_3_15

女の人と男の人がバランス能力について話しています。女の人ができないことは何ですか。

F：太田くんは片足立ちってできる？

M：片足立ち？　両足じゃなくて、こうやって1本の足だけで立つの？　ほら、できるよ。かんたんだもん。

F：じゃあ、目を閉じたらどう？　バランス能力のトレーニング。

M：目を閉じたらちょっと難しいけど、できると思うよ。…ほらできた。

F：じゃあ、**目は開けて、片足立ちのまま、このボールを上に投げて取**るっていうのは？

M：できるよ。ほらね。

一邊聆聽對話內容，一邊想像男人的動作。

F：すごいね。**私はできなかった**よ。バランス能力が低い人は、バランスをとってても、他にやらなきゃいけないタスクが与えられると、すぐバランスをくずしちゃうんだって。

女の人ができないことは何ですか。

一男一女正談到平衡能力。女人是哪件事辦不到？

女：太田小弟，你可以單腳站立嗎？
男：單腳站立？不用雙腳而是像這樣只用一隻腳站立嗎？妳看，我可以啊！這很簡單嘛！
女：那如果把眼睛閉上呢？平衡能力訓練。
男：眼睛閉起來的話是難了點，但我想應該可以。…妳看，我可以。
女：那**睜開眼睛，然後以單腳站立並把這顆球向上拋出再接住**呢？
男：可以啊，你看。
女：你很厲害耶！**我就沒辦法**。據說平衡能力比較差的人，即便是處於平衡的狀態，這時若被賦予其他非做不可的指示（任務）時，他就會立刻失去平衡。

女人是哪件事辦不到？

熟記單字及表現

□バランス：平衡
□能力：能力
□目を閉じる⇔目を閉ける：閉上眼睛⇔睜開眼睛
□ボール：球
□ほらね：你看、你瞧
□タスク：任務
□与える：給予

第5題　2

N3_3_16

男の人が、ジュニアオーケストラのコンサートについて話しています。コンサートの一番の目的は何ですか。

M：ジュニアオーケストラは、大人ではなく、小学生から高校生までの、子どもたちがメンバーのオーケストラです。ジュニアオーケストラは日本全国にいくつもありますが、今度、そのなかの8つのオーケストラが合同でコンサートを開くことになりました。お互いの演奏を聴いて勉強するというのも大事ですが、**一番のねらいは、同じぐらいの年齢で、同じようにオーケストラの活動を頑張っている子どもたちが、一つの場**

所で一緒に練習したり話をしたりして、交流を深めることです。全国に同じ目標を持った友達ができれば、いつもの練習ももっと頑張ることができます。コンサートは一般の方もご覧いただけますので、興味のある方はぜひお問い合わせください。

コンサートの一番の目的は何ですか。

男人正談到關於青少年管弦樂團演奏會的事。演奏會最主要的目的為何？

男：青少年管弦樂團並非由大人，而是由從小學到高中的孩子們所組成的管弦樂團。日本全國各地有好幾個青少年管弦樂團，但這次的演奏會是由其中的八個管弦樂團所聯合舉辦的。雖然藉由聆聽彼此演奏相互學習很重要，但這次演奏會**最主要的目的，是讓這些年紀相近、同樣為管弦樂團的活動而努力的孩子，能在同一個地方一起練習、聊天，促進彼此的交流**。只要能在全國各地結交到志同道合的朋友，平日的練習就會更竭盡所能。演奏會一般的民眾也可以觀賞，若您有興趣，請隨時與我們連絡。

演奏會最主要的目的為何？

熟記單字及表現

□**目的**：目的
□**合同**：聯合、共同
□**演奏**：演奏
□**活動**：活動
□**交流を深める**：加深交流
□**目標**：目標
□**メンバー**：成員
□**お互い**：互相、相互
□**年齢**：年齡
□**頑張る**：拚命努力
□**全国**：全國

第6題　4

N3_3_17

女の人が、「よりそいホットライン」という電話でのサービスについて話しています。このサービスに電話すると、どんなことができますか。

F：よりそいホットラインは、**電話でいろいろな相談ができるサービス**です。いろいろな相談といっても、家族や友達に相談できる話は、ここでは受け付けていません。ほかの人にはあまり言いたくないけど、でも自分ひとりで考えたり悩んだりするのがつらくて大変なことを、電話で相談できるのです。24時間無料のサービスで、**スタッフが話を聞いて、一緒に解決する**

方法を探します。7か国語の外国語にも対応しています。誰かに聞いてもらうだけで気持ちが少し楽になるかもしれません。何か道が見つかるかもしれません。秘密は必ず守ります。このサービスで一人でも多くの人を助けたいと思っています。

このサービスに電話すると、どんなことができますか。

女人正談到關於「關懷專線」這項透過電話進行的服務。打電話到這項服務，可以做什麼樣的事？

女：關懷專線是一種**能夠透過電話進行各類諮詢的服務**。雖然我們接受各種諮詢，但那些和家人或朋友就能商量的事，我們這裡不受理。相反地，那些痛苦、難受卻又不太想和別人說，只能自己獨自思考、苦惱的事，則都可透電話來進行諮詢。我們是 24 小時免費服務，**由工作人員聽您傾訴，陪您一起找尋解決的方法**。我們同時也提供七國語言服務。只要有人願意聽您傾訴，或許在心情上就能比較輕鬆，說不定可以找到解決的辦法。我們一定會保守秘密。我希望這個服務能夠儘可能地幫助更多的人。

打電話到這項服務，可以做什麼樣的事？

★ 熟記單字及表現

- □サービス：服務
- □悩む：煩惱
- □内容：內容
- □気持ちが楽になる：心情舒暢
- □受け付ける：接受、受理
- □つらい：痛苦、難受
- □解決：解決
- □秘密：祕密

問題3

例　3

N3_3_19

日本語のクラスで先生が話しています。

今日は「多読」という授業をします。多読は、多く読むと書きます。本をたくさん読む授業です。ルールが3つあります。辞書を使わないで読む、わからないところは飛ばして読む、読みたくなくなったらその本を読むのをやめて、ほかの本を読む、の3つです。今日は私がたくさん本を持ってきたので、まずは気になったものを手に取ってみてください。

今日の授業で学生は何をしますか。

1　先生が本を読むのを聞く

2　辞書の使い方を知る

3　たくさんの本を読む

4　図書館に本を借りに行く

日語課，老師正在發言。

男：今天要上的課是「多讀」。「多讀」就是表示要閱讀很多本書。而閱讀時有三條規則：不使用字典、有不懂的地方就跳過不讀、不想讀就放棄並換一本書來讀。今天我帶了很多本書來，請各位先挑一本自己喜歡的書來看。

今天這堂課的學生要做什麼？

1　聽老師讀書。
2　瞭解字典的用法。
3　閱讀很多本書。
4　去圖書館借書。

第1題　1

N3_3_20

女の人と男の人が話しています。

F：ねえ、これどう思う？

M：いいんじゃない？

F：色も形も素敵なんだけど、ちょっと大きいかな…

M：サイズはどう？

F：ここに書いてあるサイズはちょうど私のと一緒なのよ。でも、これ、手で持つとちょっと重いの。疲れちゃうかもしれない。

M：**とにかく一度、はいてみたら**？　手で持つのと実際に歩くのとでは違うと思うよ。

可以用「はく（穿）」表示的，有褲子、裙子、鞋子、襪子等。

二人は何を見ていますか。

1　くつ

2　かばん

3　ぼうし

4　シャツ

一男一女正在交談。

女：嘿！你覺得這個怎麼樣？
男：不錯啊！
女：顏色和形狀都很好看，可是好像有大一點…。
男：尺寸呢？
女：這裡寫的尺寸正好是我的尺寸啊。可是這個拿在手上有點重呢！可能會很容易累。
男：**總之先試穿看看如何**？　我覺得拿在手上跟實際穿著走還是不一樣。

二人正在看什麼？

1　鞋子
2　皮包
3　帽子
4　襯衫

熟記單字及表現

□**素敵**：好的、棒的
□**サイズ**：尺碼、尺寸

第2題　1

N3_3_21

テレビで美術館の人が話しています。

F:　今月から「わくわくタイム」という新しいイベントを始めました。これは主に小学生向けのイベントです。毎週日曜日に、私たち職員と一緒に、美術館のなかで、絵をかいたり折り紙をしたりして楽しむものです。美術館というと、絵や芸術作品を見るところだと思う方が多いでしょう。もちろん、それも大切なことなのですが、私たちはこのイベントで、まず子どもたちに、美術館って楽しいところだ、と思ってほしいのです。

子どもたちが美術館で楽しい経験をしたら、美術館って素敵なところだと思ってくれることでしょう。子どもたちにとって美術館が、ときどき親に連れられて来るところではなく、自分から行きたいと思う場所になるように望んでいます。

「わくわくタイム」の目的は何ですか。

・享受畫畫或是折紙的樂趣
・在美術館有愉快的經驗→很棒的地方
・自己主動想去的地方

從上述的詞語來看，話中傳達出希望能透過活動，讓孩子們喜歡上美術館。

1　子どもたちに美術館を好きになってほしい

2　子どもたちに絵をたくさん見てほしい

3　子どもたちに1人で来てほしい

4　子どもたちに折り紙を展示してほしい

電視裡美術館的人正在發言。

女：本月會開始一項新的活動，叫做「享樂時間」。這項活動是以小學生為主要的對象。在每週日和本館的工作人員一起在美術館中享受畫畫或折紙的樂趣。一說到美術館，大多數的人大概都會覺得是觀賞畫作或藝術作品的地方。當然，雖然那也很重要，但我們希望能夠先透過這個活動，讓孩子們覺得美術館是個好玩的地方。
孩子們如果在美術館有過愉快的經驗，應該就會覺得美術館是個很棒的地方了吧。我希望美術館對孩子們而言，不是偶爾被父母帶著來參觀的地方，而是自己主動想去的地方。

「享樂時間」的目的是什麼？

1　希望讓孩子們愛上美術館
2　希望讓孩子們欣賞很多幅繪畫作品
3　希望讓孩子們一個人來
4　希望向孩子們展示折紙作品

熟記單字及表現

□主に：主要
□芸術作品：藝術作品
□自分から：自己、親自
□望む：希望、期望

第3題　2

N3_3_22

テレビで女の人と男の人が話しています。

F：毎日お忙しいと思いますが、お元気ですね。

M：ええ、今年で80歳になりますが、ほとんど病気にはなりません。毎日、元気に仕事もしています。会社まで毎日1時間歩いているのがいいのかもしれません。あと、食事も大切ですね。特に高価なものを食べたり、特別な健康食品を食べたりはしていません。いろいろなものをバランスよく食べることです。もちろん、睡眠も十分にとります。毎日9時に寝て5時に起きるようにしています。

男の人は何について話していますか。

1　毎日忙しい理由
2　健康のための習慣
3　病気を治す方法
4　仕事を辞めた後の生活

電視上一男一女正在對話。

女：我想您每天都很忙碌，但還是很健康呢。
男：是的，我今年八十歲，幾乎都沒有生病，每天也都很有精神地工作。說不定每天花一小時走路到公司是件好事也不一定。還有，吃飯也很重要。我並沒有特別吃高價的東西，或是吃什麼特別的健康食品，而是均衡攝取各種食物。當然還有充足的睡眠。每天都堅持九點就寢，五點起床。

男人的談話內容和什麼有關？

1　每天忙碌的理由
2　促進健康的習慣
3　治療疾病的方法
4　辭職後的生活

・花一小時步行到公司
・均衡攝取各種食物
・充足的睡眠
→為了促進健康而做的事

熟記單字及表現

□高価：高價
□健康食品：健康食品
□睡眠：睡眠
□習慣：習慣

問題4

例　2

N3_3_24

写真を撮ってもらいたいです。近くの人に何と言いますか。

1　よろしければ、写真をお撮りしましょうか。

2　すみません、写真を撮っていただけませんか。

3　あのう、ここで写真を撮ってもいいですか。

想請人幫忙拍照。他要向附近的人說什麼？

1　可以的話，我們拍張照吧。
2　不好意思，可以麻煩你幫我拍照嗎？
3　那個，我可以在這裡拍照嗎？

第1題　1

N3_3_25

先生の話がよく聞こえませんでした。何と言いますか。

M：1　すみません、もう一度言ってくださいませんか。

2　すみません、もう一度申し上げてください。

3　すみません、もう一度お話しになります。

沒有聽清楚老師說話的內容。這時要說什麼？

男：1　不好意思，可以請您再說一次嗎？
2　不好意思，請容我再說一次。
3　不好意思，您會再說一次。

熟記單字及表現

□～てくださいませんか：是「～てください」較有禮貌的說法。

2　申し上げる：為謙讓語，是用來謙虛地表示自己做的動作。

3　お～になる：は為尊敬語。對老師的確應該使用尊敬語，但這句話的意思並不是拜託對方做某事。

第2題　2

N3_3_26

お金を入れてボタンを押しましたが、きっぷが出ません。何と言いますか。

F：1　あの、きっぷを買うわけがないんです。

2　すみません、きっぷが出ないんですが。

3　今、きっぷを買ったところです。

錢投了按下按鍵之後，車票卻沒有出來。這時要說什麼？

女：1　那個，當然不會買車票。
2　不好意思，車票沒有出來。
3　我剛買完車票。

熟記單字及表現

□～わけがない＝はずがない、絶対に～しないはずだ（沒道理＝不應當、…絕對不應該）

□～たところ＝ちょうどいま～した（剛剛…）

第3題　1

🔊N3_3_27

一週間の休みがほしいです。何と言いますか。

M：1　できれば、一週間の休みをいただきたいのですが。

2　ぜひ一週間の休みをお取りいただきたいです。

3　実は一週間、休みたがっているんです。

想要休假一週。這時該說什麼？

男：1　可以的話，我想請一週的假。
2　請您務必要休假一週。
3　其實他很想要休假一週。

這時不要說「～いただきたいです」，而是用「～が…」表達會顯得較委婉。

2　お～いただく：為尊敬語。對方聽起來會是「請您休假」的意思。

3　～たがっている：（非說話者本人）想要做…。

第4題　3

🔊N3_3_28

友達の部屋が汚いです。何と言いますか。

M：1　わあ、掃除しちゃったね。

2　まるで部屋の掃除をするかのようだね。

3　部屋の掃除したらどう？

朋友的房間很髒亂。這時要說什麼？

男：1　哇！你打掃過了呢！
2　看起來就像是打掃房間一樣。
3　你要不要把房間打掃一下？

～したらどう？：（提議、建議）…的話如何？

1　～しちゃった：「～してしまった」（語帶沉重心情或做完的「做了」）的口語用法。

2　（まるで）～かのようだ：就好像…一樣

問題5

例　3

🔊N3_3_30

M：すみません、会議で使うプロジェクターはどこにありますか。

F：1　ロッカーの上だと高すぎますね。

2　ドアの横には置かないでください。

3　事務室から借りてください。

男：不好意思，請問會議要用的投影機在哪裡？

女：1　置物櫃上太高了。
2　請不要放在門邊。
3　請向辦公室借。

第1題　1

🔊N3_3_31

F：今から一緒に映画を見に行かない？

M：1　明日、テストでそれどころじゃないよ。

2　いえいえ、こちらこそありがとう。

3　ごめんなさい、映画を見せてください。

女：你現在要不要和我們一起去看電影？

男：1　明天有考試，不是看電影的時候。
2　不，我才要謝謝妳。
3　抱歉，請給我看電影。

それどころじゃない＝そんなことをしている時間がないほどたいへんだ（不是做那件事的時候）

第2題　2

🔊 N3_3_32

M：すみません、この靴、履いてみてもいいですか。

F：1　はい、2500円です。

　　2　ええ、サイズは26cmですがよろしいですか。

　　3　はい、その後どこへ行きますか。

男：不好意思，我可以試穿這雙鞋嗎？
女：1　是的，2500 日元。
　　2　好的，這雙鞋的尺寸是 26cm，可以嗎？
　　3　是的，之後要去哪裡？

よろしいですか：為「いいですか（…可以嗎？）」較有禮貌的說法。

第3題　3

🔊 N3_3_33

F：冬休みはどうしますか。

M：1　国には2年前に帰りました。

　　2　夏休みのほうが長いです。

　　3　ほとんどアルバイトです。

女：今年的寒假你要做什麼？
男：1　我二年前就回國了。
　　2　暑假比較長。
　　3　幾乎都在打工。

冬休みはどうしますか＝今度の冬休みは何をしますか（今年寒假你要做什麼？）

第4題　3

🔊 N3_3_34

M：ご家族にはときどき電話をかけますか。

F：1　はい、すぐにかけます。

　　2　いいえ、電話がすぐに切れました。

　　3　はい、1週間に1回ぐらいです。

男：你會時不時地打電話給家人嗎？
女：1　是的，我馬上打。
　　2　不，電話很快就掛斷了。
　　3　是的，一週一次左右。

「ときどき」是問「頻率」，所以「1週間に1回ぐらい（一週一次左右）」是正確答案。

✎ 2　電話が切れる：電話斷線

第5題　2

🔊 N3_3_35

M：アンさんのお母様はどんな方ですか。

F：1　はい、父は厳しい人です。

　　2　そうですね…料理が上手です。

　　3　わかりました、すぐに母に電話します。

男：Ann 的媽媽是什麼樣的人？
女：1　是的，我爸爸是很嚴厲的人。
　　2　我想想…她很會做菜。
　　3　我知道了，我馬上打電話給媽媽。

第6題　1

N3_3_36

F：ヨウさん、手、どうしたんですか。

M：1　料理をしていて、やけどをしました。

2　どういたしまして。

3　食事の前には手を洗いましょう。

女：楊先生，你的手怎麼了？

男：1　做菜時燙傷了。

2　不客氣。

3　吃飯前我們去洗手吧。

第7題　3

N3_3_37

F：最近、調子がよさそうだね。どうしたの？

M：1　そうですね、最近調子が悪くなりました。

2　去年は大きな病気をしたものですから…。

3　運動を始めてから、よく眠れるようになったんです。

女：你最近狀態很不錯，怎麼了嗎？

男：1　對啊，我最近狀態變差了。

2　因為我去年生了一場大病…。

3　我開始運動之後，就變得睡得很好。

眠る：睡覺

第8題　3

N3_3_38

F：これ、ひとついただいてもいいですか。

M：1　ええ、ごちそうさまでした。

2　はい、いただきます。

3　あ、どうぞ。

女：這個，我可以拿一個嗎？

男：1　是的，多謝招待。

2　是，我收下了。

3　喔，請。

いただいてもいいですか。：「もらってもいいですか（此作：我可以拿嗎）」較有禮貌的說法。

第9題　2

N3_3_39

F：スピーチコンテストの準備、私にできることある？

M：1　えっ、何も手伝ってくれないの？

2　ありがとう。でも、大丈夫。

3　何でも頼んで。

女：演講比賽的準備工作，有什麼我能做的事嗎？

男：1　咦？什麼事都不幫忙嗎？

2　謝謝。不過我沒問題的。

3　任何事都可以找我。

第3回

問題1　請從1・2・3・4中，選出____的詞彙中最恰當的讀法。

1 這項作業只要花一小時就能完成了吧！
1　×　2　×
3　昨日破曉　4　作業

2 這麼冷的房間你還真住得下去啊。
1　寒冷的　2　炎熱的
3　狹窄的　4　臭的

3 哥哥在大學攻讀經濟。
1　結算　2　經營
3　互助　4　經濟

4 在喜歡的人的面前就是無法坦率。
1　誠實　2　坦率
3　好的、棒的　4　率直

5 我在旅遊導覽書上查詢旅行目的國的氣候。
1　氣候　2　氣象
3　氣溫　4　季節

6 我被邀請去朋友的生日派對。
1　將來　2　邀請、招待
3　介紹　4　狀態

7 託老師的福，我在演講比賽中獲得優勝。
1　（夏季生活作息彈性調整活動）夕活
2　優勝
3　×
4　風尚

8 大家一起合作吧。
1　×　2　強化
3　合作　4　×

問題2　請從選項1・2・3・4中，選出____的詞彙中最正確的漢字。

9 祖父每天早上五點起床散步。
1　×　2　祖父　3　祖母　4　×

10 我很滿意你的報告。
1　×　2　×　3　滿意　4　×

11 錢被偷了。
1　被偷　2　被儲蓄
3　被拿　4　×

12 現在每個人都有手機，電話卡已經幾乎沒人用了。
1　×　2　現在
3　×　4　現有、現存

13 我的公司離車站很遠很不方便。
1　×　2　×　3　遠　4　×

14 不會喝啤酒的人出乎意料地多。
1　以外　2　出乎意料
3　出乎預料、遺恨　4　意外

問題3　請從1・2・3・4中，選出一個最適合填入（　）的答案。

15 各位，讓我們一起來分享各種想法吧。
1　動作　2　商務
3　想法　4　問卷調查

16 下個月要去印尼出差。
1　出門上班　2　行動
3　來回、往返　4　出差

17 我從小時候就對日本食物很感興趣。
1　感興趣　2　欽佩
3　熱心　4　感動

18 多虧大家的支持，我才能拼盡全力。
1　希望　2　感謝
3　支援　4　繼續

第3回

文字・語彙

文法

讀解

聽解

試題中譯

19 有一名可疑的男子在家門前徘徊。

1　嗄啦嗄啦聲、空空盪盪

2　沒有餘地

3　嘀咕、碎碎唸

4　徘徊

20 這條領帶是以定價的三折購買的。

1　廉價　2　定價　3　降價　4　價值

21 他在研究所開發新藥。

1　發生　2　發售　3　出發　4　開發

22 昨天的風太強，樹木倒下了。

1　壞了　　　　2　落下了

3　倒下了　　　4　破了

23 我認為一旦接下工作，就一定要做到最後。

1　掛上　2　答應　3　強拉　4　拉出

24 那孩子還小，所以沒辦法長時間乖乖地坐著。

1　年幼的　　　2　可怕的

3　罕見的　　　4　殘酷的

25 我購物總是使用信用卡。

1　利用、使用　2　信任

3　應用　　　　4　費用

問題4　請從1・2・3・4中，選出和＿＿的詞彙中意思最相近的答案。

26 今天貨物終於送到家了。

1　終於　2　立刻　3　趕緊　4　慢

27 這所學校暑假剛結束就有考試。

1　暑假前　　　2　暑假中

3　暑假快結束前　4　暑假結束後

28 這裡的書全部都是二手書。

1　全部　2　一點　3　大致　4　幾乎

29 今天的天氣很異常。

1　普通、平常　2　奇怪

3　晴朗　　　　4　不好的

30 因為腹痛所以上課缺席。

1　遲到了

2　去了

3　回家了

4　缺席了、休息了

問題5　請從1・2・3・4中，選出一個最恰當的用法。

31 注目、關注

1　過馬路的時候，請注目來車。

2　我很關注他的發言。

3　他一直有注目。

4　明天請別忘記注目。

32 懷念、眷戀

1　我的狗對我很懷念

2　我懷念頭腦好的人。

3　我懷念故鄉的山川。

4　在大家的面前跌倒非常地懷念。

33 煩躁、焦躁、焦慮

1　雪焦躁地降下。

2　看到夜空的星星煩躁地閃爍著。

3　開車去兜風，卻因為道路堵塞而感到煩躁。

4　今天夏天全家人要去夏威夷旅行，所以現在就開始煩躁。

34 不滿

1　我對10秒跑100公尺這種事感到不滿。

2　求學不滿的東西，請不要帶進學校。

3　我本來打算買那本書，卻因為錢不滿沒辦法買。

4　她對這間公司的薪水給得太低的事似乎有所不滿。

35 麻煩、困擾
1 日本的語言學校畢業之後，是要留在日本進修，還是回國就業，我很麻煩。
2 在海外旅行時成了麻煩，真的很困擾。
3 椅子很麻煩，之後請收拾乾淨。
4 感冒咳嗽時，為了不給其他的人添麻煩，請戴口罩。

語言知識 （文法・讀解）

問題1 請從1・2・3・4中，選出一個最適合放入（ ）的選項。

1 弟弟易怒的個性，和爸爸一個樣。
1 ×
2 ×
3 （與っぽい構成形容詞）易怒
4 ×

2 雖說是社長，但職員只有二人。
1 雖說
2 所謂的
3 說到…
4 不如說…、與其說…

3 這間餐廳的料理太多道根本吃不完。
1 不吃到完　2 吃不完
3 沒有吃到完　4 ×

4 自從搬進這間房間之後，每次打開窗戶就能看到富士山很開心。
1 順便　2 每次
3 …的瞬間　4 正在…的當中

5 請看指導手冊的第五頁。
1 ×　2 請看　3 ×　4 ×

6 據老師說，今年七月的考試不難。
1 被當成　2 說是
3 也就是說　4 據說

7 弟弟只要一有時間就一直玩遊戲。
1 除了（後接否定表現）
2 只有
3 只要
4 也

8 這個眼藥請在眼睛癢的時候使用。
1 ×　2 （名詞）癢
3 （疑問）癢？　4 發癢的事

9 一般而言，年紀愈大體力就會愈差。
1 才是
2 （列舉）等
3 假如
4 （與…ば…結合為）愈…愈…

10 重要的事應該趁還沒忘記的時候做筆記。
1 趁還沒忘記的時候
2 忘記的時候
3 忘了之後
4 在沒忘記之前

11 有感冒的跡象，所以不太吃得下飯。
1 …的跡象
2 …的感覺（狀態）
3 往往…
4 好像…

12 她無精打采的。一定是發生什麼事了。
1 （與に結合為）根據…
2 一定是
3 （與に結合為）隨著…
4 沒辦法

13 明天有重要的考試，我不能休息。
1 不能　2 當然
3 有原因　4 並不是

問題2　請從1・2・3・4中，選出一個最適合放入＿★＿位置的選項。

（例題）

樹的 ＿＿ ＿＿ ＿★＿ ＿＿ 有。

1　小主語　　2　在

3　上面　　4　貓

（作答步驟）

1. 正確答案如下所示。

樹的 ＿＿ ＿＿ ＿★＿ ＿＿ 有。

3　上面　　2　在

4　貓　　1　小主語

2. 將填入＿★＿的選項畫記在答案卡上。

（答案卡）

（例）	①②③●

14 A「你休假時都在做什麼？」

B「大部分都是在看電影打發時間。」

1　事　　2　渡過

3　電影　　4　看

15 這個漢字只有二個人讀得出來。

1　二個人

2　讀得出來、能讀

3　只有、除了（後接否定表現）

4　人

16 我正要打電話的時候，朋友就來了。

1　（與…とする結合為）正要…

2　（與…よう…する結合為）正要…

3　正在…

4　的時候

17 說到小孩子討厭的蔬菜，就是紅蘿蔔了。

1　蔬菜　　2　說到

3　紅蘿蔔　　4　討厭的

18 要做的事太多，不管有再多時間都不夠用。

1　即使有　　2　小主語

3　不論　　4　時間

問題3　請閱讀以下這段文章，並根據文章整體內容，分別從19～23的1・2・3・4中，選出最適合填入空格的答案。

以下的文章是留學生所寫的作文。

「垃圾分類」

Nana

來到日本之後，許多事都讓我非常地訝異，丟垃圾的方式也是其中一件。在我的國家，都是我們自己開車把垃圾載到丟棄的地方。丟棄垃圾的場所都是位於距離城鎮有點遠的地方。在那些垃圾場中，有一部分的東西，像是橡膠製或鐵製的物品等，要丟在指定的區域。不過其他生活上產生的垃圾，全都要一起丟到一個非常大的洞裡面。不管是紙張、廚餘、塑膠、瓶子，全部都要丟到洞裡埋起來。由於垃圾場是24小時全年無休，所以隨時都可以把垃圾拿去丟。

日本和我的國家完全不一樣。首先，丟棄垃圾的地點並非位於距離城鎮有點遠的地方。在家附近就有丟棄的地點。再者，週中的每一天都有指定丟棄的項目。因此在丟棄垃圾的時候，就必須以是否可回收、是可燃物還是不可燃物等項目來進行分類。我認為建立這種將可回收的物品回收再利用的機制非常棒。雖然剛開始覺得很麻煩，但現在習慣了，可以做到確實地分類。

19

1 其中　　2 那個當中
3 這時　　4 哪個時候

20

1 不過　　2 然後
3 特別是　　4 因為

21

1 讓人隨時可以丟棄
2 不知道何時該丟棄
3 什麼時候丟都可以
4 那時被丟了。

22

1 所以　2 再者　3 但是　4 已經

23

1 被迫分類　　2 規定要分類
3 或許要分類　　4 曾經有分類

問題4　請閱讀下列(1)～(4)的文章，並針對以下問題，從1～4的選項中，選出一個最適當的答案。

(1)

螳螂這種蟲，是用如大鐮刀一般的手，來捕捉比自己小的蟲。特別是枯葉大刀螳的卵囊像海綿一樣大，約200隻螳螂兄弟姐妹在這裡面一起成長。不過一出生，小螳螂就會開始獨立生活。螳螂是靠吃下利用鐮刀手所捕捉到的蟲成長。相對地，被其他的蟲吃掉也不是件稀奇事。因此200隻螳螂兄弟姊妹也會漸漸地愈變愈少。看著螳螂的生活，就會清楚瞭解到自然界之中吃與被吃的關係。

24 下列何者與本文所描述的內容相符？

1 每一隻螳螂都活得很久。
2 螳螂卵囊聚集了很多小螳螂。
3 螳螂出生之後，是和其他的螳螂一起生活。
4 螳螂無需被吃。

(2)

這是能在網路上訂餐的便當店的廣告。

只訂一個也OK！
特製便當 預約限定
前一日預訂（上午9:30前）也沒問題！
線上輕鬆訂購

【Step 1】造訪我們的網站，24小時全天候接受訂購
【Step 2】到店面取貨　無需運費、手續費
【Step 3】現場付款　可使用電子支付
*亦可在門市預訂，請隨時與我們聯繫。
*若為50個以上，請聯繫我們洽談外送事宜。

25 下列敘述何者符合這項服務的內容？

1 網路和店面都可以訂購。
2 一次可以訂購1到50個。
3 取貨日的前一天裡，隨時都可訂購。
4 訂購時就要付款。

(3)

回憶真是個不可思議的東西。我十歲的時候曾和父親及姊姊爬過富士山。當時明明是八月，山頂卻非常地寒冷還下了雪；在那裡喝到的溫熱牛奶的味道；還有早晨太陽從雲層升起的美…一切是如此美好，至今仍記得非常清楚。那時有去爬富士山真的太好了。

另一方面，也有一件事我完全不記得。據我父親說，那時我爬著長長的山路覺得太痛苦還哭了好幾次，但我完全沒印象。

雖然那次的回憶很美好，但現在我一點也不想再爬一次富士山了。所以我想父親說的事應該是真的。

26 為何我會覺得回憶真是個不可思議的東西？

1 因為不記得的事，仍舊影響現在的心情。
2 因為實際上富士山並沒有下雪。
3 因為父親的回憶是錯誤的。
4 因為不清楚什麼才是很棒的回憶。

(4)

這是鞋店寄給顧客山田先生／女士的電子郵件。

主旨：Re: 關於藍色Pop款的存貨

2020年3月23日　10:32

山田先生／女士

此次承蒙您來信詢問關於「學步鞋」這項產品，非常感謝您。

非常抱歉的是，關於您來信詢問的藍色Pop款的13cm已停產。
目前沒有追加生產的計劃。
如果是藍色chic的13cm，或是綠色Pop的13cm則有貨。
此外， 本公司預計將於4月1日在官方網站發表新商品。
其中也有多款兒童用品，屆時歡迎您來網站參觀選購。

27 這封郵件最想表達的是什麼事？

1 希望山田先生可以等待藍色Pop款13cm的新成品到貨後再購入。
2 希望山田先生可以銷售兒童用品的新商品。
3 希望山田先生可以在比較藍色chic、綠色Pop或是新商品之後，購買其中一款。
4 希望山田先生在4月1日之後再詢問一次。

問題5　請閱讀下列(1)～(2)的文章，並針對以下問題，從1～4的選項中，選出一個最適當的答案。

(1)

大多數的人或許都認為，動物在呼吸時，是從口鼻排出及吸入空氣。其實，連嘴巴都能用來呼吸的只有人類而已。動物實際上是使用鼻子呼吸，人類也是，比起使用嘴巴，使用鼻子呼吸似乎對身體比較好。

舉例來說，鼻子裡有過濾空氣污染的過濾器，可以不讓髒東西或病毒進入體內。此外，空氣若太乾，病毒就會變多，容易罹患感冒，但當空氣通過鼻子時，空氣會變得比較溫暖，病毒就不容易增生。況且比起用嘴巴呼吸，用鼻子呼吸可以吸入更多的氧氣，所以可以睡得比較熟，身體會運作得更順暢，也較不容易疲勞。

以唱歌、運動、說話為業的人，有時會養成以嘴巴呼吸的習慣，在工作以外的時間，請務必要改以鼻子呼吸。

28 文中提到除了人類以外的動物是如何呼吸的？
1 空氣由鼻子進出。
2 空氣由鼻子和口腔進出。
3 空氣由鼻子進入，由口腔排出。
4 空氣由口腔進入，由鼻子排出。

29 文中提到用鼻子呼吸的優點中，下列敘述何者並未被提及？
1 為了不讓壞物質進入體內。
2 更容易感受到空氣的溫暖。
3 可以睡得更好。
4 較不容易疲勞。

30 文中提到容易習慣以口腔呼吸的人是哪一種人？
1 閱讀很多書的人。
2 吸很多菸的人。
3 吃很多料理的人
4 唱很多歌的人。

(2)

我的母親，早餐經常會做飯糰。不只是早餐，我和爸爸的便當也是飯糰。雖然每天都在吃，不過我從不覺得特別好吃。

有一天早上，媽媽發燒了。我代替媽媽，第一次做了飯糰。我明明每天早上都看著媽媽做飯糰，但卻沒辦法做得很好。既不清楚飯量以及壽司中配料的份量，也沒辦法做出漂亮的形狀，當然看起來也就不太好吃。①即便如此，媽媽還是吃了，還說「好好吃」。她說：「別人特別為自己捏製的飯糰真的很好吃，對吧？謝謝。」

那時我心想，飯糰是用手捏製的。就是一邊想著用力幫自己捏飯糰的人，一邊吃飯糰，才會覺得飯糰是如此好吃，不是嗎？自從體認到媽媽每天早上都是一邊想著最重要的家人，一邊捏著一個又一個的飯糰，②我開始覺得，每天早上的飯糰都好好吃。

31 ①即便如此，媽媽說「好好吃」，這是為什麼？
1 因為和媽媽每天做的飯糰的飯量及配料的份量都不一樣。
2 因為媽媽知道這是我在心中想著她，為她而做的飯糰。
3 因為媽媽生病沒精神並且肚子餓了的關係。
4 因為就像媽媽做的飯糰一樣漂亮。

32 ②我開始覺得，每天早上的飯糰都好好吃，這是為什麼？
1 因為是自己代替媽媽做出來的飯糰。
2 因為媽媽對自己說很好吃。
3 因為察覺到媽媽對家人的愛。
4 因為媽媽做的飯糰，形狀非常漂亮。

33 關於飯糰，「我」是怎麼想的？
1 每天的早餐和便當都吃飯糰對健康有益。
2 因為沒辦法做得像媽媽一樣好所以並不喜歡。
3 因為飯糰很好吃，對身體又有益，應當要做給生病的人吃。
4 在吃飯糰的時候，能夠感受到捏飯糰的人為自己而做的心意。

問題6　請閱讀以下文章，並針對以下問題，從1～4的選項中，選出一個最適當的答案。

我最近去和服著裝教室上課。和服著

裝就是指穿和服的方法。或許有人會想，為什麼日本人還要特地去學習日本傳統服飾的穿法呢？日本人以前每天都穿著和服，現在則幾乎都是穿著西式的衣服。和服只在過年或婚宴之類的場合才比較有機會穿。雖說是傳統的日本事物，不過對許多的日本人而言，穿上和服並非是一件簡單的事。和服和西服的形態完全不一樣，還會使用好幾條綁帶，總之，要漂亮地穿上和服是很困難的。如果沒穿好，很快地形狀就會垮掉了。

不過和服穿得好的時候，心情真的會很好。整個人會顯得神清氣爽，走路時還會不自覺地把背挺直。綁帶緊緊綁住和服時所傳達的強韌感，會讓人覺得連心都變強韌了。所謂傳統的東西，或許就是有①那樣的力量。

我想把這樣的和服作為日常的穿著，而非特別的日子才穿著的服飾。我想要穿著和服去購物或是和朋友一起吃飯。如果像那樣跟和服渡過的許多時光，能夠②拉近我和我最喜歡的和服之間的距離那就太好了。而我最渴望的是在日常生活中能更強烈地感受到和服的力量。

當然，我也希望能夠有更多的人穿著和服，並且知道和服的好。不過我前面所說的，才是③我穿著和服最主要的原因。

34 對於現在多數的日本人而言，和服是什麼樣的東西？

1 以前常穿的服裝，但現在只會在教科書上看到。
2 為了比別人強大而穿著的服裝。
3 平常出門時或遊玩時會穿的服裝。
4 只在特殊活動時穿著的服裝。

35 ①那樣的力量是指什麼樣的力量？

1 在精神層面上給予支持的力量。
2 走很遠的距離也不會累的力量。
3 強化背部及腰部的力量。
4 綁帶綁太緊無法解開的力量。

36 ②拉近我和和服之間的距離是什麼意思？

1 不用特別去商店購買，家裡就有的意思。
2 即使在平時穿，也會覺得很自然。
3 購買或得到許多件和服的意思。
4 出門到附近就必定穿著和服的意思。

37 ③我穿著和服最主要的原因是什麼？

1 因為希望有更多的朋友一起穿著和服。
2 因為希望現代的日本人更瞭解和服的好處。
3 因為都特地去學習和服的穿法，不穿的話很可惜。
4 想要在生活中更能感受自己所愛的和服的力量。

問題7　右邊為某間飯店休閒計畫的宣傳單。請在閱讀表格後，針對以下問題，從1～4的選項中，選出一個最適當的答案。

38 （越南名字）阿泰和阿蓉在今天下午五點抵達飯店。他們打算明天十一點從飯店啟程返家。在那之前他們可以參加的行程是哪一個？

1 A和B　　2 A和C
3 B和C　　4 C和D

39 石川一家人今天和明天在這間飯店住宿。石川先生如果要和妻子還有9歲及4歲的小孩參加行程，哪一個行程的費用最便宜？

1 A　2 B　3 C　4 D

☆富士山觀光飯店　休閒計畫☆

A悠活野餐行程	**B富士山之石的時鐘製作行程**
約5公里長的野餐路線，一邊漫步，一邊欣賞景色 ※附便當 10:00～13:00 大人　1500日元 兒童（6～10歲）1000日元 兒童（5歲以下）500日元	利用火山岩（富士山的石頭）製作專屬於自己的美麗時鐘 ※含材料費 ①09:00開始90分鐘 ②10:30開始90分鐘 （請選擇您偏好的時段） 一人　2000日元
C夜晚的富士山與觀星行程	**D牧場互動體驗行程**
悠閒地眺望夜空中大量的星星，以及夜晚的富士山 ※附觀星導覽 18:00～20:00 大人　2000日元 兒童（6歲以上）1000日元 兒童（5歲以下免費）	在牧場可撫摸牛、羊、兔子，或是體驗餵食的樂趣。 還可以騎馬。 09:00～11:30 大人　1800日元 12歲以下半價

★請在行程開始前30分鐘在大廳集合。

聽解

問題1

在問題1中，請先聽問題。並在聽完對話後，從試題冊上1～4的選項中，選出一個最適當的答案。

例

大學中一男一女正在交談，男人打算帶什麼東西去？

女：昨天我去探望佐藤了，他看起來精神還不錯。

男：是喔，太好了。我也打算今天下午去探望他。

女：他一定會很高興的。

男：我想帶點東西過去。他不知道能不能吃蛋糕之類的東西。

女：他是腳傷，聽說在飲食方面沒有限制。不過那邊放了很多人帶去的零食點心，所以看起來並不缺。他看起來很閒，帶雜誌去可能比較好。

男：好，那我帶別人推薦的漫畫好了。

男人打算帶什麼東西去？

1　蛋糕
2　點心
3　雜誌
4　漫畫

第1題

一男一女正聊到和講座有關的事。女人接下來要做什麼？

女：你看這張傳單。雖然我一直想著要看一次歌舞伎表演，不過我們大多數的人好像都對歌舞伎不是很瞭解，對吧？這個介紹歌舞伎相關基本知識，或是故事的看點的講座，就是針對像我這樣的人舉辦的。

男：唔…比起在完全不懂的狀態下看，學過之後再來看一定更能體會觀賞歌舞伎的樂趣。講座在什麼時候？

女：這個禮拜六。然後下個月的26日我想

要實際去看歌舞伎表演。

男：我下個月的26日有重要的事要做所以有點困難。不過可以去聽講座。說不定下次公演的時候可以去看表演。

女：歌舞伎的公演行程好像隨時可以在網路上確認喔。聽說票也可以在網路上購買。

男：講座呢？

女：我看看。上面寫著「可利用網路和電話報名」。

男：等一下，上面有寫如果額滿就截止報名，妳應該要先打個電話問一下是不是還可以報名比較好吧？

女：欸？啊！真的耶。那我得快一點。如果還有位子就好了。

女人接下來要做什麼？

1　在網路購買歌舞伎的票。

2　利用電話購買歌舞伎的票。

3　在網路申請參加講座。

4　利用電話申請參加講座。

第2題

一對夫婦正談到有關家族旅行的事。這一家人要去哪裡旅行？

女：喂，暑假要去哪裡旅行？

男：我想想…北海道怎麼樣？天氣涼爽食物又好吃，孩子們也會很高興吧。

女：唔…不過飛機票很貴，會超出預算吧。

男：這樣啊…

女：稍微近一點的京都怎麼樣？可以去很多寺廟和神社參觀，又可以學習歷史。

男：學習歷史啊…孩子們會高興嗎？不然去東京的大型遊樂園玩怎麼樣？

女：是很不錯啦，不過遊樂園人很多，還要在炎熱的天氣中排好幾個小時的隊，很辛苦喔。

男：那我們去爬富士山啊！富士山上的天氣就不會熱了。

女：我們家的孩子還沒辦法去登山吧？要走好幾個小時耶！

男：好，那還是決定去可以學習歷史的地方旅行吧。

這一家人要去哪裡旅行？

1　北海道

2　京都

3　東京

4　富士山

第3題

女人正在和店員交談。女人購買的窗簾是哪一個尺寸？

女：不好意思，我想買窗簾。

男：是的，請問您知道窗戶的大小嗎？

女：知道。唔…寬度是150cm，高度是100cm。

男：這樣的話，我想窗簾的寬度要加上40cm左右，高度則要加上15cm至20cm左右就可以了。

女：也就是說…縱向的長度是115cm到120cm。

男：是的，長度較短的會比較便宜。

女：我知道了。那就選短的那個。

女人購買的窗簾是哪一個尺寸？

1　190cm X 115cm

2　150cm X 100 cm

3　190cm X 120cm

4　150cm X 115cm

第4題

男人談到關於圖書館的使用方法。這間大學的學生，最多可以借幾本書？

男：各位同學，大家好。我今天要介紹的是這間大學圖書館的使用方式。
這間圖書館一般民眾也能使用，最多可以借閱二本書。但是各位同學最多可以借閱三本書，所以在櫃台請務必出示學生證。
不過，如果是為了進行研究或是撰寫報告這類特別的理由，還可以再借五本書，請將借閱的理由填寫在位於櫃台的專用申請書上並提交。

這間大學的學生，最多可以借幾本書？

1　2本

2　3本

3　5本

4　8本

第5題

小孩和父親在家裡的架子前對話。二人把時鐘放在哪裡？

子：爸爸，這個可以放在這個架子上嗎？

父：哇，這時鐘很漂亮耶，可以啊。

子：那要放哪裡呢？

父：如果放在最高的地方，掉下來會很危險。放正中間不是最方便看時間嗎？

子：可是那裡我搆不到沒辦法放。所以放在這裡怎麼樣？

父：如果放在那麼下面的地方，很難看到時間耶！

子：對喔。那放在角落也是一樣吧…

父：嗯，如果你搆不到的話我可以幫你放，還是放在容易看到的地方比較好吧。

子：嗯，說得也是。謝謝爸爸！

二人把時鐘放在哪裡？

第6題

男人正在幫女人搬家。男人把什麼東西放進箱子裡？

女：謝謝你過來。幫了大忙了。

男：我該從哪裡開始幫忙呢？

女：你可以幫我把書架上的書放進箱子裡嗎？

男：知道了。DVD也要嗎？

女：那個我打算賣掉。因為最近很少看。

男：那邊還放著剪刀、筆之類的東西。

女：那些東西也放進去。啊！打掃用具不要放進去。離開公寓前要把房子打掃乾淨。

男人把什麼東西放進箱子裡？

1　書與DVD

2　書與文具

3　文具與打掃用具

4　書、文具以及打掃用具

問題2

在問題2中，請先聽問題，接著再閱讀試題本上的選項，會有閱讀選項的時間。閱讀完畢之後，請再次聆聽發言或對話，並從1到4的選項中，選出一個最適當的答案。

例

日語學校的新生正在進行自我介紹。這位新生將來想從事什麼工作？

女：大家好，我是希林。我之所以會想來日本留學，是因為來我家寄宿的日本學生教了我折紙。折紙真的好美，讓我對日本文化產生了興趣。我目前在日本的專門學校學習服裝設計，將來想成為一名服裝設計師。請各位多多指教。

這位新生將來想從事什麼工作？

1　日語教學的工作

2　介紹日本文化的工作

3　口譯的工作

4　服裝設計的工作

第1題

一男一女正在交談。男人花多少錢買電腦？

女：那台是新電腦嗎？

男：嗯，我剛買的。

女：真好，看起來很貴呢。

男：嗯，其實是李先生上個月先買了同款的，他說這款很棒，上個禮拜我就去店裡看。結果一台的定價竟然要20萬日元！

女：果然很貴。

男：不過，正好店裡在打折，可以折5萬日元。

女：欸？！然後你就買了？

男：沒有。我還是覺得有點貴啦！然後我回家之後想了很久，但我無論如何都很想買，昨天就又再去了一次那家店。結果竟然變成定價的一半，這樣我就非買不可啦！

女：是喔！你買了個好東西呢。

男人花多少錢買電腦？

1　5萬日元

2　10萬日元

3　15萬日元

4　20萬日元

第2題

一男一女正在討論蜜蜂。他們說蜜蜂為什麼會有針？

女：哇！你的手臂怎麼了？是不是腫起來了？

男：嗯，昨天打掃庭院的時候被蜜蜂螫傷了。

女：啊？你沒事吧？

男：因為是蜜蜂，我想應該不危險。就馬上把針取出並且消了毒，現在已經沒事了。

女：下次打掃的時候要小心一點。不過聽說蜜蜂的針，一旦刺了一次之後就無法拔出來。

男：是這樣嗎！那表示螫傷我的那隻蜜蜂就再也不能螫人了？

女：是啊。而且你知道嗎？蜜蜂的針其實是雌蜂用來產卵的器官，所以雄蜂身上既沒有針也不會叮人。

男：嗯，我有聽說過。不過在外面活動的蜜蜂幾乎全都是雌蜂，果然還是很危險呢。

他們說蜜蜂為什麼會有針？
1　因為雌蜂需要用來收集花蜜。
2　因為雌蜂需要用來產卵。
3　因為雌蜂需要用來保護自己的生命。
4　因為雄蜂需要用來保護自己的生命。

第3題
電視裡女人正談到關於科學館的事。重新翻修後煥然一新的是什麼？

女：我現在來到下個月即將重新開幕的科學館。這次的翻修最引人注目的是能夠製造出星空的天文館。天文館在翻修前就已經非常受到歡迎，據說今後每天都會將投射的內容變換為當晚星空的景象，並介紹當天能夠看到的星星，以及與那些星星有關的故事。展示的內容和先前相同，可以看到以聲音、光、力量、宇宙、新技術為主題的科學節目，還可以聆聽各個主題展示品的相關介紹。科學咖啡廳、圖書館以及伴手禮小鋪也都和以前一樣，等到科學館重新開幕的時候，請各位務必到科學館來玩。

重新翻修後煥然一新的是什麼？
1　主題的數量增加了。
2　天文館落成。
3　天文館的解說內容會每日更換。
4　圖書館落成。

第4題
一男一女正談到平衡能力。女人是哪件事辦不到？

女：太田小弟，你可以單腳站立嗎？
男：單腳站立？不用雙腳而是像這樣只用一隻腳站立嗎？妳看，我可以啊！這很簡單嘛！
女：那如果把眼睛閉上呢？平衡能力訓練。
男：眼睛閉起來的話是難了點，但我想應該可以。…妳看，我可以。
女：那睜開眼睛，然後以單腳站立並把這顆球向上拋出再接住呢？
男：可以啊，你看。
女：你很厲害耶！我就沒辦法。據說平衡能力比較差的人，即便是處於平衡的狀態，這時若被賦予其他非做不可的指示（任務）時，他就會立刻失去平衡。

女人是哪件事辦不到？
1　睜開眼睛單腳站立。
2　閉著眼睛單腳站立。
3　單腳站著把球拋出並接住。
4　單腳站著把臉面向左邊或右邊。

第5題
男人正談到關於青少年演奏會的事。演奏會最主要的目的為何？

男：青少年管弦樂團並非由大人，而是由從小學到高中的孩子們所組成的管弦樂團。日本全國各地有好幾個青少年管弦樂團，但這次的演奏會是由其中的八個管弦樂團所聯合舉辦的。雖然藉由聆聽彼此演奏相互學習很重要，但這次演奏會最主要的目的，是讓這些年紀相近、同樣為管弦樂團的活動而努力的孩子，能在同一個地方一起練習、聊天，促進彼此的交流。只要能在全國各地結交到志同道合的朋友，平日的練習就會更竭盡所能。演奏會一般的民眾也可以觀賞，若您有興趣，請隨時與我們連絡。

演奏會最主要的目的為何？

1　讓孩子們學到東西。

2　讓孩子們交到朋友。

3　讓一般人瞭解活動內容。

4　讓一般人聆聽演奏。

第6題

女人正談到關於「關懷專線」這項透過電話進行的服務。打電話到這項服務，可以做什麼樣的事？

女：關懷專線是一種能夠透過電話進行各類諮詢的服務。雖然我們接受各種諮詢，但那些和家人或朋友就能商量的事，我們這裡不受理。相反地，那些痛苦、難受卻又不太想和別人說，只能自己獨自思考、苦惱的事，則都可透電話來進行諮詢。我們是24小時免費服務，由工作人員聽您傾訴，陪您一起找尋解決的方法。我們同時也提供七國語言服務。只要有人願意聽您傾訴，或許在心情上就能比較輕鬆，說不定可以找到解決的辦法。我們一定會保守秘密。我希望這個服務能夠儘可能地幫助更多的人。

打電話到這項服務，可以做什麼樣的事？

1　免費打電話給家人或朋友。

2　解決困難的問題。

3　練習說外語。

4　請工作人員聽你說話。

問題3

在問題3中，試題本上不會印有任何文字。問題3是詢問整體內容為何的題型。對話或發言之前沒有提問。請先聽對話，接著聆聽問題和選項，最後再從1到4的選項中，選出最適合的答案。

例

日語課中，老師正在發言。

男：今天要上的課是「多讀」。「多讀」就是表示要閱讀很多本書。而閱讀時有三條規則：不使用字典、有不懂的地方就跳過不讀、不想讀就放棄並換一本書來讀。今天我帶了很多本書來，請各位先挑一本自己喜歡的書來看。

今天這堂課的學生要做什麼？

1　聽老師讀書。

2　瞭解字典的用法。

3　閱讀很多本書。

4　去圖書館借書。

第1題

一男一女正在交談。

女：嘿！你覺得這個怎麼樣？

男：不錯啊！

女：顏色和形狀都很好看，可是好像有大一點…。

男：尺寸呢？

女：這裡寫的尺寸正好是我的尺寸啊。可是這個拿在手上有點重呢！可能會很容易累。

男：總之先試穿看看如何？　我覺得拿在

手上跟實際穿著走還是不一樣。

二人正在看什麼？

1 鞋子
2 皮包
3 帽子
4 襯衫

第2題
電視裡美術館的人正在發言。

女：本月會開始一項新的活動，叫做「享樂時間」。這項活動是以小學生為主要的對象。在每週日和本館的工作人員一起在美術館中享受畫畫或折紙的樂趣。一說到美術館，大多數的人大概都會覺得是觀賞畫作或藝術作品的地方。當然，雖然那也很重要，但我們希望能夠先透過這個活動，讓孩子們覺得美術館是個好玩的地方。
孩子們如果在美術館有過愉快的經驗，應該就會覺得美術館是個很棒的地方了吧。我希望美術館對孩子們而言，不是偶爾被父母帶著來參觀的地方，而是自己主動想去的地方。

「享樂時間」的目的是什麼？

1 希望讓孩子們愛上美術館
2 希望讓孩子們欣賞很多幅繪畫作品
3 希望讓孩子們一個人來
4 希望向孩子們展示折紙作品

第3題
電視上一男一女正在對話。

女：我想您每天都很忙碌，但還是很健康呢。
男：是的，我今年八十歲，幾乎都沒有生病，每天也都很有精神地工作。說不定每天花一小時走路到公司是件好事也不一定。還有，吃飯也很重要。我並沒有特別吃高價的東西，或是吃什麼特別的健康食品，而是均衡攝取各種食物。當然還有充足的睡眠。每天都堅持九點就寢，五點起床。

男人的談話內容和什麼有關？

1 每天忙碌的理由
2 促進健康的習慣
3 治療疾病的方法
4 辭職後的生活

—筆記處—

問題4
在問題4中，請一邊看圖一邊聽問題。箭頭（→）所指的人說了些什麼？從1～3的選項中，選出最符合情境的發言。

例
想請人幫忙拍照。他要向附近的人說什麼？

1 可以的話，我們拍張照吧。
2 不好意思，可以麻煩你幫我拍照嗎？
3 那個，我可以在這裡拍照嗎？

第1題
沒有聽清楚老師說話的內容。這時要說什麼？

男：1　不好意思，可以請您再說一次嗎？
2　不好意思，請容我再說一次。
3　不好意思，您會再說一次。

第2題
錢投了按下按鍵之後，車票卻沒有出來。這時要說什麼？

女：1　那個，我當然不會買車票。
2　不好意思，車票沒有出來。
3　我剛買完車票。

第3題
想要休假一週。這時該說什麼？

男：1　可以的話，我想請一週的假。
2　請您務必要休假一週。
3　其實他很想要休假一週。

第4題
朋友的房間很髒亂。這時要說什麼？

男：1　哇！你打掃過了呢！
2　看起來就像是打掃房間一樣。
3　你要不要把房間打掃一下？

問題5
在問題5中，試題本不會印有任何文字。請先聽一段發言及針對此發言的回應內容，再從選項1～3中，選出最恰當的答案。

例
男：不好意思，請問會議要用的投影機在哪裡？
女：1　置物櫃上太高了。
2　請不要放在門邊。
3　請向辦公室借。

第1題
女：你現在要不要和我們一起去看電影？
男：1　明天有考試，不是看電影的時候。
2　不，我才要謝謝妳。
3　抱歉，請給我看電影。

第2題
男：不好意思，我可以試穿這雙鞋嗎？
女：1　是的，2500日元。
2　好的，這雙鞋的尺寸是26cm，可以嗎？
3　是的，之後要去哪裡？

第3題
女：今年的寒假你要做什麼？
男：1　我二年前就回國了。
2　暑假比較長。
3　幾乎都在打工。

第4題
男：你會時不時地打電話給家人嗎？
女：1　是的，我馬上打。
2　不，電話很快就掛斷了。
3　是的，一週一次左右。

第5題
男：Ann的媽媽是什麼樣的人？
女：1　是的，我爸爸是很嚴厲的人。
2　我想想…她很會做菜。
3　我知道了，我馬上打電話給媽媽。

第6題
女：楊先生，你的手怎麼了？
男：1　做菜時燙傷了。
2　不客氣。
3　吃飯前我們去洗手吧。

第7題

女：你最近狀態很不錯，怎麼了嗎？

男：1　對啊，我最近狀態變差了。

2　因為我去年生了一場大病…。

3　我開始運動之後，就變得睡得很好。

第8題

女：這個，我可以拿一個嗎？

男：1　是的，多謝招待。

2　是，我收下了。

3　喔，請。

第9題

女：演講比賽的準備工作，有什麼我能做的事嗎？

男：1　咦？什麼事不幫忙嗎？

2　謝謝。不過我沒問題的。

3　任何事都可以找我。

台灣廣廈國際出版集團
Taiwan Mansion International Group

國家圖書館出版品預行編目（CIP）資料

新日檢試驗N3絕對合格：文字、語彙、文法、讀解、聽解完全解析 / アスク出版編集部著；劉芳英譯. -- 初版. -- 新北市：國際學村, 2024.01
面； 公分.
ISBN 978-986-454-321-2（平裝）
1.CST: 日語 2.CST: 能力測驗

803.189 112019310

國際學村
新日檢試驗 N3 絕對合格

編　　者／アスク出版編集部
翻　　譯／劉芳英
編輯中心編輯長／伍峻宏・**編輯**／尹紹仲
封面設計／何偉凱・**內頁排版**／菩薩蠻數位文化有限公司
製版・印刷・裝訂／東豪・紘億・弼聖・明和

讀解・聽解單元出題協力
日語自由講師／チョチョル（上久保）明子、後藤りか
語言知識單元出題協力
天野綾子、飯塚大成、碇麻衣、氏家雄太、占部匡美、遠藤鉄兵、大澤博也、カインドル宇留野聡美、笠原絵理、嘉成晴香、後藤りか、小西幹、櫻井格、柴田昌世、鈴木貴子、田中真希子、戸井美幸、中越陽子、中園麻里子、西山可菜子、野島恵美子、濱田修、二葉知久、松浦千晶、松本汐理、三垣亮子、森田英津子、森本雅美、横澤夕子、横野登代子（依五十音順序排序）

行企研發中心總監／陳冠蒨
線上學習中心總監／陳冠蒨
媒體公關組／陳柔彣
數位營運組／顏佑婷
綜合業務組／何欣穎
企製開發組／江季珊、張哲剛

發 行 人／江媛珍
法 律 顧 問／第一國際法律事務所 余淑杏律師・北辰著作權事務所 蕭雄淋律師
出　　版／國際學村
發　　行／台灣廣廈有聲圖書有限公司
地址：新北市235中和區中山路二段359巷7號2樓
電話：（886）2-2225-5777・傳真：（886）2-2225-8052
讀者服務信箱／cs@booknews.com.tw

代理印務・全球總經銷／知遠文化事業有限公司
地址：新北市222深坑區北深路三段155巷25號5樓
電話：（886）2-2664-8800・傳真：（886）2-2664-8801
郵 政 劃 撥／劃撥帳號：18836722
劃撥戶名：知遠文化事業有限公司（※單次購書金額未達1000元，請另付70元郵資。）

■出版日期：2024年01月
ISBN：978-986-454-321-2